蔡東藩 著

宋史演義
從王曾劾奸至蔡京復相

扶弱鋤強弭國憂，國家為重生死輕
新舊黨爭起，朝廷動盪不安
賊臣當道，信口誣人禍眾賢
內憂外患交織，國家命運風雨飄搖

目錄

第二十六回　王沂公劾奸除首惡　魯參政挽輦進忠言　　005

第二十七回　劉太后極樂歸天　郭正宮因爭失位　　013

第二十八回　蕭耨斤挾權弒主母　趙元昊僭號寇邊疆　　023

第二十九回　中虜計任福戰歿　奉使命富弼辭行　　031

第三十回　　爭和約折服契丹　除敵臣收降元昊　　039

第三十一回　明副使力破叛徒　曹皇后智平逆賊　　049

第三十二回　狄青夜奪崑崙關　包拯出知開封府　　059

第三十三回　立儲貳入承大統　釋嫌疑准請撤簾　　069

第三十四回　爭濮議聚訟盈廷　傳穎王長男主器　　079

第三十五回　神宗誤用王安石　種諤誘降嵬名山　　089

第三十六回　議新法創設條例司　讞疑獄狃脫謀夫案　　099

第三十七回　韓使相諫君論弊政　朱明府尋母竭孝思　　107

第三十八回　棄邊城撫臣坐罪　徙杭州名吏閒遊　　115

第三十九回　借父威豎子成名　逞兵謀番渠被虜　　125

目錄

第四十回　流民圖為國請命　分水嶺割地界遼　　133

第四十一回　奉使命率軍征交趾　蒙慈恩減罪謫黃州　143

第四十二回　伐西夏李憲喪師　城永樂徐禧陷歿　　153

第四十三回　立幼主高后垂簾　拜首相溫公殉國　　163

第四十四回　分三黨廷臣構釁　備六禮冊后正儀　　171

第四十五回　囑後事賢后升遐　紹先朝奸臣煽禍　　181

第四十六回　寵妾廢妻皇綱倒置　崇邪黜正黨獄迭興　191

第四十七回　拓邊防謀定制勝　竊后位喜極生悲　　201

第四十八回　承兄祚初政清明　信閹言再用奸憝　　211

第四十九回　端禮門立碑誣正士　河湟路遣將復西蕃　221

第五十回　　應供奉朱勔承差　得奧援蔡京復相　　231

第二十六回

王沂公劾奸除首惡　魯參政挽輦進忠言

第二十六回　王沂公劾奸除首惡　魯參政挽輦進忠言

　　卻說丁謂攬權用事，與李迪甚不相協。謂擅專黜陟，除吏多不使與聞，迪憤然語同列道：「迪起布衣至宰相，受恩深重，如有可報國，死且不恨，怎能黨附權幸，作自安計？」於是留心伺察，不使妄為。是時陳彭年已死，王欽若外調，劉承珪亦失勢，五鬼中幾至寥落，只有林特一人，尚溷跡朝班。謂欲引林特為樞密副使，迪不肯允。謂悻悻與爭，迪遂入朝面劾，奏稱：「丁謂罔上弄權，私結林特、錢唯演，且與曹利用、馮拯相為朋黨，攪亂朝事。寇準剛直，竟被遠謫，臣不願與奸臣共事，情願同他罷職，付御史臺糾正。」這數語非常激烈，惹動真宗怒意，竟命翰林學士劉筠草詔，左遷迪知鄆州，謂知河南府。翌日，謂入朝謝罪，真宗道：「身為大臣，如何或迪相爭？」謂跪對道：「臣何敢爭論！迪無故詈臣，臣不得不辯。如蒙陛下特恩赦宥，臣願留侍朝廷，勉酬萬一。」居然自作毛遂。真宗道：「卿果矢志無他，朕何嘗不欲留卿。」謂謝恩而出，竟自傳口詔，復至中書處視事；且命劉筠改草詔命。筠答道：「草詔已成，非奉特旨，不便改草。」名足副實，不愧竹筠。謂乃另召學士晏殊草制，仍復丁謂相位。筠慨然道：「奸人用事，何可一日與居？」因表請外用，奉命出知廬州。

　　既而真宗頒詔：「此後軍國大事，取旨如故，餘皆委皇太子同宰相樞密等，參議施行。」太子固辭不許，乃開資善堂議政。看官！你想太子年才十一，就使天縱聰明，終究少不更事。此詔一下，無非令劉后增權，丁謂加焰，內外固結，勢且益危。可巧王曾召回汴京，仍令參知政事，他卻不動聲色，密語錢唯演道：「太子幼沖，非中宮不能立，中宮非倚太子，人心亦未必歸附。為中宮計，能加恩太子，太子自平安了。太子得安，劉氏尚有不安麼？」先令母子一心，然後迎刃而解。唯演答道：「如參政言，才算是國家大計呢。」當下入白劉后。后亦深信不疑。原來唯演性善

逢迎，曾將同胞妹子，嫁與劉美為妻。銀匠得配貴女，真是妻榮夫貴。因此與劉后為間接親戚，所有稟白，容易邀后親信。王曾不告他人，獨告唯演，就是此意。

過了天禧五年，真宗又改元乾興，大赦天下，封丁謂為晉國公，馮拯為魏國公，曹利用為韓國公。元宵這一日，親御東華門觀燈，非常欣慰。偏偏樂極悲生，數殘壽盡，仲春月內，真宗又復病發，連日不癒，遣使禱祀山川，病反加劇，未幾大漸，詔命太子禎即皇帝位，且面囑劉后道：「太子年幼，寇準、李迪，可託大事。」人之將死，其言也善。言至此，已不能成辭，溘然晏駕去了。總計真宗在位，改元五次，共二十六年，壽五十五歲。劉后召丁謂、王曾等入直殿廬，恭擬遺詔，並說奉大行皇帝特命，由皇后處分軍國重事，輔太子聽政。曾即援筆起草，於皇后處分軍國重事間，嵌入一個權字。丁謂道：「中宮傳諭，並沒有權就意思，這權字如何添入！」曾正色道：「我朝無母后垂簾故事。今因皇帝沖年，特地從權，已是國家否運，加入權字，尚足示後。且增減制書，本相臣分內事，祖制原是特許。公為當今首輔，豈可不鄭重將事，自亂典型麼？」理直氣壯。謂乃默然。至草詔擬定，呈入宮禁。劉后已先聞曾言，不便改議，就把這詔書頒示中外。太子禎即位柩前，就是仁宗皇帝，尊劉后為皇太后，楊淑妃為皇太妃。中書樞密兩府，因太后臨朝，乃是宋朝創制，會集廷議。曾請如東漢故事，太后坐帝右側，垂簾聽政。丁謂道：「皇帝幼沖，凡事總須由太后處置，但教每月朔望，由皇帝召見群臣，遇有大政，由太后召對，輔臣議決。若尋常小事，即由押班傳奏禁中，蓋印頒行便了。」曾勃然道：「兩宮異處，柄歸宦官，豈不是隱兆禍機麼？」名論不刊。謂不以為然。群臣亦紛議未決。哪知謂竟潛結押班內侍雷允恭，密請太后手敕，竟如謂議頒發下來。大眾不敢反對，謂很是得意。雷允恭即由是擅

第二十六回　王沂公劾奸除首惡　魯參政挽輦進忠言

權，還虧王曾正色立朝，宮廷內外，尚無他變。

嗣封涇王元儼為定王，贊拜不名。元儼係太宗第八子，素性嚴整，毅不可犯，內外崇憚豐采，各稱為八大王（俗小說中誤稱德昭為八大王）。命丁謂為司徒兼侍中尚書左僕射，馮拯為司空兼侍中樞密尚書右僕射，曹利用為尚書左僕射兼侍中。三人朋比為奸，謂尤驕恣。劉后因冊立時候，李迪諫阻，引為深恨。謂事事欲取太后歡心，更因與寇準有嫌，索性將兩人目為朋黨，復添入迪、準故友，奏請一一坐罪。太后自然照允，即命學士宋綬草詔，貶準為雷州司戶參軍，迪為衡州團練副使，連曹瑋也謫知萊州。王曾入語丁謂道：「罰重罪輕，還當斟酌。」謂捻鬚微笑道：「居停主人，恐亦未免。」曾乃不便固爭。原來準在京時，曾嘗將第舍假準，所以謂有此說。謂又授意宋綬，令加入「春秋無將，漢法不道」二語。綬雖不敢有違，但此外卻還說得含糊。及草詔成後，謂意未足，竟提筆添入四語，看官道他什麼話兒？乃是「當丑徒干紀之際，屬先帝違豫之初，罹此震驚，遂致沈劇。」這種鍛鍊周內的文字，頒示都中。都人士莫不呼冤，也編成四句俚詞道：「欲得天下寧，須拔眼前丁。欲得天下好，不如召寇老。」謂不恤人言，遣使促迪速行，又令中官齎敕詣準，特賜錦囊，貯劍馬前，示將誅戮狀。準在道州，方與郡官宴飲，忽郡倅入報中使到來，有懸劍示威情形。郡官卻不禁失色，獨準形神自若，與郡官邀中使入庭，從容與語道：「朝廷若賜準死，願見敕書。」中使無可措辭，乃登堂授敕。準北面拜受，徐徐升階，邀中使入宴，至暮乃散。中使自去，準亦即往雷州。

是時真宗陵寢，尚未告成，命丁謂兼山陵使，雷允恭為都監。允恭與判司天監邢中和，往勘陵址，中和語允恭道：「山陵上百步，即是佳穴，法宜子孫。但恐下面有石，兼且有水。」允恭道：「先帝嗣育不多，若令後

世廣嗣,何妨移築陵寢。」中和道:「山陵事重,踏勘覆按,必費時日,恐七月葬期,不及遵制,如何是好?」允恭道:「你儘管督工改築,我走馬入白太后,定必允從。」心尚可取,跡實專橫。中和唯唯而退。允恭即日還都,進謁太后,請改穿陵穴。太后道:「陵寢關係甚大,不應無端更改。」允恭道:「使先帝得宜子孫,豈非較善?」太后遲疑半晌,復道:「你去與山陵使商議,決定可否?」允恭乃出語丁謂。謂無異言,再入奏太后。太后才準所請,命監工使夏守恩,領工徒數萬名,改穿穴道。起初掘土數尺,即見亂石層疊,大小不一。好容易畚去亂石,忽湧出一泓清水,片刻間變成小池,工徒大譁。夏守恩亦覺驚懼,不敢再令動工,即遣內使毛昌達奏聞。

太后責問允恭,並及丁謂。謂尚袒護允恭,但請另遣大臣按視。王曾挺然願往,當日就道。不到三日,即已回都;時已近夜,入宮求見,且請獨對。太后即召曾入內。曾叩首畢,竟密奏道:「臣奉旨按視陵寢,萬難改移。丁謂包藏禍心,暗中勾結允恭,擅移皇堂,置諸絕地。」此是王沂公用詐處,但為鋤奸計,不得不爾。太后聞言,不由的大怒道:「先帝待謂有恩,我待謂亦不薄,誰知他卻如此昧良。」隨語左右道:「快傳馮拯進來!」未幾馮拯進見,太后尚怒容滿面,嚴諭馮拯道:「可恨丁謂,負恩構禍,若不將他加刑,是沒有國法了。雷允恭外結大臣,更屬不法,你速發衛士拿下丁、雷,按律治罪!」馮拯聽了此旨,幾嚇得目瞪口呆,不能置詞。太后復道:「你敢是丁謂同黨麼?」一語驚人,使馮拯無可置喙。馮拯忙免冠叩首道:「臣何敢黨謂?但皇帝初承大統,即命誅大臣,恐駭天下耳目,還乞太后寬容!」仍是庇護。太后聽了,面色少霽,乃諭道:「既這般說,且去拿問雷允恭,再行定奪。」拯乃退出,即遵旨將允恭拿下,立即訊鞫定讞,勒令自盡。邢中和一併伏罪,並抄沒允恭家產,查出

第二十六回　王沂公劾奸除首惡　魯參政挽輦進忠言

丁謂委託允恭，令後苑工匠造金酒器密書，及允恭託謂薦保管轄皇城司，及三司衙門書稿，並呈太后。太后召集廷臣，將原書取示，因宣諭道：「丁謂、允恭，交通不法，前日奏事，均言與卿等已經議決，所以多半照允。今營奉先帝陵寢，擅行改易，若非按視明白，幾誤大事。」馮拯等均俯伏道：「先帝登遐，政事統由丁、雷二人解決，他嘗稱得旨禁中，臣等莫辨虛實。幸賴聖明燭察，始知奸狀，這正是宗社幸福呢！」急忙自身卸火，這是小人常態。當下召中書舍人草諭，降丁謂為太子少保，分司西京。這諭旨榜示朝堂，頒布天下。擢王曾同平章事，呂夷簡、魯宗道參知政事，錢唯演為樞密使。夷簡係蒙正從子，從前真宗封岱祀汾，兩過洛陽，均幸蒙正私第，且問蒙正諸子可否大用？蒙正答稱：「諸子無能，唯姪夷簡有宰相才。」及真宗還都，即召夷簡入直，累擢至知開封府，頗有政聲，至是乃入為參政。宗道曾為右正言，剛直無私，真宗嘗稱為魯直，故此時連類同升。王曾即請太后匡輔新君，每日垂簾聽政，太后方才允行。

先是丁謂家中，有女巫劉德妙，嘗相往來。德妙頗有姿色，與丁謂三子玘通姦，謂卻未曾察悉，但教她託詞老君，偽言禍福，藉以動人。於是就謂家供老君法像，入夜設醮園中，每至夜靜更深，玘往交歡，彷彿一對露水夫妻。得其所哉！雷允恭亦嘗至謂家祈禱，及真宗崩後，德妙隨允恭入宮，得謁太后，應對詳明，談宮中過去事，無不具知，引得太后亦迷信起來。劉后聰穎，亦著鬼迷，況尋常婦女乎？德妙又持龜蛇二物入內，紿言出謂家山洞中，當是真武座前的龜蛇二將。謂又作龜蛇頌，說是混元皇帝，賜給德妙（俗稱龜蛇相交，德妙與玘通姦，應有此賜）。太后亦將信將疑。至謂已坐罪，乃將德妙繫獄，令內侍刑訊。德妙一一吐實，當然坐罪，並貶謂為崖州司戶參軍。謂子玘奸案併發，一併除名。學士宋綬，奉旨草詔，首四語即為「無將之戒，舊典甚明，不道之辜，常刑罔赦。」朝

論稱快。報應何速？

　　謂竄謫崖州，須經過雷州境內，寇準遣使持一蒸羊，作為贈品。謂領謝後，且欲見準，準固辭不見。家僮謀刺謂報仇，準不許，杜門縱家僮飲博，及謂已去遠乃止。時人為之詠道：「若見雷州寇司戶，人生何處不相逢？」這兩語傳誦不衰。觀過知仁，於此可見？越年，準徙為衡州司馬，尚未赴任，忽患病劇，即遣人至洛中取通天犀帶，沐浴更衣，束帶整冠，向北面再拜，呼僕役拂拭臥具，就榻而逝。這通天犀帶係太宗所賜，夜視有光，稱為至寶，準因此必欲殉葬。返柩西京，道出公安，人皆路祭，插竹焚紙。逾月枯竹生筍，眾因為之立廟，號竹林寇公祠。準少年富貴，性喜豪奢，往往挾妓飲酒，不拘小節。有妾蒨桃以能詩名。準歿後十一年，始奉詔復官，賜諡忠愍。丁謂在崖州三年，轉徙雷州，又五年復徙道州。後以祕書監致仕，病歿光州。尚有詔賜錢十萬，絹百匹，這且無庸細表。

　　且說乾興元年十月，葬大行皇帝於永定陵，以天書殉葬，廟號真宗。越年改元天聖，罷錢唯演為保大節度使，知河南府，馮拯亦因疾免職。復召王欽若入都，用為同平章事。欽若復相兩年，旅進旅退，毫無建白，只言：「皇上初政，用人當循資格，不宜亂敘」，編成一幅官次圖，獻入宮廷，便算盡職，未幾病逝。仁宗後語輔臣道：「朕觀欽若所為，實是奸邪。」少年天子，便識奸邪，仁宗原非凡主。王曾答道：「誠如聖諭。」仁宗乃擢參政張智同平章事，召知河陽軍張旻為樞密使。從前太后微時，嘗寓旻家，旻待遇甚厚，因此得被寵命。樞密副使晏殊上言：「旻無勳績，不堪重任」，大拂太后本意。既而晏殊從幸玉清昭應宮，家人持笏後至，殊接笏後，怒擊家人，甚至折齒。太后有詞可借，遂遣殊出知宣州。晏殊亦太粗莽，太后實是有心。別令學士夏竦繼任。竦小有才，善事逢迎，因得遷副樞密。太后稱制數年，事無大小，悉由裁決，雖頗能任賢黜邪，旻

第二十六回　王沂公劾奸除首惡　魯參政挽輦進忠言

不免有心專擅。一日，參政魯宗道進謁。太后忽問道：「唐武后何如？」宗道知太后命意。亟正笏直奏道：「武后實唐室罪人。」太后復問何故？宗道又申奏道：「幽嗣主，改國號，幾危社稷，尚得謂非罪人麼？」太后默然。嗣有內侍方仲弓，請立劉氏七廟，太后召問輔臣。大家尚未發言，宗道即出班前奏道：「天無二日，民無二王，劉氏若立七廟，將何以處嗣皇？」太后為之改容，乃將此議擱置。會兩宮同幸慈孝寺，太后乘輦先發，宗道上前挽住，並抗言道：「夫死從子，古有常經，太后母儀天下，不可以亂大法，貽譏後世。」語尚未畢，太后即命停輦，待帝駕先行，然後隨往。還有樞密使曹利用，自恃勳舊，氣焰逼人，太后亦頗加畏重，第呼他為侍中，未嘗稱名。獨宗道不少撓屈，會朝時輒據理與爭，於是宮廷內外，贈他一個美名，叫做魚頭參政。小子有詩詠道：

趙宗未替敢尊劉，扶弱鋤強弭國憂。
魯直當年書殿壁，如公才不愧魚頭。

天不假年，老成復謝，不到數載宗道等又溘逝了。欲知後事，且看下回。

劉太后垂簾聽政，多出丁謂、雷允恭之力，故丁、雷二人，得以重用，微王曾之正色立朝，恐蕭牆之禍，亦所難免。或謂宋室無垂簾故事，曾何不據理力爭，為探本澄源之計，乃僅斷斷於一權字，究屬何補。至若準之再貶，又以居停之嫌，不復與辯，毋亦所謂患得患失者歟？不知此王沂公之通變達權，而有以徐圖挽救者也。假使操切從事，勢且遭黜，徒市直名，何裨國事？試觀丁謂之終竄窮崖，雷允恭之卒歸賜死，乃知沂公之才識，非常人所可幾矣。賊臣已去，而呂、魯等連類同升，魚頭參政，才得成名，而劉太后亦有從諫如流之美，史家或歸美魯直，實則皆沂公之功，有以致之。故本回實傳頌沂公，而魯參政其次焉者也。

第二十七回

劉太后極樂歸天　郭正宮因爭失位

第二十七回　劉太后極樂歸天　郭正宮因爭失位

　　卻說天聖六年，同平章事張知白卒。越年，參知政事魯宗道亦歿。知白，滄州人，雖歷通顯，仍清約如寒士，所以歿諡「文節」。宗道，亳州人，生平剛直嫉惡，歿諡「簡肅」。劉太后亦親臨賜奠，稱為遺直，嗟悼不置。宋史稱劉為賢后，職是之故。曹利用舉薦尚書左丞張士遜，入為同平章事。既而利用從子曹汭，為趙州兵馬監押，偶因酒醉忘情，竟身著黃衣，令人呼萬歲。事聞於朝，遂興大獄，斃杖下，利用亦為內侍羅崇勳所譖，發交廷議。張士遜奏對廷前，謂：「此事係不肖子所為，利用大臣，本不相與。」太后怒道：「你感利用恩，應作此說。」王曾又進奏道：「這事與利用無干。」太后復語王曾道：「卿嘗言利用驕橫，今何故替他解釋？」曾答道：「利用素來恃寵，所以臣有微辭，今若牽連姪案，說他為逆，臣實不敢附和。」太后意乃少解，乃罷利用為千牛衛將軍，出知隨州。張士遜亦罷職。利用出都，復坐私貸官錢罪，安置房州。羅崇勳再遣同黨楊懷敏，押利用至襄陽驛，惡語相侵。利用氣憤交迫，竟至投繯自盡。原來利用自通好契丹後，以講和有功，累蒙恩寵，平素藐視內侍，遇有內降恩典，輒力持不與，因此結怨宦官，至遭此禍。死非其罪。宋廷遂任呂夷簡同平章事，夏竦、薛奎參知政事，姜遵、范雍、陳堯佐（堯叟弟）為樞密副使，唯王曾任職如故。

　　先是太后受冊，擬御大安殿，受百官朝賀，曾力言不可。及太后生日上壽，復欲御大安殿，曾又不可。太后勉從曾議，均就便殿供帳，當即了事。太后左右姻家，稍通請謁，曾更多方裁抑。太后心滋不悅，但不好無故發作，只得再三含忍。不意天聖七年六月間，天大雷雨，電光亂掣玉清昭應宮內，竟射入一大個火團，四處爆裂，霎時間裂焰飛騰，穿透屋頂。衛士慌忙赴救，用水撲火，偏偏水入火中，好似火上澆油，越撲越猛，烈烈轟轟地燒了一夜，竟將全座琳宮玉宇，變成一片瓦礫荒場，只剩得長生

崇壽二小殿，巋然尚存。天書已經殉葬，供奉處原可不必，一炬成墟，要算皇天有眼。太后聞報，傳旨將守宮官吏，繫獄抵罪；一面召集廷臣，向他流淚道：「先帝竭盡心力，成此巨宮，一夕延燒幾盡，如何對得住先帝？」樞密副使范雍抗聲道：「如此大宮，遽成灰燼，想是天意，非出人事，不如將長生、崇壽二殿，亦一律拆毀，倘因二殿尚存，再議修葺，不但民力不堪，就是上天亦未必默許哩。」中丞王曙，亦言是天意示戒，應除地罷祠，上次天變，司諫范諷且言：「與人無關，不當置獄窮治。」乃下詔不再繕修，改二殿為萬壽觀，減輕守宮諸吏罪，並罷廢諸宮觀使。唯對著首相王曾，竟說他燮理無功，罷免相職，且令他出知青州。宋自仁宗以前，宰輔稍有微嫌，免職外遷，多為節度使，曾以首相罷知州事，乃是少見少聞，這可知劉太后的心理呢。

又過一年，仁宗年已逾冠，祕閣校理范仲淹，請太后還政。疏入不省，反將仲淹出判通州。翰林學士宋綬，請令軍國大事，及除拜輔臣，由皇上稟請太后裁奪，餘事皆殿前取旨。這數語又觸忤太后，出綬知應天府。會仁宗改元明道，經過月餘，生母李氏病劇，才由順容進位宸妃。她自仁宗為劉后所攘，始終不發一言，平時安分自守，未嘗示異。宮中咸憚劉太后，哪個敢洩漏前事；所以仁宗年齡日長，仍視劉太后為母，並不自知為李氏所生。及李宸妃歿後，劉太后欲用宮人禮治喪，移棺出外，呂夷簡獨入奏道：「聞有宮嬪薨逝，如何未聞內旨治喪？」太后矍然道：「宰相亦干預宮中事麼？」夷簡答道：「臣待罪宰相，事無大小，均當預聞。」太后不悅，遽引帝入內；須臾復出，獨立簾下，怒容可掬道：「卿欲離間吾母子麼？」夷簡不慌不忙，竟毅然奏對道：「太后不顧念劉氏，臣不敢多言。若欲使劉氏久安，宸妃葬禮，萬難從輕。」夷簡此奏，仍是為太后計。太后性究靈敏，一聞此言，不禁點首。有司奉太后意旨，只上言本年

第二十七回　劉太后極樂歸天　郭正宮因爭失位

歲月，不利就葬。夷簡又道：「葬即未利，殮應加厚；宮中舉哀成衣，擇地暫殯，難道也不可行麼？」太后乃語夷簡道：「卿且退，我知道了！」言已趨入。內侍押班羅崇勳，亦欲隨進，夷簡竟將他扯住道：「且慢！煩申奏太后，宸妃當用後服成殮，且把水銀滿盛棺內，他日勿謂夷簡未曾道及，致貽後悔。」崇勳允諾，入白太后。太后令如言照行，停柩洪福寺中。

　　既而宮中失火，詔群臣直言闕失，殿中丞滕宗諒，祕書丞劉越，均請太后還政，借贖天譴，兩疏俱不見報。翌年春季，太后欲被服天子袞冕，入祭太廟，參政薛奎進諫道：「太后若御帝服，將用什麼拜禮？」太后不從，竟戴儀天冠，著袞龍袍，備齊法駕，至太廟主祭。皇太妃楊氏，皇后郭氏隨從。太后行初獻禮，拱手上香，皇太妃亞獻，皇后終獻。禮畢，群臣上太后尊號，稱為應天齊聖顯功崇德慈仁保壽皇太后。祭畢歸宮，感寒成疾。仁宗為徵天下名醫，詣京診治，終歸無效，逾月竟薨。年六十五，諡章獻明肅。舊制后皆二諡，稱制加四諡，實自劉太后為始。劉太后臨朝十一年，政令嚴明，恩威並用，左右近侍，不稍假借，內外賜與，亦有節制。三司使程琳，嘗獻武后臨朝圖，太后取擲地上道：「我不作此負祖宗事。」是魚頭參政一奏之功。漕使劉綽自京西還都，奏言：「在庾儲粟，有羨餘糧千餘斛，乞付三司！」太后道：「卿識王曾、張知白、呂夷簡、魯宗道否？他四人曾進獻羨餘否？」綽懷慚而退。至太后晚年，稍進外家，宦官羅崇勳、江德明等，始乘間竊權，所有被服袞冕等事，多由羅、江二豎，慫恿出來。至太后彌留，口不能言，尚用手牽扯己衣，若有所囑。仁宗在旁瞧著，未免懷疑，送終以後，出問群臣。參政薛奎即答道：「太后命意，想是為著袞冕呢。若再用此服，如何見先帝於地下？」隨機進言，是薛奎通變處。仁宗乃悟，遂用后服為殮。

且因太后遺囑，尊楊太妃為皇太后，同議軍國重事。

　　御史中丞蔡齊，入白相臣道：「皇上春秋已富，習知天下情偽，今始親政，已嫌太晚，尚可使母后相繼稱制麼？」呂夷簡等終未敢決，適八大王元儼入宮臨喪，聞知此事，竟朗聲道：「太后是帝母名號，劉太后已是勉強，尚欲立楊太后嗎？」夷簡等面面相覷，連仁宗都驚疑起來。元儼道：「治天下莫大於孝，皇上臨御十餘年，連本生母尚未知曉，這也是我輩臣子，未能盡職呢。」得此一言，足為宸妃吐氣。仁宗越加驚詫，便問元儼道：「皇叔所言，令朕不解。」元儼道：「陛下是李宸妃所生，劉、楊二后，不過代育。」仁宗不俟說畢，便道：「叔父何不早言？」元儼道：「先帝在日，劉后已經用事，至陛下登基，四凶當道，內蒙外蔽，劉后又諱莫如深，不准宮廷洩漏此事。臣早思舉發，只恐一經出口，譴臣尚不足惜，且恐有礙皇躬，並及宸妃。臣十年以來，杜門養晦，不預朝謁，正欲為今日一明此事，諒舉朝大臣，亦與臣同一觀念。可憐宸妃誕生陛下，終身莫訴，就是當日薨逝，尚且生死不明，人言藉藉呢。」（《宋史‧李宸妃傳》，燕王入白仁宗陛下為宸妃所生。又〈宗室諸王列傳〉，德昭、元儼各封燕王，是時當為元儼無疑。俗小說中，乃說宸妃被逐，由包拯訪聞，後來迎妃還宮，劉后自盡，至有斷太后打黃袍諸戲劇，種種妄誕，誣古實甚。）仁宗聞言，忍不住淚眥熒熒，復顧問夷簡道：「這事可真麼？」夷簡答道：「陛下確係宸妃誕生，劉太后與楊太妃，共同撫育，視若己子，宸妃薨逝，實由正命，臣卻曉明底細，今日非八大王說明，臣亦當待時舉發呢。」夷簡亦多狡詐，故摹擬口吻，適肖生平。仁宗至此，竟大聲悲號，即欲赴宸妃殯所，親視遺骸。夷簡復奏道：「陛下應先顧公義，後及私恩。且劉太后與楊太妃，撫養聖躬，恩勤備至，陛下亦當仰報哩。」仁宗只是哀慟，不發一言。元儼語夷簡道：「楊太妃若尊為太后，李宸妃更宜尊為

第二十七回　劉太后極樂歸天　郭正宮因爭失位

太后了。」夷簡乃轉白仁宗，仁宗略略點首，當即議定楊太妃尊為太后，刪去同議軍國事一語。李宸妃亦追尊為太后，諡曰章懿。一面為劉太后治喪，一面連日下詔，責躬罪己，語極沉痛。既而仁宗幸洪福寺，祭告宸妃，並易梓宮，但見妃面色如生，冠服與皇后相等，乃稍稍心慰。還宮後私自嘆息道：「人言究不可盡信呢。」自是待劉氏如故。劉美一家，應感謝夷簡不置。唯召還宋綬、范仲淹，放黜內侍羅崇勳、江德明，罷修寺觀，裁抑僥倖，中外稱頌新政，有口皆碑。

呂夷簡揣摩時事，條陳八議：（一）議正朝綱。（二）議塞邪徑。（三）議禁貨賂。（四）議辨佞壬。（五）議絕女謁。（六）議疏近習。（七）議罷力役。（八）議節冗費。說得肫誠懇切，語語動人。仁宗大為感動，遂召夷簡入商，擬將張耆（即張旻改名）、夏竦、范雍、晏殊等盡行罷職。唯姜遵已歿，不在話下。夷簡自然如旨。越日復入朝押班，但聽黃門宣詔，除張耆等依次免職外，著末又有數語云：「同平章事呂夷簡，著授武勝軍節度使檢校太傅，同中書門下平章事，出判陳州。」這數語似天上迅雷，不及掩耳，驚得夷簡似醉似痴，不知為何事忤旨，致遭此譴？一時不及問明，只好領旨告退。還第後四處探聽，無從偵悉，嗣託內侍副都知閻文應密查，方知事出郭后，不覺憤恨異常。看官欲究明此事原因，由小子補敘郭后歷史，以便先後貫通。郭后為平盧節度使郭崇孫女，與石州推官張堯封女，先後入宮（堯封即堯佐弟）。天聖二年，擬冊立皇后，仁宗因張女秀慧，欲選正中宮，劉太后不以為然，乃改立郭后。后雖得立，不甚見親。這次偏冤冤相湊，由仁宗步入中宮，與郭后談及夷簡忠誠，並言把從前諂附太后諸人，一併罷斥。郭后本未與夷簡有嫌，獨隨口相答道：「夷簡何嘗不附太后，不過機巧過人，善能應對，所以得瞞過一時呢。」卻是真話。仁宗聽了，不覺也動疑起來，因不令中書草制，竟手詔罷免夷簡，復

召李迪入相，用王隨參知政事，李諮為樞密副使，王德用僉書樞密院事。

　　不到數月，由諫官劉渙疏陳時事，內有「臣前請太后還政，觸怒慈衷，幾投四裔，幸陛下納呂夷簡言，察臣愚忠，準臣待罪闕下。臣受恩深重，故不避斧鉞，瀆陳一切」云云。仁宗覽奏，記起前事，又以夷簡為忠，後言非實，因復召還夷簡，再令為相。且擢劉渙為右正言。渙與夷簡，明是串通一氣。又命宋綬參知政事，王曙為樞密使，王德用、蔡齊為副使。夷簡再入秉政，日伺後隙，可巧宮中有兩美人，一姓尚，一姓楊，均邀寵眷。郭后未免懷妒，常與兩美人相爭。一日，后與尚氏，同在仁宗前侍談，兩語未合，又起口角。尚氏恃寵成驕，不肯讓后，居然對詈起來。郭后憤極，也不管什麼禮節，竟上前動手，批尚氏頰。一驕一莽，厥罪維鈞。尚氏當即悲啼，后尚不肯干休，還要再批數下。仁宗看不過去，起座攔阻，誰意郭后手已擊來，尚氏閃過一旁，反中仁宗頸上，指尖銳利，掐成兩道血痕。惹得仁宗惱起，訶斥郭后數語，引尚美人出還西宮。尚美人裝嬌撒賴，益發激動帝怒。內侍閻文應，本與夷簡友善，夷簡正託他尋隙，遂入奏仁宗道：「尋常民家，妻尚不能凌夫，況陛下貴為天子，乃受皇后欺凌，還當了得。」仁宗半晌無言。文應又道：「陛下頸上，血痕宛然，請指示執政，應該若何處置？」仁宗迭受激動，便憤然道：「你去召呂宰相來！」文應通報夷簡，夷簡立刻趨入，向御座前請安。仁宗指示頸痕，並述明底細。夷簡道：「皇后太屬失禮，不足母儀天下。」仁宗道：「情跡殊屬可恨，但廢后一事，卻亦有干清議。」夷簡道：「漢光武素稱明主，為了郭后怨懟，竟致坐廢，況傷及陛下頸中，尚得說是無罪麼？」引東漢郭后為證，絕妙比例。大約郭家女兒，是祖傳的潑辣貨。仁宗乃決計廢后，復與夷簡商得一策，只稱后願修道，封為淨妃玉京衝妙仙師，居長寧宮，並敕有司不得受臺諫章奏。中丞孔道輔，與諫官范仲淹、孫祖德、

第二十七回　劉太后極樂歸天　郭正宮因爭失位

宋庠、劉渙，御史蔣堂、郭勸、楊偕、馬絳、段少通等，聯名具疏，入呈不納。乃同詣垂拱殿，俯伏同聲道：「皇后乃是國母，不應輕廢，願待召賜對，俾盡所言。」說了數聲，但見殿門緊閉，杳無消息。孔道輔忍無可忍，竟叩鐶大呼道：「皇后被廢，累及聖德，奈何不聽臺臣言？」俄聞門內傳旨，令至閣中與宰相答話。道輔等乃起至中書，見夷簡已經待著，便語夷簡道：「大臣服事帝后，猶人子服事父母一般，父母不和，只可諫止，奈何順父出母呢？」夷簡道：「后傷帝頸，過已太甚，且廢后亦漢、唐故事，何妨援行。」道輔厲聲道：「大臣當導君為堯、舜，怎得引漢、唐失德事，作為法制？」夷簡不答，拂袖徑入。道輔等乃退去。翌日，昧爽入朝，擬留集百官，與夷簡廷爭。甫到待漏院，即聞有詔旨下來，略言：「伏閣請對，盛世無聞，孔道輔等冒昧徑行，殊失大體。道輔著出知泰州，仲淹出知睦州，祖德等罰俸半年，以示薄懲。自今群臣毋得相率請對」云云。道輔等乃嗟嘆數聲，奉旨而去，於是廢后之議遂定。小子有詩詠此事道：

廢后只因嫡庶爭，宮廷構釁失王明。
當年若得刑於化，樛木何由不再賡？

郭后既廢，尚、楊二美人，益得寵幸，輪流伴寢，幾無虛夕，累得仁宗生起病來，下回再行分解。

劉太后生平，有功有過，據理立說，實屬過浮於功。垂簾聽政，本非宋制，而彼獨創之；袞冕為天子之服，彼何人斯，乃亦服之。設當時朝無忠直，不善規諫，幾何而不為武后耶？史官以賢后稱之，過矣。八大王元儼，為仁宗敘明生母，聲容並壯，豈呂夷簡等可望項背？宜其傳誦至今。俗小說中誤為德昭，又何其謬歟？郭后誤批帝頸，不為無過，然試問仁宗

當日，何以寵幸二美人，致有並后匹嫡之嫌乎？夷簡挾怨，同謀廢后，釀成主上之過舉，史猶目為賢相，抑亦過諛。經本回一一揭出，事實既真，褒貶悉當，較之讀史，功過半矣。是謂之良小說！

第二十七回　劉太后極樂歸天　郭正宮因爭失位

第二十八回

蕭耨斤挾權弑主母　趙元昊僭號寇邊疆

第二十八回　蕭耨斤挾權弑主母　趙元昊僭號寇邊疆

　　卻說仁宗寵幸尚、楊二美人，每夕當御，累得仁宗形神疲乏，漸就尪羸，甚至累日不能進食，奄臥龍床，蛾眉原足伐性，仁宗亦太無用。中外憂懼得很，楊太后詗悉情由，命仁宗斥退二美，仁宗含糊答應，心中恰非常眷戀，怎肯把一對解語花，驅出宮中？楊太后又面囑閻文應，傳諭仁宗，速出二美，文應朝夕入侍，說至再三，仁宗不勝絮聒，便恨恨道：「你叫她去罷！」文應即喚入氈車，迫二美人出宮。二美人哭哭啼啼，不肯即行，且欲央文應替她緩頰，文應叱道：「宮婢休得饒舌！」勒令登車，驅使出宮。小人得志，往往如此。翌日下詔，命尚氏為女道士，居洞真宮，楊氏別宅安置。過了月餘，仁宗病體已安，乃另聘故樞密使曹彬孫女入宮。翌年，又改元景祐，立曹氏為皇后，令廢后郭氏出居瑤華宮。曹后寬仁大度，馭下有方，冊后以後，見仁宗體質羸弱，恐他無嗣，未免懷憂。當下密啟仁宗，擬就宗室中取一幼兒，作為螟蛉。適太宗孫允讓多男（允讓係太宗四子，商王元份子），第十三子名宗實，年方四歲，當即取入宮中，由曹后撫養，後來就是英宗皇帝。自故后郭氏徙居後，仁宗頗加憶念，賜號金庭教主衝靜元師，且遣使存問，齎給詩箋，仿古樂府體。郭氏亦和詩相答，詞極淒惋。仁宗欲密召還宮，既立新后，又欲召還故後，試問將何以處置？當時何不預先審慎，乃欲出爾反爾耶？郭答來使道：「若再見召，須由百官立班受冊，方有面目見帝呢。」仁宗聽到此語，當為難起來。閻文應尤加惶急，只恐郭后還宮，自己的性命，不能保全。會郭有小疾，由仁宗囑太醫診視，文應亟與太醫急商，不知如何賄囑，竟把郭氏藥斃。宮人疑文應進毒，苦無實據，只得以暴卒奏聞。仁宗很是悲悼，追復后號，用禮殮葬。唯諡冊廟的儀制，概行停止。是時范仲淹已調知開封府，劾奏文應罪狀，乃謫令出外，命為秦州鈐轄，後徙相州，病死途中。未幾楊太后亦崩，諡章惠，祔葬永定陵，這且按下慢表。

且說契丹自與宋講和，彼此相安無事，蕭太后燕燕，不久即歿。蕭氏有機謀，善馭大臣，人樂為用，每發兵侵宋，輒被甲跨馬，麾旗督戰。及與宋通好，安享承平，不忘武事。唯胡人素乏名節，蕭后又生得英頎白皙，未免顧影自憐。遼主賢在日，常患風疾，后已憂鬱寡歡，未幾即成嫠婦，盛年守寡，怎能忘情？可巧東京留守韓國嗣子德讓，入直朝班，貌勝潘安，才同宋玉，適中蕭氏心懷，特別超擢，居然授他為政事令，總宿衛兵。他本契丹降將韓延徽後裔，驟沐厚恩，感激圖報。蕭氏即令他出入禁中，特賜禁臠，俾嘗風味。德讓本是解人，極力奉承，引得蕭后心花怒放，相親恨晚，特賜姓名為耶律隆運，拜大丞相，加封晉王。嗣主隆緒尚幼，管什麼敝笱嫌疑，後來逐漸長大，亦已如見慣司空，沒甚奇異，所以蕭后、韓相，不啻伉儷一般。等到蕭氏病歿，韓德讓亦相繼去世。真是一對同命鳥。契丹主隆緒，且命將德讓棺槨，陪葬母旁。可謂特別孝思。

　　既而高麗國有內亂，主誦為康肇所弒，另立誦兄名詢，契丹主興師問罪，擒誅康肇而還。夷狄有君，不如諸夏之亡。至宋仁宗即位，契丹遣使入汴，弔死賀生。越年，契丹主大閱兵馬，聲言將校獵幽州。宋廷慮他入寇，擬練兵備邊。同平章事張知白道：「契丹修好未遠，想不欲輕啟釁端，今乃聲言校獵，無非欲嘗試我朝，我若發兵防邊，反貽口實，不若託言堵河，募工充兵，他即無可藉口了。」仁宗如言照行，契丹兵亦罷去。嗣遼東因契丹加稅，致擾兵變，詳兗大延琳，集叛兵據遼陽，僭號興遼，改元天慶。留守蕭孝先被拘，契丹主即令孝先兄孝穆，率兵往討，掃平叛兵，獲斬延琳。到了天聖九年，契丹主隆緒卒，立子宗真，尊號隆緒為聖宗。宗真係宮人蕭耨斤（一譯作訥木謹）所生，隆緒后蕭氏無出，取為己子。也學劉太后耶？隆緒疾篤，蕭耨斤即罵隆緒后道：「老物！福亦將享盡麼？」隆緒稍有所聞，召宗真入囑道：「皇后事我四十年，因他無子，取

第二十八回　蕭耨斤挾權弒主母　趙元昊僭號寇邊疆

汝為嗣。我死，汝母子切勿害她，這是至要！宋朝信誓，汝宜永守，他不生釁，終當和好，國家自可無憂了。」宗真唯唯受命。

至隆緒已死，蕭耨斤自稱太后，參預國事，左右希耨斤意旨，誣隆緒后弟謀逆。耨斤派官鞫治，詞連隆緒后，宗真道：「先帝遺命，怎可不遵？且后嘗撫育朕躬，恩勤備至，不尊為太后，反欲加她罪名，如何使得？」宗真還有良心。蕭耨斤道：「此人不除，必為後患。」宗真道：「她既無子，又已年老，還有什麼異圖？」耨斤不從，竟命將隆緒后遷至上京。宗真發使至宋廷告哀，宋亦遣中丞孔道輔等，充賀冊及弔祭使，南北通好，仍然照常。宋仁宗明道元年，契丹主宗真往獵雪林，太后蕭耨斤竟遣中使至臨潢，勒隆緒后自盡。后慨然道：「我實無罪，天下共知，既令我死，且待我沐浴更衣，就死未遲。」中使也為憐惜，暫退室外。有頃入視，后已仰藥自盡了。當下返報耨斤，耨斤當然歡慰。獨宗真歸知此事，怨母殘忍，遂有違言。嗣是母子不和，心存芥蒂。過了兩年，即仁宗景祐元年，蕭耨斤陰召諸弟，謀廢宗真，改立少子重元。偏重元入告乃兄，宗真至此，也顧不得母子之情，遂令衛卒收太后璽綬，遷耨斤居慶州，立重元為皇太弟，始親決國政，與宋和好如初。

唯西夏主趙德明，既臣事宋朝，復臣事契丹，還算安分守己，事大盡禮。會六穀酋長巴喇濟，為異族所戕（應二十二回），部眾擁立巴喇濟弟斯榜多為首領（斯榜多一譯作斯鐸督），宋廷續授他為朔方節度使。斯榜多未洽眾望，或多散歸吐蕃部。吐蕃本西域強國，唐時與回紇國屢寇邊疆，後來兩國自相侵伐，同就衰微。宋興，兩部酋先後入貢，真宗時，吐蕃部酋唃廝囉（一譯作罝勒斯賚）上表宋廷，請伐西夏，廷議以夏主德明，尚稱恭謹，不許吐蕃往侵。唃廝囉竟入窺關中，知秦州曹瑋，請兵預防。果然唃廝囉來寇伏羌寨，被曹瑋率兵掩擊，大敗而還。唃廝囉自知勢

蹙，悔懼乞降。宋授唃廝囉為寧遠大將軍，兼愛州團練使。夏主德明，有子元昊，性極雄毅，兼多智略，常欲併吞回鶻（即回紇），吐蕃諸部，稱霸西陲。嗣竟引兵襲破回鶻，奪據甘州，德明嘉他有功，立為太子。元昊且勸父叛宋，德明不從，且戒元昊道：「自我父以來，連歲用兵，疲敝不堪，近三十年間，稱臣中國，累沐錦衣，中國可算厚待我了，此恩怎可辜負？」元昊咈然道：「衣毳氈，事畜牧，乃我蕃族特性，丈夫子生為英雄，非王即霸，奈何羨這錦衣，甘作宋朝奴隸呢？」也是石勒一流人物。既而德明病死，元昊襲位，宋遣工部郎中楊吉，冊元昊襲封西平王，並授定難軍節度，夏、銀、綏、靜、宥等州觀察，及處置押蕃落使，元昊還算拜受。契丹亦遣使冊元昊為夏國王。元昊圓面高準，身長五尺有餘，善騎射，通蕃漢文字，登位後大改制度，部署兵行，隱欲與宋為難。仁宗景祐元年，竟引兵入寇環慶，殺掠居民。慶州柔遠寨蕃部都巡檢嵬通（嵬一譯作威），乘夏兵炮颺，尾後襲擊，攻破後橋諸堡。元昊反藉口報仇，驅兵復出，緣邊都巡檢楊遵，與柔遠寨押監盧訓，領兵七百人，前往備禦，哪禁得夏兵大至，被殺得七零八落，四散奔逃。環慶都監齊宗矩，與寧州都監王文等，未知敗耗，只去援應盧訓。行次節義峰，驟聞胡哨亂鳴，夏兵已漫山遍野而來，宗矩不及退避，挺身與戰，力竭被擒，王文等逃還。既而元昊放歸宗矩，只說是雙方誤會，無故興兵，現願彼此約束云云。仁宗尚欲羈縻，頒詔慰撫，且令他兼官中書令。元昊狡詐，酷肖乃祖，仁宗姑息，亦與太宗相同，彼此可謂善繩祖武。元昊佯為聽命，暗遣部將蘇奴兒（一譯作蘇木諾爾），率兵二萬五千人，往攻吐蕃，被唃廝囉誘入險地，四面圍住，差不多把夏兵殺光，連蘇奴兒也活擒了去。元昊聞報大怒，復領眾攻陷貓牛城，轉圍宗哥、帶星嶺諸城。唃廝囉復遣部將安子羅，截擊元昊歸路。元昊晝夜角戰，殺到好幾十日，方將子羅擊退，移眾往攻臨湟。

第二十八回　蕭耨斤挾權弒主母　趙元昊僭號寇邊疆

唃廝囉堅壁不戰，待元昊渡河，卻用精騎殺出。夏兵猝不及防，多半溺死，元昊遁歸。唃廝囉報捷宋都，有詔擢他為保順軍留後。

既而元昊轉侵回鶻，奪據瓜、沙、肅諸州，疆宇日拓，氣勢愈張。可巧華州有二書生。一姓張，一姓吳，屢試被黜，往遊塞外，聞元昊威振西陲，頗思干進，因相偕至靈州，即夏都（見二十二回），入酒家豪飲，索筆書壁道：「張元、吳昊到此。」尋被邏卒拘住，見元昊，元昊怒責道：「入國問諱，你兩人既入我都門，難道不知避諱麼？」張、吳二人齊聲道：「姓尚不理會，卻理會這名字，未免本末倒置了。」原來元昊尚用宋朝賜姓，捨李為趙，所以二人乘機進言。果然元昊竦然起敬，親自下堂，替他解縛，延入賜坐，詢及國事。兩人抵掌高談，指陳形勢，所有西夏立國規模，寇宋計畫，一古腦兒傾倒出來。元昊喜出望外，遂改靈州為興州，號西平府為興慶府，阻河帶山，負嵎自固，居然築壇受朝，自稱皇帝，國號大夏，稱為天授元年，設十六司總理庶務，置十二監軍司，派部酋分軍管轄。軍兵總得五十餘萬，四面扼守，自制蕃書，形體方正，頗類八分，教國人紀事。遣使詣五臺山供佛寶，欲窺河東道路，與諸豪歃血為誓，約先攻延，擬由靖德、塞門寨、赤城路三道併入。叔父山遇，勸勿叛宋，元昊不聽，山遇挈妻子內降。不意知延州郭勸，反將山遇拿住，押還元昊（彷彿唐季之執還悉怛謀）。元昊即將他殺死，決意寇宋，先遣使上表宋廷，詞云：

臣祖宗本出帝胄，當東晉之末運，創後魏之初基。遠祖思恭，當唐季率兵拯難，受封賜姓。祖繼遷，心知兵要，手握乾符，大舉義旗，悉降諸部，臨河五郡，不旋踵而歸，沿邊七州，悉差肩而克。父德明，嗣奉世基，勉從朝命。真王之號，夙感於頒宣，尺土之封，顯蒙於割裂。臣偶以狂斐，制小蕃文字，改大漢衣冠，衣冠既就，文字既行，禮樂既張，器用

既備。吐蕃、塔塔，張掖、交河，莫不從伏。稱王則不喜，朝帝則是從，輻轅屢期，山呼齊舉，伏願一垓之土地，建為萬乘之邦家，於是再讓靡遑，群集又迫。事不得已，顯而行之，遂以十月十一日，郊壇備禮，為始祖始文字武興法建禮仁孝皇帝，國稱大夏，年號天授。伏望皇帝陛下，睿哲成人，寬慈及物，許以西郊之地，冊號南面之君，敢竭愚庸，常敦歡好。魚來雁往，任傳鄰國之音，地久天長，永鎮邊方之患。

至誠瀝懇，仰俟帝俞，謹遣使臣奉表以聞！

是年為仁宗寶元元年（景祐四年後，又改元寶元），呂夷簡等均已罷職，王曾封沂國公，已經謝世，復起用張士遜，及學士章得像，同平章事，王隨、李若谷參知政事，因元昊表詞傲慢，各主張絕和問罪，獨諫官吳育卻上言：「姑許所求，密修戰備，彼漸驕盈，我日戒飭，萬一決裂，也不足為我害，這便是欲取姑予的計策。」予以虛名，尚屬可行。士遜笑為迂論，乃下詔削奪元昊官爵，禁絕互市，並揭榜示邊，略言：「能擒元昊，或斬首上獻，當即授定難軍節度使，作為酬庸。」能討即討，何必懸賞？一面任夏竦為涇、原、秦、鳳按撫使，范雍為鄜、延、環、慶按撫使，經略夏州。兩個飯桶，有何用處？知樞密院事王德用（即王超子。見二十回）請自將西征，仁宗不許。德用狀貌雄偉，頗肖太祖，且平日很得士心。因此仁宗左右，交口進讒，謂不宜久典樞密，並授兵權。仁宗竟自動疑，不但不許西征，反將他降知隨州，改用夏守知樞密院事。元昊竟入寇保全軍，兵鋒甚銳，到了安遠寨附近，見有數千宋軍到來，他是毫不在意，以為幾千兵士，不值一掃，哪知兩陣甫交，驀然宋軍裡面，突出一位披髮仗劍，面含金色的將官來，也不知他是人是鬼，是妖是仙，頓時譁動夏兵，紛紛倒退。這位披髮金面的將官，逢人就砍，無一敢當。夏兵愈覺驚惶，連元昊也稱奇不置，沒奈何麾兵遁去。看官！道此人是誰？乃是巡

第二十八回　蕭耨斤挾權弒主母　趙元昊僭號寇邊疆

檢指揮使狄青。點名不苟。青字漢臣，河西人氏，驍勇善戰，初為騎御散直，從軍西征，累著戰功。他平時臨敵，往往戴著銅面具，披髮督陣，能使敵人驚退（俗小說中便說他有仙術了）。至是為巡檢指揮使，屯守保全，鈐轄盧守勤，檄令禦敵。他手下只帶兵士數千名，一場對壘，竟嚇退元昊雄師數萬人。當下奏捷宋廷，仁宗欲召問方略，會聞元昊複議進兵，乃命圖形以進。小子有詩詠道：

仗劍西征播戰功，叛王枉自逞英雄。
試看披髮戴銅面，已識奇謀在算中。

元昊自保全敗退，改從延州入寇，孰勝孰負，且至下回說明。

宋有劉太后，而契丹有蕭太后，真可謂兄弟之國，內政相等。至曹后取宗實為己子，隆緒后亦取宗真為己子，舉動又復相似。古所謂難兄難弟，不期於南北兩國見之。唯蕭太后老而淫，蕭耨斤且敢弒主母。而宋尚不聞有此。得毋由夷狄之俗，不及華夏之猶存禮教耶？夏主德明，事南事北，彷彿一條兩頭蛇，元昊獨銳生鱗角，至欲圖王爭霸，羌戎中偏出梟雄，而宋廷適當乏人，文不足安邦，武不足卻敵，徒令元昊增焰耳。幸保全軍尚有狄青，差足為中原吐氣，然官小職卑，未握重權。屈良驥於櫪下，美之適以惜之云。

第二十九回

中虜計任福戰歿　奉使命富弼辭行

第二十九回　中虜計任福戰歿　奉使命富弼辭行

　　卻說元昊欲寇延州，先遣人通款范雍，詐言兩不相犯。雍信為真言，毫不設備。那元昊竟輕師潛出，攻破金明寨，執都監李士彬父子，直抵延州城下。雍始著急起來，飛召在外將士，還援延州。於是鄜、延副總管劉平、石元孫，自慶州馳援，都監黃德和，巡檢萬俟政、郭遵等，亦由外馳入。數路兵合成一處，往拒元昊。兩下相遇，夏兵左持盾，右執刀，踴躍前來。劉平令軍士各用鉤槍，撤去敵盾，大呼殺入，敵眾敗走。平當先追擊，被敵兵飛矢射來，適中面頰，乃裹創退還。到了傍晚，忽來敵騎數千名，猝薄官軍，官軍未曾預防，竟至小卻。黃德和在陣後，望見前軍卻退，竟率步兵先遁。平亟遣子宜孫，馳追德和，執轡與語道：「都監當併力抗賊，奈何先奔？」德和不顧，脫轡徑去，遁赴甘泉。萬俟政、郭遵等，亦先後奔潰。德和可恨，萬俟政等尤可惡。平復遣軍校仗劍遮留，只攔住千餘人，與夏兵轉戰三日，互有殺傷，敵稍稍退去。平率餘眾保西南山，立柵自固。夜半四鼓，突聞外面萬馬齊集，且厲聲四呼道：「這般殘兵，不降何待！」平與元孫料敵大至，勉守孤營，相持達旦。俄而天色已明，開營迎敵，見敵酋舉鞭四至，悍厲異常，兩人手下，已不過數千人，且累日鏖鬥，勢已睏乏，怎能當得這般悍虜？戰不數合，已被敵酋衝作數截。平與元孫，不能相顧，戰到筋疲力盡，都做了西夏的囚奴。平憤極不食，見了元昊，開口大罵，竟為所害。元孫被拘未死。延州得此敗報，人心益懼。幸天降大雪，凍冱不開，元昊始解圍退去。

　　黃德和反誣平降賊，因致敗挫，宋廷頗聞悉情形，詔殿中侍御史文彥博，往河中問狀。彥博，汾州人，為人正直無私，一經訊鞫，當然水落石出。德和坐罪腰斬，范雍亦貶知安州，追贈劉平官爵，撫卹從優。罪不及萬俟政等，還是失刑。詔命夏守贇為陝西經略按撫招討使，內侍王守忠為鈐轄，即日啟行。知諫院富弼上言：「守贇庸懦，不足勝任。守忠係是

內臣，命為鈐轄，適蹈唐季監軍覆轍，請收回成命！」言之甚是。仁宗不從。適知制誥韓琦，使蜀還都，奏聞西夏形勢，語頗詳盡，仁宗遂命他按撫陝西。琦入朝辭行，面奏仁宗道：「范雍節制無狀，因遭敗衂，致貽君父憂，臣願保舉范仲淹，往守邊疆，定然無誤。」仁宗遲疑半晌，方道：「范仲淹麼？」琦復道：「仲淹前忤呂夷簡，徙知越州，朝廷方疑他朋黨，臣非不知，但當陛下宵旰焦勞，臣若再顧嫌疑，埋才誤國，罪且益大。倘或跡近朋比，所舉非人，就使臣坐罪族誅，亦所甘心。」百口相保，不愧以人事君之義。仁宗才點首道：「卿且行！朕便令仲淹隨至便了。」琦叩謝而出。未幾即有詔令仲淹知永興軍。先是仲淹知開封府，因呂夷簡當國，濫用私人，特上疏指陳時弊，隱斥夷簡為漢張禹。夷簡說他越職言事，離間君臣，竟面劾仲淹，落職外徙。集賢院校理余靖，館閣校勘尹洙、歐陽修，奏稱仲淹無罪，也致坐貶，斥為朋黨。都人士卻號作四賢。韓琦此次保薦仲淹，所以有這般論調。仲淹坐朋黨落職，係景祐三年事，本回信韓琦奏事，補敘此事，文法綿密。仁宗依奏施行，也算是虛心聽受了。

　　唯張士遜主議征夏，至軍書旁午，反無所建白，坐聽成敗，諫院中噴有煩言。士遜心不自安，上章告老。詔令以太傅致仕，再起呂夷簡同平章事。夷簡再相，亦以夏守贇非專閫才，不如召還。仁宗乃命與王守忠一同還闕，改用夏竦為陝西經略按撫招討使，韓琦、范仲淹為副。仲淹尚未赴陝，奉旨陛辭，仁宗面諭道：「卿與呂相有隙，今呂相亦願用卿，卿當盡釋前嫌，為國效力。」仲淹叩言道：「臣與呂相本無嫌怨，前日就事論事，亦無非為國家起見，臣何嘗預設成心呢？」仁宗道：「彼此同心為國，尚有何言。」仲淹叩別出朝，即日就道。途次聞延州諸寨，多半失守，遂上表請自守延州。有詔令兼知州事，仲淹兼程前進，既至延州，大閱州兵，得萬八千人，擇六將分領，日夕訓練，視賊眾寡，更迭出禦。又修築承平、

第二十九回　中虜計任福戰歿　奉使命富弼辭行

永平等寨,招輯流亡,定保障,通斥堠,羌、漢人民,相繼歸業,邊塞以固,敵不敢近。夏人自相告戒道:「此次來了小范老子,胸中具有數萬甲兵,不比前日的大范丶老子,可以騙得,延州不必妄想了。」大范就指范雍,小范乃指范仲淹。

元昊聞仲淹善守,佯遣使與仲淹議和,一面引兵寇三川諸寨,副使韓琦,令環、慶副總管任福,託詞巡邊,領兵七千人,夜趨七十里,直抵白豹城,一鼓攻入,焚去夏人積聚,收兵還汛。元昊又向韓琦求盟,琦勃然道:「無約請和,明是誘我,我豈墮他詭計麼?」遂拒絕來使。獨范仲淹復元昊書,反覆戒諭,令去帝號,守臣節,借報累朝恩遇等語。時宋廷遣翰林學士晁宗慤,馳赴陝西,問攻守策,夏竦模稜兩可,具二說以聞。仁宗獨取攻策,令鄜、延、涇、原會師進討,限期在慶曆元年正月。仁宗改元寶元後,越二年,又改元康定,又越年,復改元慶曆。范仲淹主守,韓琦主戰,兩下各爭執一詞,彼此據情陳奏,累得仁宗亦疑惑不定,無從解決。那元昊卻不肯罷手,竟遣眾入寇渭州,薄懷遠城。韓琦親出巡邊,盡發鎮戎軍士卒,又募勇士萬八千人,命環、慶副總管任福為統將,耿傅為參謀,涇、原都監桑懌為先鋒,朱觀、武英、王珪為後應。大軍將發,琦召任福入語道:「元昊多詐,此去須要小心!你等可自懷遠趨德勝寨,繞出羊牧隆城,攻擊敵背,若勢未可戰,即據險入伏,截他歸路,不患不勝。若違我節制,有功亦斬!」福奉令登程,徑趨懷遠,道遇鎮戎軍西路巡檢常鼎、劉肅等人,傳言夏兵在張家堡南,距此不過數里。福即會師亟進,果然遇著敵眾,頓時併力掩擊,斬馘數百級,敵眾潰退,拋棄馬羊橐駝,不計其數。先鋒桑懌,驅兵再進,福接踵而前。參軍耿傅,尚在後面,接得韓琦來檄,力戒持重,乃附加手書,遣人齎遞任福,勸他遵從韓令,切勿躁率。福冷笑道:「韓招討太覺迂謹,耿參軍尤覺畏葸,我看虜

兵易與，明日進戰，管教他只騎不回。」趾高氣揚，安能不敗？遂令來使速還，約後隊迅即來會，越日定可破敵，萬勿誤期。及使人回報，耿傅、朱觀、武英、王珪等，只好一同進兵。

到了籠絡川，天色已晚，聞前軍已至好水川，相隔只有五里，乃擇地安營。次日天曉，桑懌、任福等，復循好水川西行，至六盤山下，途次見有銀泥盒數枚，緘封甚固，桑懌取盒審視，未知內藏何物，但聞盒中有動躍聲，疑不敢發。可巧任福亦到，即遞交與他。福是個粗豪人物，不管什麼好歹，當即把盒啟視，哪知盒內是懸哨家鴿，霎時間盡行飛出，迴翔軍上。桑懌、任福尚翹首視鴿，莫名其妙，忽聞胡哨四起，夏兵大集。元昊親率鐵騎，蹀躞前來。懌忙麾軍抵敵，福尚未成列，被敵騎縱橫馳突，頓時散亂。眾欲據險自固，忽夏人陣中，豎起一張鮑老旗（戲幢名），長約二丈餘，左動左伏起，右動右伏起，四面夾攻，宋軍大敗。桑懌、劉肅陸續戰死。福身被十餘創，尚力戰不退。小校劉進，勸福急走，福憤然道：「我為大將，不幸兵敗，只有一死報國便了。」未幾槍中左頰，血流滿面，福扼喉自盡。福子懷亮隨軍，同時畢命，全軍盡覆。

元昊乘勝入籠絡川，正與朱英軍相遇，趁勢將朱英圍住。英左衝右突，不能出圍，王珪急往救援，硬殺一條血路，拔出朱英，但見英已身受重傷，不能視軍，珪正焦急得很，正擬設法走脫，不意敵兵益至，又被圍住。耿傅、朱觀也欲往援，適渭川駐泊都監趙津，帶領瓦亭騎兵二千，前來會戰，耿傅即與趙津救珪，令朱觀守住後軍。趙津多來送死，然卻是朱觀的替死鬼。時王珪已經陣亡，朱英亦死，耿、趙兩人，冒冒失失的衝殺過去，好似羊入虎口，戰不多時，一同殉難。朱觀見不可支，急率殘軍千餘人，退保民垣，四向縱射。夏兵疑是有伏，更兼天色將昏，乃齊唱番歌，收軍引去。這一場交戰，宋將死了六人，士卒傷亡一萬數千名，只朱

第二十九回　中虜計任福戰歿　奉使命富弼辭行

觀手下千餘人,總算生還,關右大震。

韓琦退還,夏竦使人收集散兵,並任福等遺骸,見福衣帶間尚藏著琦檄,並參軍耿傅書,乃將詳情奏聞,說是任福違命致敗,罪不在琦、傅等人。琦卻上章自劾,仁宗很是驚悼,鐫琦一級,徙知秦州。元昊自連勝宋軍,聲勢張甚,作書答覆范仲淹,語極悖嫚。仲淹對著夏使,把書撕碎,付之於火,夏使自去。這事傳達宋廷,呂夷簡語廷臣道:「人臣無外交,仲淹擅與元昊書,已失臣禮,既得答覆,又擅焚不奏,別人敢如此麼?」參政宋庠遽答道:「罪當斬首。」樞密副使杜衍,獨辯論道:「仲淹志在招叛,存心未嘗不忠,怎可深罪?」彼此爭議未決。仁宗命仲淹自陳,仲淹遙奏道:「臣始聞元昊有悔過意,因致書勸諭,宣示朝廷德威,近因任福敗死,虜勢益張,覆書遂多悖嫚,臣愚以為此書上達,若朝廷不亟聲討,辱在朝廷,不若對了虜使,毀去此書,還不過辱及愚臣,似與朝廷無涉。這是區區愚忱,乞即鑑察」等語。仁宗得奏,復命中書樞密兩府復議。宋庠、杜衍仍各執前說,仁宗顧問夷簡,宋庠總道夷簡贊同己說,哪知夷簡恰不慌不忙道:「杜衍議是,止應薄責了事。」這語說畢,庠不禁瞠目退朝。想是夷簡與庠有隙,故獨從杜衍之議,不然,前既倡議罪犯,此時何反祖犯耶?仁宗乃降仲淹知耀州,未幾復徙知慶州,詔命工部侍郎陳執中,同任陝西按撫經略招討使,與夏竦同判永興軍。兩人意見相左,屢起齟齬,乃又命竦屯鄜州,執中屯涇州。竦守邊二年,遇事畏縮,首鼠兩端,營中帶著侍妾,整日裡流連酒色,不顧邊情。元昊懸募竦首,只出錢三千文,邊人傳為笑話。

既而元昊復寇麟府,破寧遠寨,陷豐州,警報迭聞,知諫院張方平奏稱:「竦為統帥,已將三年,師唯不出,出必喪敗,寇唯不來,來必殘蕩。這等統帥,究有何用?請另行擇帥,借固邊防!」於是改竦判河中,

執中知涇州,一面再經廷議,分秦鳳、涇原、環慶、鄜延為四路,令韓琦知秦州,轄秦鳳,范仲淹知慶州,轄環慶,王沿知渭州,轄涇原,龐籍知延州,轄鄜延,各兼經略按撫招討使。四人除王沿外,均捍禦有方,繕城築寨,招番撫民。羌人尤愛仲淹,呼他為龍圖老子。因仲淹曾任龍圖閣待制,乃有是名。元昊卻也知難而退,稍稍斂跡了。總貴得人。

慶曆二年,忽契丹遣使蕭特末、劉六符至宋,復求關南故地,且問興師伐夏,及沿邊濬河增戍的理由。朝命知制誥富弼為接伴使,偕中使往迎都外。特末等昂然而來,下馬相見,當由中使傳旨慰問。特末倔強不拜,弼抗聲道:「南北兩主,稱為兄弟,我主與汝主相等,今傳旨慰勞,奈何不拜?」特末託言有疾,不能施禮。弼又道:「我亦嘗出使北方,臥病車中,聞汝主命,即起受盡禮,汝怎得因疾廢禮呢?」特末無詞可答,只好起拜。先聲已足奪人。拜畢,隨弼入都。弼匯入客館,開誠與語,特末卻亦感悅,即將契丹主遣使本意,一一說出。弼據理辯駁,特末密語弼道:「貴國可從則從,不可從,或增幣,或和親,亦無不可。」弼乃引兩使入謁仁宗,並據特末言奏聞。仁宗召呂夷簡入商,夷簡道:「西夏未平,契丹乘隙求地,斷難允許。但我既與夏構兵,不應再戰契丹,現來使蕭特末,既有和親增幣兩事,密相告語,我且酌允一件,暫作羈縻罷了。」仁宗道:「朕意亦是如此,但何人可以報聘?」夷簡道:「不如就遣富弼,渠去年曾往使契丹,可稱熟手,此次命往,諒想不致辱命。」(借夷簡口中,補敘富弼奉使契丹,且回應上文弼語特末之言。)仁宗點首,遂命富弼報使契丹。詔命既下,廷臣多為富弼擔憂。謂此去恐致陷虜,集賢院校理歐陽修,且引唐顏真卿使李希烈故事,請留弼不遣,疏入不報。自是謠諑繁興,統說夷簡與弼有嫌,計圖陷害,因薦弼北行。弼卻毅然願往,陛辭時叩首奏道:「主憂臣辱,臣怎敢愛死?此去除增幣外,決不妄允一事。倘

第二十九回　中虜計任福戰歿　奉使命富弼辭行

契丹意外苛索，臣誓死以拒便了。」仁宗聞言，也不禁動容，面授弼為樞密直學士。弼不肯受，復叩頭道：「國家有急，義不憚勞，怎敢先受爵祿呢？」仁宗復慰獎數語，弼即起身出朝，到了賓館，邀同契丹兩使，即日往北去了。小子有詩詠道：

銜命登程竟北行，國家為重死生輕。
折衝樽俎談何易，恃有忠誠懾虜情。

欲知弼往契丹，如何定議，待小子下回說明。

世嘗謂北宋無將，證諸夏事，北宋固無將也。仁宗之世，宋尚稱盛，元昊騷擾西陲，得一良將以平之，猶為易事。夏竦、范雍，材皆庸駑，固等諸自鄶以下。若夫韓琦、范仲淹二人，亦不過一文治才耳。主戰主守，彼此異議，主戰者有好水川之敗，雖咎由任福之違制，然所任非人，琦究不得辭責。主守者遭元昊之謾侮，微杜衍，仲淹幾不免殺身。史雖稱韓、范善防，然卒無以制元昊，使之帖然歸命，非皆武略不足之明證耶？以專閫之乏材，而契丹遂乘間索地，地不給而許增歲幣，亦猶二五一十之故智耳。外交以武力為後盾，僅恃口舌之爭，雖如富鄭公者，亦不能盡折虜焰，而下此更不足道矣。

第三十回

爭和約折服契丹　除敵臣收降元昊

第三十回　爭和約折服契丹　除敵臣收降元昊

卻說富弼出使，免不得途中耽擱，一時未到契丹。契丹卻聚兵幽、薊，聲言南下。廷議請築城洛陽，呂夷簡謂不若建都大名，耀威河北，示將親征以伐敵謀。仁宗從夷簡言，乃建大名府為北京，即從前真宗親征駐蹕處，一面命王德用判定州，兼朔方三路都部署。德用抵任，日夜練士卒，擇期大閱。契丹遣偵騎來視，見德用部下，人人強壯，個個威風，當下返報本國，契丹主宗真也覺奪氣。宋廷賴有此著，故和議復成。待富弼已到契丹，即入見宗真，行過了禮，便開口問道：「兩朝人主，父子繼好已四十年，乃無故來求割地，究屬何故？」宗真道：「南朝違約，塞雁門，增塘水，治城隍，籍民兵，亦為著何事？中國大臣，均請舉兵南向，我意謂遣使質問，並索關南故地，若南朝不肯相從，舉兵未晚。」弼即接入道：「北朝忘我先帝的大德麼？澶淵一役，我朝將士，哪一個不主開戰？若先帝從將士言，恐北兵均不得生還。我先帝顧全南北，特約修和，今北朝又欲主戰，想是北朝臣子，均為身謀，不管主子的禍福呢。」說到此句，宗真不覺驚異道：「為什麼不管主子的禍福？」弼答道：「晉高祖欺天叛君，末帝昏亂，土宇狹小，上下離叛，北朝乃得進克中原。但試問所得金幣，果涓滴歸公否？北朝費了若干軍餉，若干兵械，徒令私家充牣，公府凋殘。今中國提封萬里，精兵百萬，法令修明，上下一心，北朝欲用兵，能保必勝麼？就使得勝，勞師傷財，還是群臣受害呢，人主受害呢？若通好不絕，歲幣盡歸人主，群臣有何利益？所以為群臣計，宜戰不宜和，為主子計，宜和不宜戰。」說得透切，不亞秦、儀。宗真聽了，不由的點首數次。弼又道：「塞雁門，為備元昊，並非防北朝；塘水開濬，在南北通好前，城隍無非修舊，民兵不過補闕，有何違約可言？」宗真道：「如卿言，是我錯怪南朝了。但我祖宗故地，幸乞見還！」語已少軟。弼答道：「晉以盧、龍賂契丹，周世宗復取關南地，統是前代故事。若各欲

求地,幽、薊曾隸屬中國,難道是北朝故地麼?」宗真亦無詞可答,命劉六符引弼至館,開宴敘談。六符道:「我主恥受金幣,定欲關南十縣,南朝何不暫許通融?」弼正色道:「我朝皇帝嘗云,為祖宗守國,不敢以尺地與人,北朝所欲,不過租賦,朕不忍兩朝赤子,多罹兵革,所以屈己增幣,聊代土地。若北朝必欲得關南十縣,是志在敗盟,藉此為詞。澶淵盟誓,天地鬼神,共鑑此言,北朝若首發兵端,曲不在我,天地鬼神,恐不肯受欺哩。」正襟危論,如聞其聲。六符道:「南朝皇帝,存心如此,大善大善。當彼此共奏,使兩主情好如初。」是日盡歡而散。

　　翌日,契丹主宗真,召弼同獵,引弼馬相近,婉語道:「南朝若許我關南地,我當永感厚誼,誓敦和好。」仍是欺人之語。弼答道:「北朝以得地為榮,南朝必以失地為辱,兩朝既稱兄弟,怎可一榮一辱呢?」捨理言情,語益動人。宗真默然。獵畢散歸,六符復來語弼道:「我主聞榮辱的談論,意甚感悟,關南十縣,暫且擱起。唯願與南朝和親,想南朝總允我結婚呢。」弼複道:「結婚易生嫌隙,我朝長公主出降,齎送不過十萬緡,哪能及得歲幣的大利呢?」六符返報宗真。宗真乃召弼入見,令還取盟書,並與語道:「俟卿再至,當擇一事為約,卿可遂以誓書來。」弼乃辭歸,據實奏陳。仁宗復遣使持和親增幣二議,及誓書再往契丹,並命至樞臣處親受口傳。弼領教即行,途次樂壽,忽心有所觸,亟語副使張茂實道:「我奉命為使,未見國書,倘書詞與口傳不同,豈非敗事?」茂實唯唯。及啟書審視,果與口傳不符,立即馳還。時已日昃,叩閽求見,至仁宗召入,弼呈上國書,並跪奏道:「樞臣意圖陷害,特作此書,俾與口說不同,臣死何足惜,貽誤國家,豈非大患?」仁宗恰也驚疑,轉問晏殊。晏殊道:「呂夷簡想不至出此,或恐錄述有誤呢。」弼奏道:「晏殊奸邪,黨夷簡,欺陛下,應得何罪?」仁宗遂命晏殊易書,弼審視乃行。呂夷簡

第三十回　爭和約折服契丹　除敵臣收降元昊

挾私害公，至此未免坐實。晏殊設詞掩飾，明是黨呂陷弼，史稱弼娶晏女，豈翁婿之情，亦全不顧耶？既至契丹，不復議婚，但議增幣。契丹主宗真道：「南朝既增我歲幣，應稱為獻。」弼答道：「南朝為兄，豈有為兄獻弟的道理？」宗真道：「獻字不用，改一納字。」弼仍不可。宗真艴然道：「歲幣且增我，何在此區區一字？若我擁兵南來，得勿後悔麼？」弼複道：「我朝兼愛南北生民，所以屈己增幣，並非有憚北朝。若不得已改和為戰，當視曲直為勝負，使臣卻不敢預料了。」宗真道：「卿勿固執，古時亦曾有此例呢。」弼勃然道：「古時唯唐高祖借兵突厥，當時贈遺，或稱獻納，但後來頡利為太宗所擒，豈尚有此例麼？」說畢，聲色俱厲。宗真知不可奪，乃徐徐道：「我當自遣人往議罷了。」乃留增幣誓書，另遣使耶律仁先及劉六符二人，持誓書與弼偕來，且議獻納二字。弼先入奏道：「獻納二字，臣已力拒，虜氣已中沮了，幸勿再許！」仁宗允奏。後用晏殊議，竟許用「納」字。一字都不能爭得，宋君臣可謂委靡。於是歲增銀十萬兩，絹十萬匹，仍遣知制誥梁適持誓書，與仁先等往契丹。契丹亦遣使再致誓書，且報撤兵，總算依舊和好了。

弼始受命至契丹，適一女夭殤，弼不過問，及二次再往，聞得一男，亦不暇顧。在外得家書，未嘗啟閱，隨至隨焚。左右以為奇，弼與語道：「這種家書，徒亂人意，國事尚未了結，何暇顧家？」錄此為愛國者勸。至和議已成，仁宗復命他為樞密直學士。弼仍懇辭道：「增幣非臣本意，只因近日方討元昊，不暇與契丹角逐，所以臣未敢死爭，怎可無功受賞呢？」未幾又授弼為樞密副使，弼又固辭，但表請仁宗坐薪嘗膽，不忘修政。仁宗很加讚嘆，改授弼為資政殿學士，這且按下慢表。

且說元昊據有西鄙，叛命如故，會夏境天旱年荒，兵民交困，乃漸有納款意。知延州龐籍，報答宋廷，詔命知保全軍劉拯，傳諭元昊親臣剛浪

陵（一譯作野利綱里拉），遇乞（一譯作雅奇）兄弟，令他內附，即分界西平爵土。剛浪陵很是刁猾，令部下浪埋、賞乞、媚娘三人，偽至鄜州乞降。鄜州判官種世衡，料知有詐，留住營中，佯加錄用。剛浪陵又遣教練使李文貴，來報降期，也由世衡留住。既而元昊仍大舉入寇，攻鎮戎軍，王沿使副總管葛懷敏，督諸寨兵出敵，至定州寨，被夏兵繞出背後，毀橋截住。懷敏部軍，相率驚慌，頓時大潰。懷敏奔還長城，濠路已斷，遂與將校十四人，陸續戰死，餘軍九千六百名，馬六百匹，均陷沒敵中。元昊乘勝直抵渭州，焚蕩廬舍，屠掠民畜，涇、汾以東，烽火連天。幸知慶州范仲淹，率蕃漢兵往援，夏兵乃退。先是翰林學士王堯臣，曾奉命安撫陝西，及還朝，上疏論兵，且言：「韓、范具將帥材，不當置諸散地。」仁宗尚不以為意。至葛懷敏敗歿，中外震懼，乃命文彥博經略涇、原，並欲徙范仲淹知渭州，與王沿對調。

仲淹以王沿無用，擬與韓琦並駐涇州，即行上奏，略云：

涇州為秦、隴要衝，賊昊屢出兵窺伺，非協力捍禦，不足以制賊鋒。臣願與韓琦並駐涇州，琦兼秦、鳳，臣兼環、慶，涇、原有警，臣與琦合秦、鳳、環、慶之兵，犄角而進。若秦、鳳、環、慶有警，亦可率涇、原之師為援。臣當與琦練兵選將，漸復橫山，以斷賊臂，不數年間，可期平定。願招龐籍兼領環、慶，以成首尾之勢。秦州委文彥博，慶州用滕宗諒，總之渭州一武臣足矣。

仁宗准奏，乃用韓琦、范仲淹、龐籍為陝西按撫經略招討使，置府涇州，分司行事。並召王沿還都，命文彥博守秦州，滕宗諒守慶州，張亢守渭州。韓、范二人，同心捍邊，號令嚴明，愛拊士卒，諸羌樂為所用，懷德畏威。邊人聞韓、范名，編成四句歌謠道：「軍中有一韓，西賊聞之心膽寒；軍中有一范，西賊聞之驚破膽。」得人之效，可見一斑。

第三十回　爭和約折服契丹　除敵臣收降元昊

　　唯種世衡因剛浪陵遣人詐降，總欲以假應假，用反間計除滅了他，免為元昊心腹。當時有僧人王光信，足智多謀，世衡招致部下，奏補三班借職，令改名為嵩，持招降書，往投剛浪陵、遇乞。剛浪陵接到書函，當下展閱，內言：「朝廷知王有內附心，已授夏州節度，王其速來！」書後，又繪一棗及一龜。剛浪陵憒然不解，王嵩在旁代解道：「棗早同音，龜歸同聲，請大王留意！」原來剛浪陵、遇乞，皆屬野利氏，元昊娶野利氏女為第五妃，即二人女弟，二人因此得寵，且具有才謀，並握重權，夏人號為大王，所以世衡貽書，及王嵩與語，亦沿用夏人稱呼。剛浪陵畢竟乖刁，獰然笑道：「種使君年已長成，何故弄此把戲？難道視我為小兒麼？」遂將王嵩拿下，並原書獻與元昊。王嵩本有膽智，見元昊後，元昊喝令斬首。嵩並不驚慌，反大笑道：「人人說你夏人多詐，我卻不信，誰料話不虛傳呢。」元昊拍案道：「你等多詐，欲來用反間計，還說是中國多詐麼？」一語喝破。彷彿《三國演義》中曹操之於闞澤。王嵩道：「剛浪大王，若非先遣浪埋等來降，種使君亦不至無故送書。現浪埋等尚在鄜州，李文貴居然重用，我朝已授剛浪大王為夏州節度使，今乃有此變卦，豈非你夏人多詐嗎？罷罷！我死也還值得。我死，有李文貴等四人償命呢。」元昊聽了，不禁驚詫，遂轉問剛浪陵。剛浪陵前遣浪埋等人，尚未與元昊說明，至此反無從詳對，但說是別有用意。元昊益覺動疑，當命將王嵩綏刑，囚禁阱中，一面盤詰剛浪陵。剛浪陵才將前情詳陳，偏元昊似信非信，也將剛浪陵留住帳中，潛遣人作為剛浪陵使，返報世衡。世衡已料為元昊所遣，卻故意將錯便錯，格外優待，並與約兩大王歸期。來使怎識詐謀，當然據情還報。元昊不禁怒起，竟召還剛浪陵，與使臣對質。剛浪陵尚想分辯。偏元昊已拔劍出鞘，手起劍落，把剛浪陵揮作兩段，除了一個。並將遇乞拘置獄中。種世衡聞剛浪陵被殺，知計已得行，復著成一篇祭文，內說：

「剛浪陵大王兄弟,有意本朝,忽遭慘變,痛失垂成。」寫得非常慘怛,潛令人投置夏境。夏人拾得,齎獻元昊。元昊又令人將遇乞處斬。又除了一個。

看官!試想這元昊也是一個雄酋,難道這般反間計,竟全然沒有分曉,空把那兩個有用的妻舅,一一殺死麼?小子搜考野乘,才悉元昊另有一段隱情。遇乞妻沒藏氏,因與元昊第五妃有姑嫂關係,往往出入夏宮,她不合生著三分姿色,被元昊看上了眼,極想與她通情,奈因遇乞手握重權,未免投鼠忌器,沒奈何勉強忍耐,含著一種單相思,延捱過去。巧值種世衡投書與他,勸令內附,他正好借公濟私,除了遇乞,便將沒藏氏拘入宮中,一嚇兩騙,哄得沒藏氏又驚又喜,只好獻出祕寶,供他享受。

元昊已經如願,索性放出王嵩,厚禮相待,令作書報種世衡,願與宋朝講和。世衡轉告龐籍,籍即令世衡遣還李文貴,往議和約。元昊大喜,仍使文貴與王嵩偕至延州,齎書議款。龐籍接得來書,見書意尚是倔強,有云:「如日方中,止能順天西行,安可逆天東下」等語。當下將來書飛報宋廷,仁宗已經厭兵,詔令籍覆書許和,但令他稍從恭順。籍乃如旨示覆,遣文貴持去。嗣得夏國六宅使賀從勖,與文貴齎書同來,書中自稱男邦泥定國兀卒曩霄,上書父大宋皇帝。龐籍即問道:「何謂泥定國兀卒曩霄?」從勖道:「『曩霄』係吾主改定新名,『泥定國』是立國意義,『兀卒』是中國主子的稱呼。」龐籍道:「如此說來,你主仍不肯臣事本朝,令我如何上聞?」從勖道:「既稱父子,也是君臣一般,若天子不許,再行計議。」龐籍道:「你只可入闕自陳。」從勖答言:「願入京師。」乃送從勖至闕下,並奏言元昊來書,名體未正,應諭令稱臣,方可議和。仁宗覽奏,即召諭從勖道:「你主元昊,果願歸順,應照漢文格式,稱臣立誓,不得說什麼兀卒,什麼泥定國。」從勖叩首道:「天朝皇帝,既欲西夏稱臣,當

第三十回　爭和約折服契丹　除敵臣收降元昊

歸國再議。唯天朝仁恩遍覆，每歲應賜給若干，俾可還報。」仁宗道：「朕當遣使偕行，與你主定議便了。」從勖乃退。有詔命邵良佐、張士元、張子奭、王正倫四人，偕從勖一同西行，與夏主元昊妥議。四人領命而去。到了西夏，因元昊多索歲幣，議仍未洽。元昊乃再遣使臣如定聿舍（一譯作儒定裕舍）、張延壽等，入汴再議。當議定按年賜給絹十萬匹，茶三萬斤。夏主元昊，應稱臣立誓，不得渝盟。夏使乃返。越年，慶曆四年。元昊始遣使來上誓表，文云：

臣與天朝，兩失和好，遂歷七年，立誓自今，願藏明府。其前日所掠將校民戶，各不復還。自此有邊人逃亡，亦毋得襲逐。臣近以本國城寨，進納朝廷，其栲栳、鑌刀、南安、承平故地，及他邊境，蕃漢所居，乞畫中為界，於內聽築城堡。凡歲賜絹茶等物，如議定額數，臣不復以他相干，乞頒誓詔，蓋欲世世遵守，永以為好。倘君親之義不存，或臣子之心渝變，當使宗祀不永，子孫罹殃。謹上誓表以聞！

仁宗亦賜答詔書，付夏使齎還。略云：

朕臨制四海，廓地萬里，西夏之土，世以為胙，今既納忠悔咎，表於信誓，質之日月，要之鬼神，及諸子孫，無有渝變，申覆懇至，朕甚嘉之！俯閱來誓，一皆如約。

夏使去後，復擬派遣冊禮使，冊封元昊為夏王，忽契丹遣使來汴，請宋廷勿與夏和，現已為中國發兵，西往討夏，累得宋廷君臣，又疑惑起來。正是：

中朝已下和戎詔，朔漢偏來討虜書。

究竟契丹何故伐夏，試看下回便知。

讀本回盟遼盟夏兩事，見得宋室君臣，志在苟安，毫無振作氣象。契

丹主宗真時，上無蕭太后燕燕之雄略，下無耶律休哥之將材，富弼一出，據理與爭，即折敵焰，何必多增歲幣，自耗財物，甚至獻納二字，亦不能盡去乎？元昊墮種世衡之計，自剪羽翼，又復惑於沒藏氏之女色，漸啟荒耽，其願和不願戰也明矣。況乎韓、范、龐三人御邊，已屬無懈可擊，彼若修和，我正當令他朝貢，乃反歲賜絹茶，亦胡為者。總之一奄奄不振，得休便休已耳，觀此而已知宋室之將衰。

第三十回　爭和約折服契丹　除敵臣收降元昊

第三十一回

明副使力破叛徒　曹皇后智平逆贼

第三十一回　明副使力破叛徒　曹皇后智平逆賊

卻說契丹遣使至宋，請勿與夏和，且來告伐夏，就中有個原因，乃是契丹舊屬党項部，被元昊吞併，契丹主宗真遣使索還，元昊不答，於是契丹決議興師。宗真親率騎兵十萬，往伐元昊，一面向宋廷報告師期。仁宗正擬冊封元昊，不意遭此打擊，反弄得疑惑不定，當與廷臣議決，暫留夏國封冊，止使不遣。別命知制誥余靖，報使契丹，託詞致賻，探明情實。至余靖到了契丹，契丹主已經敗歸，原來契丹兵三路西進，直達賀蘭山，戰勝元昊。元昊退師十里，情願與契丹講和，偏契丹樞密使蕭惠，請蕩平夏國，不可許成。契丹主猶豫未決，元昊以未得成言，每日退三十里，直退至九十里外，方才下寨。他知契丹兵必來追擊，先將經過的地方，所有草木，一概焚去，自己堅壁以待。果然契丹兵追躡過去，馬不得食，不堪臨陣，沒奈何與元昊議款。元昊確是狡黠，陽與周旋，潛自夜間發兵，襲蕭惠營。惠未曾預備，一時招架不及，全營潰散。元昊乘勝攻契丹大營，契丹主倉猝走免。駙馬蕭胡睹，被元昊擒住，他卻不去殺他，反好言撫慰，酒食相待，與語講和事宜。蕭胡睹一力擔承，願返報宗真，再敦和好。自己要命，當然願和。元昊乃縱使歸去，並遣人往議和約。宗真無可奈何，只得各還俘虜，仍舊修和。元昊的是能手。余靖探悉情形，即入見宗真，述及宋夏交好事。宗真不便異議，因遣余靖南還。靖既還都，仁宗又遣員外郎張子奭充冊禮使，冊元昊為夏國主，賜他金帶銀鞍，並銀二萬兩，絹二萬匹，茶二萬斤，賜詔不名，許自置官屬。元昊總算稱臣奉朔，歲貢方物，彼此敷衍過去。

唯元昊既誘占沒藏氏，大加寵幸（應前回）。沒藏氏水性楊花，把那殺夫的冤仇，撇在腦後，一味兒獻媚縱歡。獨野利氏非常妒恨，好幾次與元昊爭論，欲將沒藏氏攆逐。元昊正在眷戀，哪裡肯依？可巧太子寧寧哥，本野利氏所生，年大須婚，聘定沒藏氏女為室（沒藏氏一譯作瑪伊

克氏）。結婚期屆，沒藏氏嫁了過來，貌美年輕，苗條可愛。元昊性好漁色，不知如何勾搭，竟將沒藏氏引入寢室，也與她顛鸞倒鳳，做些不正經的勾當。新臺一詩，不妨移贈。看官！你想野利氏的母子，如何忍耐得住？於是兩人設法，先行下手，沒藏氏正在失寵，野利氏乘間過去，指揮女侍，把沒藏氏一頭黑髮，盡行髡去，攆出為尼。沒藏氏有兄訛龐（一譯作鄂博）。將妹收養，那妹子正懷六甲，產得一男，密報元昊。元昊移情子婦，得新忘舊，也不願她母子重還，但令取名寧令哥，給發若干金帛，寄養母家。獨寧寧哥日伺父隙，正苦無從得手，勉強捱過了一年，適值元昊出獵，他借隨侍為名，帶劍跟著，覷了一個空隙，拔劍出鞘，從元昊腦後劈去。元昊聞有劍聲，急忙回顧，湊巧劍鋒削來，一時閃避不及，這鼻準隨劍落地。好淫之報，應爛鼻準。元昊忍痛呼救，衛兵一擁齊上，那寧寧哥恐被縛住，一溜風的跑走了。元昊力疾還宮，越痛越氣，越氣越痛，急忙召入訛龐，取寧令哥母子入宮，改立寧令哥為太子，並令訛龐帶兵覓寧寧哥。寧寧哥正匿黃廬，被訛龐搜著，一刀兩段，取了首級，回宮覆命。元昊因鼻創甚劇，已暈厥數次，至聞訛龐返報，遺命輔立寧令哥，竟一蹶不醒了。年四十六歲。是第二個朱三。訛龐遂立寧令哥為夏主，年甫及期，別名諒祚，尊沒藏氏為太后，把野利氏錮置宮外。沒藏氏不知如何處置？設三大將分治國政，大權均為訛龐所握，並遣使訃宋及契丹。宋廷仍遣使慰奠，並冊諒祚為夏王，這是仁宗慶曆八年的事情。

是年，貝州叛卒王則，由河北宣撫使文彥博，副使明鎬，執送汴都，審實伏誅（因元昊病死，與誅王則同時，故用倒提法）。王則本涿州人，因歲飢流入貝州，自鬻為奴，牧羊餬口，後投宣毅軍為小校，出入軍營，免不得引朋呼類，征逐往來。先是貝冀地方，俗尚妖幻，王則更好作訛言，引人迷信，又嘗出五龍滴淚等經，及諸圖讖書，令兵民誦習。自言釋

第三十一回　明副使力破叛徒　曹皇后智平逆賊

迦佛衰謝，彌勒佛持世，天下將有大亂，唯投入己黨，方保無虞。頑卒愚民，不辨真假，竟相與倡和，哄動一時。還有州吏張巒，居然引為同調，替他主謀，約於慶曆八年元旦，毀澶州浮橋，糾眾作亂，會同黨致書北京留守賈昌朝，請他內應。昌朝將來人拿住，拘置獄中，王則恐機謀被洩，不及待期，亟於慶曆七年冬至日，揭竿起事。知州張得一，方與官屬謁天慶觀，不意叛眾驟至，無處逃避，竟被拘住。叛眾又擁至庫門，擬劫財物，當向通判董元亨索鑰。元亨厲聲罵賊，致為所害。又殺死司理王獎，節度判官李浩等，遂大肆劫掠，擾亂全城。無非為了阿堵物。兵馬都監田斌率步卒巷戰，因眾寡不敵，逸出城外，城門遂閉。提點刑獄田京等，縋城出走，退保南關，撫營兵，誅匪黨，南關得不陷。北京指揮使馬遂，聞王則叛亂，忙報知賈昌朝，請兵討賊。昌朝尚視為易與，徒令馬遂持諭，往貝州招降。馬遂至貝州，指陳禍福，王則不答，惹得馬遂動惱，攘臂起座，力扼則喉。怎奈一夫拚命，究竟敵不住萬人，並且赤手空拳，如何擊刺？眼見得捐軀報國了。這是賈昌朝借刀殺人。

王則據住貝州，僭稱東平王，居然建立國號，叫做安陽，改元得聖，旗幟號令，均用佛號，什麼鬥勝佛，什麼無量壽佛。城上四面有樓，他竟改稱為州，各署州名。用徒眾為知州，每面置一總管。他不過這些範圍。城內人民，多半縋城逃命，他卻立出伍伍為保的禁令，一人縋城，四人悉斬。看官！試想這種無知無識的草頭王，能成得大事麼？宋廷聞警，即命開封知府明鎬為按撫使，率兵往討。鎬直抵城下，州民汪文慶等，自城上射下帛書，願為內應。夜半垂絙導引官軍，官軍數百人登城，為賊所覺，麾眾拒戰。官軍不利，仍與文慶等縋城出來。貝州城高且固，鎬疊土成闉，踞高攻城，被城賊縱火擊射，焚去營帳，不能立足，乃改從下面著想，從南城穿掘道地，佯從北面攻城，牽制賊軍。

適宣撫使文彥博到來，傳旨令鎬為副使，鎬拜受詔命，遂迎文入帳。寒暄已畢，談及軍務，彥博道：「副使前日奏議，多半中阻，可曾知道否？」鎬答道：「想是這位夏樞密呢。」原來慶曆三年以後，呂夷簡老病辭政，既而病逝，八大王元儼亦薨。仁宗改相晏殊，召夏竦為樞密使。諫官蔡襄、歐陽修等，交章劾竦，說他在陝誤事，挾詐逞奸，斷不足勝大任。仁宗乃徙竦知亳州，改任杜衍為樞密使，韓琦、范仲淹、富弼等，為樞密副使。未幾，晏殊罷相，代以杜衍，另用賈昌朝為樞密使，陳執中參知政事，昌朝陰柔險詐，好傾善類，密結御史中丞王拱辰，排擠杜衍，及韓琦、范仲淹、富弼等人。執中亦互聯聲氣，乃目諸賢為朋黨，屢被進讒。仁宗漸為所惑，竟將杜衍、韓琦、范仲淹、富弼等，陸續外調，且擢執中同平章事，與昌朝同一職位。嗣昌朝與參政吳育，互起齟齬，仁宗將他兩人盡行罷職，又一心一意的召用夏竦，竟命他同平章事。復經諫官御史，一再劾奏，乃改授樞密使，令文彥博參政。仁宗必欲重用夏竦，令人不解！夏竦忌鎬立功，遇鎬上奏，多方阻撓。文彥博代為不平，所以出使河北，即與鎬談及此事。鎬亦料到此著，便覺應對相符。（插入此段文字，非但說明夏竦奸詐，即慶曆中之用人得失，亦就此補敘詳明。）文彥博又語鎬道：「副使可謂料事如神，但此後可不必過慮，我已奏聞皇上，得有專閫權了，請副使放膽做去！」鎬答道：「這卻很好。但破城擒渠，便在這旬日內了。」彥博問及軍謀，鎬詳述穿道情形，彥博大喜。

　　越宿，道地已通，遂選募壯士，潛由道地入城，裡應外合。王則縱火牛拒敵，官軍用槍擊牛鼻，牛負痛返奔，賊眾大潰。王則開東門遁去。總管王信，忙率軍追則，竟將他活捉了來。餘眾走保村舍，盡被官軍焚死。捷報上達京師，夏竦還說他獲盜非真，乃詔令檻送至京。彥博即親押王則，到了闕下，由兩府審訊非虛，方磔死市中。總計王則據城，共得

第三十一回　明副使力破叛徒　曹皇后智平逆賊

六十六日。張得一以降賊伏法，有旨賞功進爵。授彥博同平章事，明鎬為端明殿學士。改貝州為恩州，賈昌朝亦受封安國公。侍讀學士楊偕上言：「賊發昌朝部下，昌朝又未嘗出討，應該坐罪，不宜濫賞。」奏入不省。唯後來彥博推薦明鎬，謂可大用，乃擢鎬參知政事。貝州叛案，就此了清。仁宗自然欣慰。

適是年為閏正月，兩度元宵，仁宗再欲張燈祝慶。曹皇后以徒耗資財，有損無益，極力勸止。過了三日，仁宗正夜宿中宮。忽聞外面有呼噪聲，蹴踏聲，既而響觸簷溜，音隨屋瓦。曹后從夢中驚醒，忙披衣起床，仁宗亦起，即欲出外觀望，當被曹后擁住，且諫阻道：「宮寢中有此怪聲，必是內侍謀變，現在黑夜倉皇，陛下切勿輕出，只有傳旨出去，亟召都知王守忠引兵入衛，方保萬全。」是時值宿宦侍，俱已起來，當由仁宗命召守忠，速即入衛。俄聞怪聲愈近，雜以悲號，呼殺呼救，嘈嘈切切。曹后變色道：「守忠未來，賊已闌入，不可不預先防備。」覆命宦侍齊集，勒成隊伍，環守宮門。一太監奏語道：「莫非宮中乳媼，毆打小女子，所以有此哭聲。」曹后不待說畢，便豎起柳眉，大聲呵叱道：「賊在殿外殺人，你還敢妄言麼？」一面令宦侍速去挈水。待水已挈入，復手執繡剪，把宦侍鬢旁，各剪一缺，並面囑道：「你等各奮力守門，靜待外援，明日當視發徽賞。宦侍聞言，都大家踴躍起來，齊至門前拒守。曹后親自督率，相機應變，忽門外火炬齊明，賊已踵至，但聽有賊譁語道：「不如縱火毀門罷。」曹后急命將所挈各水，移近門側，至賊舉炬焚門，即用水撲救，火得隨撲隨滅。智勇兼全，不愧將門孫女。兩下裡正在相持，都知王守忠已引兵到來，不消片刻，即將賊徒擒住，當下呼報賊平，叩門請安。曹后在門內傳語道：「叛賊共有幾人？」守忠道：「共計數十名。賊目是衛士顏秀。」曹后道：「知道了。你押帶出去，即交刑部，確是擒住的賊人，命即

正法，不得妄事株連！」免興大獄，智而且仁。守忠奉命去了。仁宗見曹后布置井井，立刻平亂，不禁大悅道：「卿如此鎮定，濟變有方，想是祖傳的家法哩。」曹后答道：「仗陛下洪福，得平內變，妾有什麼韜略呢？」謙尊而光。

　　正說著，妃嬪等也陸續到來，問安門外，當由後命啟扉迎入。為首的進來，就是張美人，乃後宮第一個寵妃（應二十七回）。巧慧多智，素善逢迎，仁宗早欲立她為后，因與劉太后意見未合，因冊立郭氏。至郭后見廢，又欲立妃為繼后，妃卻自辭，乃改立曹氏。平居與兩后相處，倒也謙退盡禮，無甚怨忤，因此愈得主眷。慶曆元年，封清河郡君，嗣遷為修媛，忽然被疾，申奏仁宗道：「妾姿薄不勝寵名，願仍列美人。」仁宗點首允許。她名目上雖居後列，實際上幾已專房，此次入內請安，仁宗反答言撫慰，就是曹后也曲意周旋。還有一位周美人，緊隨張美人後面，她本是四歲入宮，為張美人所鍾愛，撫為養女。及年將及笄，生得嫵媚動人，居然引動龍心，排入鳳侶。仁宗漁色，可見一斑。又有苗才人、馮都君等，亦依次進謁。苗係仁宗乳媼女，馮是良家子，祖名起，曾任兵部侍郎，以德容入選，這且不勝縷述。大家問安已畢，次第退還。

　　越日下詔，譴斥皇城使，及衛官數人。副都知楊懷敏，坐嫌疑罪，參知政事丁度，請執付外臺窮治。偏樞密使夏竦，奏言事關宮禁，不必聲張，但由臺官內侍，審鞫禁中，便可了案。仁宗准奏。及審問懷敏，夏樞密早已替他安排，查不出什麼逆證，乃止將懷敏降官，仍充內使，這明明是護符得力了。夏竦且巴結宮闈，明知張美人得寵，想就此結一內援，遂上言美人有扈蹕功，應進榮封。功在何處？仁宗眷戀張美人，日思把她進位，但苦無詞可借，此次得夏竦奏牘，頓覺藉口有資，即命冊張美人為貴妃。竦且得步進步，復唆使諫官王贄，奏言：「叛賊起自中宮，請徹底追

第三十一回　明副使力破叛徒　曹皇后智平逆賊

究！」他的本意，無非欲搖動后位，拔幟易幟，討好張妃。仁宗也不禁起疑，親見曹后守閤，有何可疑？自來做皇帝者，多半是負心人。可為一嘆。轉問御史何郯。郯答道：「中宮仁智，內外同欽，這是奸徒蜚語中傷，不可不察。」仁宗乃擱置一邊。

唯張貴妃伯父堯佐，驟擢高位，命兼宣徽節度景靈群牧四使，殿中侍御史唐介，與知諫院包拯、吳奎等，力言不可。中丞王舉正，又留百官列廷論駁，乃罷堯佐宣徽景靈二使。未幾，又命知河陽，兼職南院宣徽使。御史唐介復抗章上奏，極言：「外戚不可預政，前皇上從諫如流，已經收回成命，此次何復除拜，自紊典章」云云。仁宗召介入語道：「除擬本出中書，亦並非盡由朕意。」說不過去，便推到宰相身上。介復道：「相臣文彥博，也想聯絡貴戚，希寵固榮麼？」仁宗聞言，拂袖竟入。介退朝後，又親自繕成一疏，劾奏文彥博交通宮掖，引用貴戚，不稱相位，請即日罷免，改相富弼等語。次日入朝，當面遞呈。仁宗略閱數語，便即擲下，並怒叱道：「你若再來多言，朕且遠竄你了！」介毫不畏怯，竟拾起奏章，從容跪讀。讀已，復叩首道：「臣忠憤所激，鼎鑊且不避，何憚遠謫呢！」仁宗召諭輔臣道：「介為諫官，論事原是本職，但妄劾彥博，擅薦富弼，難道黜陟大權，他也得干預麼？」時文彥博也在殿前，介竟向他注目道：「彥博應自省！如有此事，不該隱諱。」亦太沽直。彥博向仁宗拜謝道：「臣不稱職，願即避位。」仁宗益怒，叱介下殿，聲色俱厲。諫官蔡襄趨進道：「介誠狂直，但納諫容言，係仁主美德，乞賜寬貸！」仁宗怒尚未釋，竟貶介為青州別駕。嗣由王舉正等再諫，乃改徙英州。文彥博後亦罷職，出知許州。相傳張貴妃父堯封，曾為彥博父洎門下客，貴妃未入選時，認彥博為伯父。及入宮專寵，彥博獻蜀錦為衣，這錦名為燈籠錦，係特別製成。仁宗初怒介妄言，及調查得實，因將彥博外調，另派中使護介至英

州。後來中官作詩詠事，有「無人更進燈籠錦，紅粉宮中憶佞臣」二語。究竟是真是假，無從考明。或說燈籠錦由文夫人入獻，彥博原未與聞，這也是未可知呢。不欲苟毀賢臣，因復歷述所聞。小子有詩詠道：

交通宮掖有還無，偏惹臺臣口筆誅。
當日潞公無辯論，想因獻錦未全誣。

彥博既去，夏竦亦死，勢不得不另簡相臣，試看下回分解。

仁宗之駕馭中外，未嘗不明，而失之於柔。元昊之跋扈無論已，貝州王則么麼小丑耳，假使留守得人，聞亂即討，指日可平，乃猶煩大臣出使，竟致小題大做。迨至王則擒誅，賞功且及賈昌朝，得毋謂失入寧失出，乃有此濫賞之過歟？及衛士變起，守閤御亂之方，俱出曹皇后，仁宗竟不展一籌，何其無丈夫氣？事平以後，張美人並無尺寸踔功，乃以夏竦一言，竟欲將曹后大功，移歸張氏。迨王贄譖奏，且疑曹后亦涉嫌疑，微何郯之據理直陳，中宮又且搖動矣。要而言之：一優柔寡斷之失也。夫唯失之於優柔，故賢人不能久用，佞臣得以倖進，而陰柔奸詐之夏竦，遂得以揣摩迎合，適中上意耳。仁宗以仁稱，吾謂乃婦人之仁，非明主之仁。

第三十一回　明副使力破叛徒　曹皇后智平逆賊

第三十二回

狄青夜奪崑崙關　包拯出知開封府

第三十二回　狄青夜奪崑崙關　包拯出知開封府

卻說文彥博為相時，陳執中罷職，用宋庠同平章事。庠，安州人，本名郊，仁宗初年，與弟祁同舉進士，祁列第一，庠列第三。時劉太后臨朝稱制，以兄弟名次，不宜倒置，乃擢郊第一，置祁第十，時人呼為大宋、小宋，二宋聯翩入仕，均以才藻聞。及郊為翰林學士，因姓名聯合，與宋室郊天事相混，乃改名為庠。庠累擢為相，執政數年，無所建樹。會祁子與張彥方交遊，彥方偽造敕牒，事發論死，諫官包拯等，奏庠不戢子弟，治家無術，勢難治國，應請免職。庠亦求去，遂出知河南府。至文罷夏死，遂用龐籍同平章事，高若訥為樞密使，梁適參知政事，狄青為樞密副使。青本以成卒起家，歷官西陲，善攻善守，經略判官尹洙，目為異材，嘗與經略使韓琦、范仲淹談及（應二十八回及三十回）。韓、范遂召青入見，詢問策略，無不中窾，遂倚為臂助。仲淹且授以《左氏春秋》，並語青道：「為將不知古今，止一匹夫勇呢。」青唯唯受教。自是折節讀書，舉秦、漢以後將帥兵法，無不通曉，遂積功至都指揮使。元昊稱臣，西蕃漸靖，奉召為殿前都虞侯。是時面涅猶存，仁宗嘗命他敷藥除字，青跪謝道：「陛下以臣有微功，屢加遷擢，並非論及門第。臣得有今日，正為此涅，臣願留示軍中，可作勸勉。臣不敢奉詔。」（俗小說中說青貌賽潘安，致有單單國公主臨陣招親諸事。當時並無單單國，何來公主？荒誕不經，一何可笑。）仁宗道：「卿言亦是有理，隨卿所欲罷了。」旋命為彰化軍節度使，兼知延州。至是復擢為樞密副使。

仁宗於慶曆八年後，復改元皇祐。皇祐初年，廣源州蠻酋儂智高叛命，僭稱南天國，改元景瑞。廣源州地近交趾，唐末交趾強盛，並有此州。州東為儻猶州，也屬交趾。知州儂全福，被交人殺死。全福妻阿儂，改嫁商人，生子名智高，冒姓儂氏。智高年方十三，恨有二父，復將商人殺害，嗣與母占據儻悇州。交人興兵進攻，執住智高母子，見智高狀

貌雄偉，把他赦宥，且令知廣源州。智高仍怨恨交人，潛集部曲，襲據安德州，居然僭號改元，一面入貢中國，自願內附。宋廷以交趾一隅，自黎桓受封後，更歷二傳，素修職貢，不願收納智高，結怨交人（應十五回）。遂卻還貢使。智高復奉金函書，力請投誠，仍不見報。於是智高惱羞成怒，竟入窺中國，居然欲與宋朝爭衡。廣州進士黃師宓，鬱鬱不得志，忽投入智高，願為謀主。先勸智高屯積糧食，令出敝衣等物，與邊民換易粟米。邕州境地，與廣源州相近，邕人多輸粟出邊，與智高交易。知州陳珙，差人詰問，智高只說是：「洞中饑饉，恐部中離散，反來擾邊，所以易粟賑饑，免得暴動」云云。陳珙信為真情，毫不設備。智高復用師宓計，自毀居室，因召眾與語道：「生平積聚，被火毀盡，現只有入取邕廣，謀一生機，否則大家共死了。」部眾聞言，遂各磨拳擦掌，齊聲聽命。智高即率眾五千，沿江東下，攻邕州橫江寨，守將張日新等戰死，進薄邕州。陳珙不知所為，被智高一鼓攻入，將他縛住。司戶孔宗旦，都監張立，皆罵賊遇害。智高遂自稱仁惠皇帝，國號大南，改元啟歷。又要改元，想是摹仿宋朝。

　　廣南一帶，久不被兵，軍同虛設，智高麾眾四出，連陷橫、貴、藤、梧、康、端、龔、封八州，守臣相率逃遁。只知封州曹覲，知康州趙師旦，出戰陣亡。智高進圍廣州，知州魏瓘，鼓勵兵民，登陴死守。知英州蘇緘，及轉運使王罕，先後往援，城得不陷。仁宗接得警報，命余靖為廣西安撫使，楊畋為廣南安撫使，即調廣東鈐轄陳曙，發兵西征。會知秦州孫沔入朝，仁宗以秦事為勖。沔奏對道：「秦州事不煩聖慮，嶺南事卻是可憂。臣觀賊勢方張，官軍雖已往討，尚未聞得將材，恐未必即能報捷哩。」仁宗默然。過了數日，果得敗書，昭州鈐轄張忠敗歿，仁宗乃授沔為湖南、江西按撫使。沔請得騎兵七百人，即日就道，且分檄湖南、江西

第三十二回　狄青夜奪崑崙關　包拯出知開封府

各州縣,略言:「大兵且至,應亟繕營壘,多具燕犒,休得延誤!」智高本擬越嶺北向,聞得此檄,乃不敢北侵。中沔計了。及沔至鼎州,加廣南安撫使,召還楊畋。智高卻移書行營,求為邕桂節度使。仁宗擬如所請,參政梁適道:「智高狷獗已甚,若再姑息了事,嶺南非朝廷有了。」仁宗道:「楊畋無功,余靖等亦未見奏捷,如何是好?」道言未畢,忽有一人出班奏道:「臣願奉旨南討,生擒賊首,檻致闕下。」如聞其聲。仁宗視之,乃是樞密副使狄青,便喜道:「卿願南征,應用若干人馬?」狄青道:「臣起行伍,非戰伐無以報國,願得蕃落數百騎,更益禁兵萬人,便足破賊擒渠。」仁宗道:「卿既欲去,事不宜遲,朕命卿宣撫荊湖,卿即去整頓行裝,指日出發便了。」青拜謝而退。

宋制右文輕武,文臣除授節鉞,成為習慣,此次獨任武人,免不得廷議紛紛。諫官韓絳竟奏稱:「青一武夫,不應專任。」仁宗遂欲命內都知任守忠為副使。知諫院李兌,又上言:「宦官不應掌兵。」惹得仁宗疑惑不定,這是此老常態。召問首相龐籍。籍答道:「青智足平賊,不妨專任,如號令不一,不如勿遣罷!」仁宗乃置酒垂拱殿,特餞青行,且詔令嶺南諸軍,概受宣撫使狄青節制。適余靖在軍中馳奏,略謂:「交趾願助討智高,請下旨允行!」青已出都門,聞得此信,亟拜疏上達,略言:「借兵平寇,有害無利,一儂智高橫踐兩廣,力不能制,反欲假兵蠻夷,適為所笑。蠻夷貪得忘義,倘輕視中國,因之啟釁,禍且十倍智高。乞飭罷交趾助兵,毋貽後患!」名論不刊。仁宗准奏,遂由青檄止余靖,不得與交趾連兵,並戒前敵各將士,不准妄與賊鬥,候令乃發。鈐轄陳曙,乘青未至,遽發兵出擊,至崑崙關,為敵所乘,立即潰退。殿直袁用等皆遁。青至賓州,會集孫沔、余靖各軍,設營立柵,駐紮士卒。沔、靖等入報陳曙敗潰狀,青勃然道:「號令不齊,怎得不敗?明晨請諸位到來,嚴申軍律,

方可破賊哩！」溼、靖等允約而退。次日天明，青傳命各軍齊集，大小將校，盡會堂上，依次列座。青見陳曙在座，便起身與揖，曙亦起立。青即問曙道：「日前往擊崑崙關，共有若干兵馬？」曙無可隱諱，只得答言步卒八千名，將校三十二人。青又令曙一一召入，當即升堂高坐，傳衛士入帳，森列兩旁，召曙至案前，厲聲叱責道：「皇上授我特權，來討賊酋，我已在途次傳諭諸將，不得妄戰，鈐轄何故違我號令，致遭敗衄？按法當斬！」便喝令衛士，將曙拿下。又傳袁用等三十二人與語道：「違令的罪狀，出自陳曙，但汝等既隨陳出戰，應該努力殺賊，奈何遇賊即走，不斬汝等，不足申軍法。」也令衛士一一捆綁，驅出轅門，盡行梟首。不到一刻，血淋淋的三十餘顆首級，由衛士攜入堂來，復令銷差。溼與靖相顧失色，餘將相率股慄，莫敢仰視。青命將首級懸竿徇眾，越日方令備棺掩埋。自是肅行伍，明約束，晝夜戒備，壁壘一新。孫武斬美姬，穰苴斬莊賈，胥操是術，否則不足肅軍紀。

時已殘臘，轉眼間已是皇祐五年的新春，青除按兵止營外，仍飭行慶賀禮，且傳令休息十天，大眾都莫名其妙。就是賊中間諜，也探不出什麼兵謀，只返報智高，如十日約。慎重兵機，理應如是。誰知過了一天，青即自將前軍，麾兵先發，孫溼為次軍，余靖為後軍，相機並進，進次崑崙關。智高安居邕州，尚未聞悉。閱二三日，乃再遣偵騎覘視，適值是日為上元節，官軍各營，大張燈樂，宴飲盡歡，偵騎當據實回報去了。青料知有敵來窺，故意張筵夜飲。次日復飲，直至二鼓，尚是你斟我酌，興味盎然。青忽自言未適，暫起入內，一面傳諭軍官，勸他盡量飲酒，待翌晨下令進關。軍官等又歡飲多時，方才散席。待至黎明，均至帳前聽令，忽帳內走出傳令官，語諸將道：「元帥已進關去了。諸位將軍，請即前往會食，不得有誤！」諸將統不勝驚異，慌忙領兵入關。孫溼、余靖也引軍亟

第三十二回　狄青夜奪崑崙關　包拯出知開封府

進。看官道狄青何時入關？原來青起座入內，即改易軍裝，從帳後潛出，暗約先鋒孫節等，乘夜度關。關在崑崙山上，當賓、邕兩州交界，最關衝要。青恐敵人來爭，因偷越關外，直趨歸仁鋪列陣，靜待後軍。至各軍陸續到齊，差不多已是辰牌，那時智高部眾，也已得信，傾寨前來，抗拒官軍。先鋒孫節，與敵相遇，便上前搏鬥。敵眾來勢甚銳，槍矢併發，節力戰不退，中槍殞命。沔與靖駐兵岡上，遙見孫節陣亡，不覺大驚。俄聞鼓聲大震，一彪人馬，從山麓殺出。分兵為左右翼，夾擊敵眾，為首一員大元帥，銀盔銅面，手執白旗，向官軍左右指揮，忽縱忽橫，忽開忽合，殺得敵眾東倒西歪，那官軍卻步驟井井，行伍不亂。孫沔顧語余靖道：「這不是狄元帥督戰麼？看他部下的將士，如生龍活虎一般，端的名不虛傳，我等快上前去，助他一陣，管教賊眾片甲不回。」靖即允諾，於是沔軍在前，靖軍在後，從山上衝將下去，攪入敵陣。敵眾已抵不住狄軍，怎禁得兩軍殺入，頓時大敗，拚命亂竄。官軍追奔五十里，斬首數千級，敵將黃師宓、儂建中，及偽官屬等，死了一百五十七人，生擒敵弁五百餘，方才收軍。青即乘勝進攻邕州，哪知智高已縱火焚城，畚夜遁去。官軍陸續入城，撲滅餘火，搜得金帛鉅萬。赦脅從，招流亡，邕人大悅。一氣敘來，極寫狄青。唯查覓智高，竟無著落。適有一賊屍穿著龍衣，大眾認作智高，說他已死，擬即上聞。青搖首道：「安知非詐？我寧失智高，不敢欺君冒功哩。」乃據實奏報。仁宗喜慰道：「青果破賊了，龐籍可謂知人。就是梁適主張討賊，亦不為無功，否則南方安危，尚未可料呢。」乃詔余靖經制廣西，追捕智高，召狄青、孫沔還朝，擢青為樞密使，沔為樞密副使，南征各將，賞賚有差。楊延昭子文廣，亦因從徵有功，授廣西鈐轄，嗣復令知邕州。是時延昭早歿，楊氏一門，要算文廣是綽有祖風了。（結束楊家，掃盡穆柯寨、天門陣諸謬說。）智高母阿儂，及弟智光，姪繼

宗，逃至特磨道，由余靖遣將追獲，解京伏法。獨智高竄死大理，靖輾轉索取，才函首入獻。當時廣南一帶，有農種糴收的童謠，到此始應驗了。

狄青入任樞密，龐籍等均言位不相宜，仁宗不聽（俗小說中，有奸相龐洪，屢謀害青，想是龐籍之誤，但龐籍尚稱賢相，即奏阻樞密使，亦非有意害青。籍女且未嘗為妃，更屬捏造，此如潘美之加名仁美害死楊業諸訛詞，同一影射，而荒謬尤過之）。青在樞密四年，很加慎重，只因平素恤下，每一公出，士卒輒環擁馬前，且謂青家狗生兩角，並屢有光怪，以訛傳訛，譁動京師。學士歐陽修，及知制誥劉敞統奏稱：「青掌機密，致啟訛言，不如調赴外任，轉得保全。」仁宗乃用韓琦為樞密使，罷青為同中書門下平章事，出判陳州。越年，病終任所，贈中書令，諡武襄。有子數人，長名諮，次名詠，併為閣門使。詠承父志，以策略聞（特敘二子，以正小說中狄龍、狄虎之誤）。這且無庸細表。

且說皇祐五年後，仁宗下詔改元，號為至和。適值張貴妃一病不起，竟致玉殞香消，仁宗哀悼逾恆，竟輟朝七日，且禁城舉樂一月，追冊為皇后，治喪皇儀殿，賜諡溫成，加贈妃父堯封為郡王，晉封堯佐為太師。知制誥王洙，迎合意旨，陰與內侍石全斌附會，擬令孫沔讀冊，宰相護葬。龐籍時已罷相，又用陳執中繼任。執中奉命維謹，獨孫沔入朝抗奏道：「陛下命臣沔讀冊，臣何敢不遵？但臣職任樞密副使，非讀冊官，臣不讀冊，是謂違旨，臣欲讀冊，是謂越職，請陛下將臣罷免，臣才可告無罪了。」志節可嘉。仁宗默然不答。越日，竟罷沔樞密副使，徙知杭州，且令參政劉沆，充溫成皇后園陵監護使。葬畢敘功，擢同平章事。宮闈私寵，濫恩至此，色之迷人大矣哉！既而知諫院范鎮，及殿中侍御史趙抃等，交章劾論陳執中，非宰相才，且縱妾笞婢至死，亦當坐罪云云。執中乃免職。其時中外人士，屬望老成，莫如范仲淹、文彥博、富弼三人，這三人忠正相

第三十二回　狄青夜奪崑崙關　包拯出知開封府

符，不喜阿附，因此在朝未久，俱被外調。直道難容，古今同慨。仲淹徙知青州，竟於皇祐四年，病歿任所，追贈兵部尚書，予諡文正。他祖籍是邠州人氏，徙居江南吳縣，二歲喪父，隨母更嫁，及長，始知家世，辭母歸宗，苦志勵學。及貴顯後，食不重肉，衣不重裘，俸祿所得，留贍族裡，嘗置義莊一所，賑恤孤貧，所守各郡，恩威並濟，人民多立生祠，就是羌夷亦愛戴如父。及歿，遠近皆哀，如喪考妣（補敘范文正生平，無非旌善）。生四子，歷有政績，事見後文。文彥博出知許州（見前回），富弼出判并州，均尚在任，並著政聲。

　　仁宗既罷免執中，當然要另擇相才，適樞密直學士王素，因別事入奏，陳言已畢，仁宗道：「卿係故相王旦子，與朕為世舊，非他人比，朕所以與卿熟商。今日擇相，何人可任？」素對道：「但教宦官宮妾，不知姓名，便可充選。」仁宗道：「據卿所云，只有富弼一人。」素頓首賀道：「臣慶陛下得人了。」仁宗又問及文彥博，素答言亦一宰相才。乃遂下詔召二人入朝。並授同平章事，士大夫都額手稱慶。過了至和二年，又改稱嘉祐元年，仁宗御大慶殿受朝，忽眩暈欲僕，急命群臣草草行禮，入返寢宮，嗣是數日不朝，大臣不得見，中外憂懼，虧得文、富二相，借祈禱為名，直宿殿廬，方得鎮靜如常。彥博因乘間請立儲君，仁宗含糊答應。越月，仁宗疾瘳，親御延和殿，彥博與弼才退還私第。只立儲一事，又復擱起。知諫院范鎮，屢請立儲，竟忤帝意，罷免諫職。學士歐陽修，侍御史趙鯆，知制誥吳奎等，上疏力請，又不見從。殿中侍御史包拯，又上疏板諫，說得非常懇切，也把他徙調出外，權知開封府。包拯字希仁，合肥縣人，初舉進士，授建昌知縣。因父母俱老，辭不就職。後數年雙親並逝，拯廬墓終喪，始出知天長縣。人第知拯之廉明，不知拯之孝養，故特為揭出。縣中有盜，割人牛舌，詈牛主人，投署控訴。拯語道：「牛舌已去，

不能復活，你速回去，烹宰這牛，免得不值一錢！」主人道：「小民是來追究割牛舌的人。」拯佯怒道：「一個牛舌，值得什麼，你也要來刁訟，快出去罷！」主人吞聲而去，即將牛殺訖，鬻肉易錢。未幾即有人來告他私宰耕牛，拯忽道：「你為何割他牛舌？」那人不禁失色，一訊即服。自是以善折獄聞。已而入拜御史，加按察使，又歷三司戶部判官，出為京東轉運使，復入為天章閣待制，更知諫院，除龍圖閣直學士，兼殿中侍御史。素性剛毅，不阿權貴，豪戚宦官，皆為斂手。既知開封府，大開正門，任人民訴冤，無論何種案件，概令兩造上堂直陳，立剖曲直。遇有疑難訟獄，亦必多方察，務得真情。鋤豪強，罪奸枉，獎節義，伸冤曲，一介不取，鐵面無私，童稚婦女，群知大名，或呼為包待制，或呼為包龍圖，京師為之語道：「關節不到，有閻羅包老。」後人撰有《包公案》一書，卻有一半實跡。至說包公歿後，為陰司閻羅王，乃是隨口附會，不足憑信。小子有詩詠包公道：

立朝一笑比河清（見《包拯傳》），婦稚由來識大名。
盡說此公能折獄，得情仍不外廉明。

越二年，復召入為御史中丞，他又要面請立儲了。未知得邀俞允與否，且看下回便知。

狄青、包拯兩人，垂譽至今，稱頌不衰。而包龍圖三字，盛名尤出狄上。即婦人孺子，無不知有包龍圖者。甚且謂狄之榮顯，多由包拯之力，是則子虛烏有之談，固難取信耳。嘗考狄之立功，莫大於奪崑崙關，包之成名，莫要於知開封府，著書人不敢溢美，亦不敢沒善，就兩人功名，擇要演述，已足存其實跡；而當時朝政之得失，亦銷納其間，以視俗小說之附會荒唐，不值一噱者，固不啻霄壤之別也。此書一出，可以掃盡卮言。

第三十二回　狄青夜奪崑崙關　包拯出知開封府

第三十三回

立儲貳入承大統　釋嫌疑准請撤簾

第三十三回　立儲貳入承大統　釋嫌疑准請撤簾

　　卻說包拯奉詔為御史中丞，受職以後，仍然正色立朝，不少撓屈，甫經數日，又伏闕上奏道：「東宮虛位，為日已久，中外無不懷憂。陛下試思物皆有本，難道國家可無本麼？太子係國家根本，根本不立，如何為國？」仁宗怫然道：「卿又來說此事了。朕且問卿，何人可立？」拯叩首答道：「臣本不才，叨蒙恩遇，所以乞請建儲，無非為宗廟萬世至計，陛下今問臣應立何人，仍是疑臣多言，臣年將七十，且無子嗣，還想什麼後福？不過耿耿孤忠，不能自默呢。」語誠且摯。仁宗面色轉和，方道：「忠誠如卿，朕亦深知，建儲事總當舉行，待朕妥議便了。」拯乃退出。原來拯有一子名繶，娶妻崔氏，嘗通判潭州，壯年去世。崔氏無出，守節不再嫁，因此拯面奏仁宗，自稱無子。但拯有媵妾，已娠被出，在母家產生一男，事為崔氏所知，密為贍養，母子俱全。嘉祐六年，拯進為樞密副使。越年，遇疾將歿，崔乃白拯取回媵子，由拯命名曰綖。拯並留遺囑道：「後嗣倘得為官，當謹守清白家風。如或犯贓，生不得放歸本家，死不得葬大塋中，不從吾志，非我子孫。」言訖乃逝。有詔追贈禮部尚書，諡孝肅。隨筆結過包拯事，免得後文另起爐灶。唯立儲一事，也至嘉祐六、七年間，方才定奪。

　　先是張貴妃歿後，仁宗痛失愛妃，追懷故劍，復召回前時所寵的楊美人（應二十八回）。楊本劉太后姻戚，色藝兼優，自重入宮後，晉封婕妤，歷加修媛、修儀諸名位。怎奈秀而不實，誕玉無期，就是曹后以下諸妃嬪，或生而不育，終成虛願。史稱仁宗有三子，曰昉，曰昕，曰曦，皆夭殤。仁宗復採選良家女十人，一一召幸，宮中號為十閣。劉氏、黃氏在十閣中，尤稱驕恣，免不得有內外請託等弊。當嘉祐四年秋間，月食幾盡，御史中丞韓絳，密奏十閣恃寵，不足毓麟，反傷陰教，應嚴加裁抑云云。仁宗檢查得實，乃將十閣盡行遣出，並放宮女一、二百人，既而文彥

博告老辭職，富弼因母喪丁憂，就是黑王相公王德用（德用面黑，人呼為黑王相公），前曾召為樞密使，至是亦已免職，劉沆亦罷去，乃用韓琦同平章事，宋庠、田況為樞密使，張昇為副使。琦既入相，即以建儲為請。仁宗謂後宮有孕，待分娩後再議，哪知滿望弄璋，變成弄瓦，琦乃懷《漢書·孔光傳》進呈，且奏道：「漢成無嗣，曾立猶子，彼係中材主，尚能若此，況陛下呢？太祖手定天下，傳弟不傳子，陛下知法先祖，何妨擇宗室為嗣呢。」仁宗仍然不決。會宋庠以憒弛免官，擢學士曾公亮為樞密使，嗣更與韓琦並相，以張昇代公亮後任，並進歐陽修參知政事。公亮嫻法令，修長文學，昇通治術，與韓琦同心輔政，朝廷稱治。四人均以建儲未定為憂，一再疏陳，終未見報。會知諫院司馬光及知江州呂誨，又連章固請，詞極剴切，仁宗頗為感動，將二疏送交中書。及琦入對，即中讀光、誨二疏。仁宗遽諭道：「朕有意久了，究竟何人可嗣？」琦忙答道：「這事非臣等所敢私議，請陛下自擇！」仁宗復道：「宮中嘗養二子，年少的近時不慧，就是大的罷！」琦聞旨，便即請名。仁宗道：「就是宗實。」琦極力贊成。仁宗道：「宗實現居濮王喪，須降旨起復，方可冊立。」琦複道：「事若果行，不可中止，陛下斷自不疑，乞從內中批出！」仁宗道：「且先由中書傳旨，起復他知宗正寺，何如？」琦便應聲遵旨，當即出傳上旨，起復宗實。宗實父允讓（見二十八回），封汝南郡王，嘉祐四年冬薨逝，追封濮王。宗實居廬守制，因有詔起復，固辭不拜，哀乞終喪。仁宗再召問韓琦，琦對道：「陛下為宗社計，乃擇賢而立，今固辭不受，勉盡孝道，這便是所謂賢呢，請令終喪視事便了。」（定策立儲，是韓魏公生平大業，故言之特詳。）至嘉祐七年秋季，宗實終喪，尚堅臥不起。琦復入朝啟奏道：「宗正一詔，已見明文，中外臣民，已知陛下擇嗣，不如即日正名為是。」仁宗道：「准卿所奏！」琦退至中書處，即召翰林學士王珪草制。珪

第三十三回　立儲貳入承大統　釋嫌疑准請撤簾

奮然道：「這是國家大事，應面授上命，方可擬詔。」琦答道：「既如此，快去請對罷！」珪翌日請對，由仁宗召見。珪跪奏道：「海內望陛下立儲，不啻望歲，這事果出自聖意嗎？」仁宗道：「朕意已決定了。」珪再拜稱賀，乃退朝草制。制命既下，宗實復稱疾固辭，章十餘上。知諫院司馬光入奏道：「皇子固辭主器，延至旬月，可謂賢德過人。但父召無諾，君命召，不俟駕，這是臣子大義，請陛下舉義相繩，皇子自不敢有違了。」仁宗乃召同判大宗正寺安國公從古等往傳旨意，宗實尚不肯受命。記室周孟陽私問宗實，究為何意？宗實道：「非敢邀福，實欲避禍呢。」孟陽道：「今皇上屢次傳詔，乃固辭不受，倘中官等別有所奉，轉啟嫌疑，尚能宴安無患否？」宗實始悟，乃與從古等相約入宮。臨行時語家人道：「謹守吾舍！待上有嫡嗣，我即歸來了。」及既入宮中，謁見清居殿，賜名曰曙，自是每日一朝，有時或入侍禁中，過了一月，受封為鉅鹿郡公。轉瞬間已是嘉祐八年，正月中無事可表，一到二月，仁宗復患疾臥床，不能視朝，令中書樞密奏事，須至福寧殿內的西閣中。旋經太醫調治，稍有起色，三月初旬，曾親御內殿二次，嗣復寢疾不起，漸加沉重，竟至駕崩。遺詔皇子曙即皇帝位，皇后曹氏為皇太后。總計仁宗在位四十二年，壽五十四歲，改元多至九次，兩宋諸帝，要算仁宗享國，最號長久。仁宗恭儉仁恕，出自天性，治術尚寬，刑決尚簡，所用樞要諸臣，雖賢奸直枉，迭為消長，究竟君子多，小人少，因此力持大體，沒甚變故。就是慶曆年間，黨議蜂起，韓、范、富、歐等為一派，呂、夏、宋、陳等為一派，互相排斥，各是其是，但也不過內外遷調，未嘗妄興大獄，所以宋史上稱為仁主，極力頌揚，這且不必絮述。

且說仁宗已崩，皇后曹氏即命將宮門各鑰，收置身旁，俟至黎明。命內侍召皇子入宮，且傳集韓琦、歐陽修等，共議皇子即位事宜。皇子哭臨

已畢，遽欲退出。曹后道：「大行皇帝遺詔，令皇子嗣位，皇子應承先繼志，不得有違！」皇子曙變色道：「曙不敢為。」韓琦忙掖留道：「承先繼志，乃得為孝，聖母言不可不從！」皇子乃遵即帝位，御東楹見百官，是為英宗皇帝。英宗欲循行古制，諒陰三年，命韓琦攝行冢宰。琦奏稱古今異宜，不應遵行，乃尊皇后為皇太后，請太后權同處分軍國重事。太后因御內東門小殿垂簾，宰輔等逐日復奏，由太后援經據史，處決事件，遇有疑難，每語輔臣道：「公等妥議，應該如何處置，便可解決了。」自是韓琦等悉心贊議，太后未嘗不從。獨對待曹氏懿戚，及宮中內侍，絲毫不肯假借，內外為之肅然。既而立皇后高氏，后係故侍中高瓊曾孫女，母曹氏，為太后胞姊，既生女，幼育宮中。既長出宮，為英宗妃，封京兆郡君，至是冊為皇后，與太后如母女一般，當然愛敬有加。太后復重富弼名，召為樞密使，忽英宗偶然不豫，漸漸的舉措乖常，左右有所陳請，輒遭暴怒，甚且杖撻相加。內侍等受虐不平，遂交訴內都知任守忠。守忠初為仁宗所黜逐，嗣復召入，累擢至內都知，仁宗欲立英宗，守忠恐英宗明察，擬援立庸弱，謀攬內權，旋因計不得逞，未免失望。適內侍等入訴帝狀，遂乘間設法，譖構兩宮。看官！試想天下有幾個慈明不昧的賢母，誠孝無私的令主，能不聽親倖媒孽麼？守忠等日夕浸潤，惹得兩宮都動疑起來，由疑生怨，由怨成隙，好好的繼母繼子，幾乎變成仇讎。知諫院呂誨，亟上書兩宮，開陳大義，詞旨懇切，多言人所難言，兩宮意終未釋。

一日，韓琦、歐陽修奏事簾前，太后嗚咽涕泣，具述英宗變態。韓琦道：「皇躬不豫，因致失常，痊癒以後，必不至此。且太后為母，皇上為子，子有疾，母可不容忍麼？」太后尚流淚不止。歐陽修復進奏道：「太后事先帝數十年，仁德昭聞，天下共仰，從前溫成得寵，太后尚處之泰然，如今母子相關，何至不能相容呢？」太后聞言，方才收淚。修又道：「先

第三十三回　立儲貳入承大統　釋嫌疑准請撤簾

帝在位日久，德澤在人，所以一旦晏駕，天下奉戴嗣君，無敢異議。今太后原是賢明，究竟是一婦人，臣等五、六人，統是揩大書生，若非先帝遺命，哪個肯來服從呢？」前以婉言動之，後用危言警之，歐陽公也算善言。太后沉吟不答。琦竟朗聲道：「臣等在外，皇躬若失調護，太后不得辭責。」索性逼進一層。這數語，引動太后開口，即矍然道：「這話從哪裡說來？我心更愁得緊哩。」正要引你此語。琦與修均叩首道：「太后仁慈，臣等素來欽佩，所望是全始全終哩。」叩畢乃退。內侍等聽著，統不禁瞠目咋舌，陰謀為之少懈。

越數日，琦獨入內廷，向英宗問安，英宗略諭數語，便道：「太后待朕，未免寡恩。」琦遽對道：「古來聖帝明王，也屬不少，獨稱舜為大孝，難道此外多不孝麼？不過親慈子孝，乃是常道，未足稱揚，若父母不慈，子仍盡孝，乃得稱名千古。臣恐陛下事親未至，尚虧孝道，天下豈有不是的父母麼？」英宗不覺改容。嗣英宗疾已少瘳。命侍臣講讀邇英閣，翰林侍講學士劉敞，進讀《史記》，至堯授舜天下事，即拱手講解道：「舜起自側陋，堯乃禪授大位，天下歸心，萬民悅服，這非由舜別有他術，只因他孝親友弟，德播遠近，所以謳歌朝覲，不召自來呢。」借史諷主，語重心長。英宗悚然道：「朕知道了。」遂進問太后起居，自陳病時昏亂，得罪慈躬，伏望矜宥等語。太后亦欣慰道：「病時小過，不足為罪，此後能善自調護，毋致違和，我已喜慰無窮，還有什麼計較？況皇兒四歲入宮，我旦夕顧復，撫養成人，正為今日，難道反有異心麼？」英宗泣拜道：「聖母隆恩，如天罔極，兒若再忤慈命，是無以為人，怎能治國？」太后亦不禁下淚，親扶帝起，且道：「國事有大臣輔弼，我一婦人，不得已暫時聽政，所有目前要務，仍憑宰相取決，我始終未敢臆斷，待皇兒身體復原，我即應歸政，莫謂我喜稱制呢。」如此明惠，即間或被蒙，亦不過如日月之蝕

而已。英宗道：「母后多一日訓政，兒得多一日受教，請母后勿遽撤簾！」太后道：「我自有主意。」英宗乃退。自是母子歡好如初，嫌疑盡釋。

韓琦等聞知此事，自然放心，唯因英宗久不御朝，中外耽憂，致多揣測。會值京師憂旱，英宗適御紫宸殿，琦遂請乘輿禱雨，具素服以出，人情乃安。是年冬，葬大行皇帝於永昭陵，廟號仁宗，封長子仲緘為光國公，尋復晉封為淮陽郡王，改名頊。時英宗已生四子，俱係高后所出，除淮陽王頊外，次名顥，又次名顏，幼名顴。顏甫生即夭，餘見後文。越年，改元治平，自春至夏，帝疾大瘳。琦欲太后撤簾還政，乃就入朝奏事時，請英宗裁決十餘件。裁決既畢，琦即復奏太后，且言：「皇上明斷，裁決悉合機宜。」太后一一複閱，亦每事稱善。琦因叩首道：「皇上親斷萬幾，又兼太后訓政，此後宮廷規劃，應無不善，臣年力將衰，恐不勝任，願就此乞休，幸祈賜准！」太后道：「朝廷大事，全仗相公，相公如何可去！我卻不妨退居深宮呢。」琦復道：「前代母后，賢如馬、鄧，尚不免顧戀權勢，今太后便擬復辟，誠屬盛德謙沖，非馬、鄧諸后所可及。臣幸際慈明，欽承無已，但不知於何日撤簾？」太后道：「我並不欲預政，無非為皇上前日，抱恙未瘥，不得已而在此。要撤簾就可撤簾，何必另定日子呢？」言已即起。臨事果斷，不愧賢后。琦即抗聲道：「太后已有旨撤簾，鑾儀司何不遵行？」當下走過鑾儀司，把簾除下。太后匆匆趨入，御屏後尚見后衣，內外都驚為異事。英宗加琦為右僕射，每日御前後殿，親理政事。並上太后宮殿名，稱作慈壽宮，所有太后出入儀衛，如章獻太后故事。

既而知諫院司馬光上疏，極言：「內侍任守忠，讒間兩宮，為國大蠹，若非母后賢明，皇上誠孝，幾乎禍起蕭牆，乞即援照國法，將守忠處斬都市！」英宗覽奏，卻也動容，唯一時未見降旨。越宿，韓琦至中書處，驟

第三十三回　立儲貳入承大統　釋嫌疑准請撤簾

出空頭敕一道，自己署名簽字，復令兩參政同時簽名。參政一是歐陽修，一是趙鰭。（鰭於仁宗末年，入任是職。）歐陽修接敕後，也不多說，當即簽名。趙鰭卻有難色，修語鰭道：「不妨照簽，韓公總有說法。」鰭乃勉強簽字。簽畢，琦即坐政事堂，召守忠至，令立庭下，即面叱道：「你可知罪麼？本當伏法，因奉旨從寬，姑把你安置蘄州，你當感念聖恩，勿再怙惡！」言畢，便取出空頭敕，親自填寫，付與守忠，即日押令出都。手段似辣，然處置奄人，不得不如是神速。且韓魏公定已密奉得旨，當非專擅者比。又把守忠餘黨史昭錫一律斥出，竄徙南方，中外稱快。過了數月，適琦入朝，英宗忽問琦道：「三司使蔡襄，品行如何？」琦未知問意，但答言：「襄頗幹練，可以任用。」英宗不答。越日竟命襄出知杭州。看官道是何因？原來太后聽政時，曾與輔臣言及，謂：「先帝既立皇子，不但宦妾生疑，就是著名的大臣，亦有異言，險些兒敗壞大事，我不願追究，已將章奏都毀去了。」為了這幾句懿旨，時人多猜是蔡襄所奏，究竟襄有無此事，無從證實，不過他素好詼諧，語言未免失檢，遂致同列滋疑。小子嘗記蔡襄平日，與陳亞友善，襄戲令陳亞屬對，口占出句云：「陳亞有心終是惡。」陳即應聲道：「蔡襄無口便成衰。」當時旁坐諸人，共推為絕對。且因襄欲嘲人，反被人嘲，共笑為詼諧的報應（因國事帶敘及此，隱寓勸戒之意）。其實襄擅吏治才，遇有案件，談笑剖決，吏不敢欺。嘗知泉州，督建萬安橋，長三百六十丈，利濟行人。又植松七百里，廣為庇廕，州民無不頌德。萬安橋一名洛陽橋，迄今碑石尚存，蔡襄親書碑文，約略可辨。俗說蔡狀元造洛陽橋，就是此處。只因戲語招尤，致觸主忌。治平三年丁母憂，歸興化原籍，越年卒於家，追贈禮部侍郎，後來賜諡忠惠（仍不掩長，是忠厚之筆）。

　　小子有詩嘆道：

澤留八閩起謳歌，一語招尤可若何？
才識慎言存古訓，不如圭玷尚堪磨。

英宗既降調蔡襄，復詔議崇奉濮王典禮。朝右大臣，又互有一番爭議，容至下回表明。

英宗入嗣，曹后聽政及撤簾，皆韓琦一人之力。宣聖所云：「託六尺之孤，寄百里之命，臨大節不可奪者」，如韓魏公足以當之。歐陽修、曾公亮、張昇、王珪、司馬光等，類皆附驥而彰，而曹后之賢明，英宗之孝敬，亦賴是以成。歐子謂「不動聲色，措天下於泰山之安。」誠非過譽也。彼夫真宗之初有呂端，仁宗之初有王曾，以韓相較，有過之無不及者。賢相與國家之關係，固如此哉！

第三十三回　立儲貳入承大統　釋嫌疑准請撤簾

第三十四回

爭濮議聚訟盈廷　傳穎王長男主器

第三十四回　爭濮議聚訟盈廷　傳穎王長男主器

　　卻說英宗皇帝，係濮王允讓第十三子。濮王三妃，元妃王氏，封譙國夫人，次妃韓氏，封襄國夫人，又次妃任氏，封仙遊縣君。英宗雖入嗣仁宗，但於本生父母，亦斷然不能恝置。首相韓琦嘗奏稱：「禮不忘本，濮王德盛位隆，理合尊禮，請下有司議定名稱！」當由英宗批答，俟大祥後再議。知諫院司馬光，即援史評駁，謂：「漢宣帝為孝昭后，終不追尊衛太子史皇孫，光武帝上繼元帝，亦不追尊鉅鹿南頓君，這是萬世常法，可為今鑑。」及治平二年，詔禮官與待制以上，謹議崇奉濮王典禮。各大臣莫敢先發，唯司馬光奮筆立議。略言：「為人後者為之子，不得顧私親，應准先朝封贈期親等屬故例，垂為常典」云云。於是翰林學士王珪等，即據司馬光手稿，略行增改，隨即上奏。其文云：

　　謹按《儀禮‧喪服》，為人後者傳曰，何以三年也？受重者必以尊服服之，為所後者之祖父母妻，妻之父母昆弟，昆弟之子若子，謂皆如親子也（所後者，即指繼父母言）。又為人後者為其父母傳曰。何以期？不二斬，特重於大宗，降於小宗也。為人後者為其昆弟傳曰，何以大功？為人後者降其昆弟也。先王制禮，尊無二上，若恭愛之心分於彼，則不得專於此故也。是以秦、漢以來，帝王有自旁支入承大統者，或推尊其父母，以為帝后，皆見非當時，取議後世，臣等不敢引以為聖朝法。況前代入繼者，多宮車晏駕之後，援立之策，或出臣下，非如仁宗皇帝，年齡未衰，深唯宗廟之重，只承天地之意，於宗室眾多之中，簡推聖明，授以大業。陛下親為先帝之子，然後繼體承祧，光有天下。濮安懿王（濮王諡安懿），雖於陛下有天性之親，顧復之恩，然陛下所以負扆端冕，富有四海，子子孫孫，萬世相承，皆先帝德也。臣等竊以為濮王宜準先朝封贈期親尊屬故事，尊以高官大國，譙國、襄國、仙遊，並封太夫人，考之古今，名稱最合，謹具議上聞！

議上，韓琦等謂：「珪等所議，未見詳定，濮王當稱何親，名與不名，請令珪等複議！」珪等又議稱：「濮王係仁宗兄，皇帝宜稱皇伯而不名。」歐陽修獨加駁斥，援據喪服大記，撰成《為後或問》上下二篇，大旨說是：「身為人後，應為父母降服，三年為期，唯不沒父母原稱，這便是服可降，名不可沒的意思。若本身父改稱皇伯，歷考前世，均無典據，即如漢宣帝及光武帝，亦皆稱父為皇考，未嘗易稱皇伯。至進封大國一層，尤覺與禮未合，請下尚書省，集三省御史臺議！」於是廷臣又奉詔議禮，正在彼此斟酌，互相辯難的時候，忽接到太后手諭，詰責執政處事寡斷，徒啟紛呶。理該責問。英宗乃下詔道：「朕聞廷臣集議不一，權且罷議，現著有司等博求典故，妥議以聞！」既而禮官范鎮等，又奏稱：「漢時稱皇考，稱帝稱皇，立寢廟，序昭穆，均非陛下聖明所當法，宜如前議為是。」侍御史呂誨、范純仁，監察御史呂大防，復主張昇議，力請照行。章凡七上，均不見報，乃共劾韓琦專權導諛。歐陽修首創邪議，曾公亮、趙㮣等附會不正，均乞貶黜！這種彈章，呈遞進去，當然是不見批答。韓琦等亦上言：「皇伯無稽，決不可稱，請明詔中外，核定名實。至若立廟京師，干紀亂統等事，均非朝廷本意，應飭臣下不必妄引」等語。英宗正信用韓琦等人，胸中已有成見，不過廷臣互有爭端，一時未便下詔。越年，竟由太后手敕中書道：

吾聞群臣議請皇帝封崇濮安懿王，至今未見施行，吾載閱前史，乃知自有故事。濮安懿王譙國夫人王氏，襄國夫人韓氏，仙遊縣君任氏，可令皇帝稱親，濮安懿王稱皇，王氏、韓氏、任氏並稱后，特此手諭！

韓琦等奉到此敕，即轉遞英宗。英宗即日頒詔，略云：

第三十四回　爭濮議聚訟盈廷　傳潁王長男主器

　　稱親之禮，謹遵慈訓，追崇之典，豈易克當？所有稱皇稱后諸尊號，朕不敢聞，令內外臣民知之！此詔。

　　詔既下，又命就濮王塋建園立廟，封濮王子宗樸為濮國公，主奉祠事。所有濮王尊諱，令臣民謹避，濮議遂定。當時盈廷揣測，統說太后一敕，主張追崇，英宗一詔，半安退讓，統由中書主謀，藉此定議。平心而論，此議不得為謬。呂誨等以論列彈奏，不見聽用，繳納御史敕誥，自稱家居待罪。英宗命閣門還敕，不令辭職。誨等又復奏固辭，且言與輔臣勢難兩立。並無不共戴天之仇，何必出此危詞？宋臣雖有氣節，究未免市直沽名。英宗覽到此語，不免懊惱，因轉問韓琦、歐陽修等。琦、修等齊聲奏道：「御史等以為理難並立，若臣等有罪，當留御史，黜臣等。」英宗不答。翌日，竟詔徙呂誨知蘄州，范純仁通判安州，呂大防知休寧縣。司馬光等上疏，乞留誨等，不報，復請與俱貶，亦不許。侍讀呂公著，上言：「陛下即位二年，納諫未著美名，反屢黜言官，如何風示天下？」英宗仍然不從。公著因乞外調，乃出知蔡州。一番大爭論，從此罷休。

　　話分兩頭，且說文彥博罷相，出判河南，封潞國公（接應前回）。至治平二年，自河南入覲，英宗慰勞有加，且語彥博道：「朕得嗣立，多出卿力。」彥博悚然道：「陛下入繼大統，乃先帝意，及皇太后協贊成功，臣何力之有？況陛下即位，臣方在外，韓琦等仰承聖旨，入受遺詔，臣又未嘗預聞。今蒙陛下獎及，實不敢當。」英宗徐答道：「卿可謂功成不居了。今暫煩卿西行，不久即當召還呢。」彥博乃退。尋即有旨改判永興軍。彥博方去，忽富弼自稱足疾，力請解政，英宗不允。弼偏隔日一奏，五日兩疏，堅辭樞密。看官道是何因？原來嘉祐年間，弼入相，適韓琦為樞密使（應三十二回），凡中書有事，往往與樞密相商，至此琦與弼易一職位，琦事多專斷，未嘗問弼，弼頗不懌。當太后還政時，弼毫不預聞，忽韓琦

促請撤簾，弼不禁驚訝道：「弼備位輔佐，他事或不可預聞，這事何妨通知，難道韓公獨恐弼分譽麼？」褊心總未易去，富鄭公尚且如此。琦聞弼言，也語人道：「此事當如出太后意，不便先事顯言。」弼心中總覺不快。英宗親政，因弼嘗與議建儲，特加授戶部尚書。弼曾乞辭道：「建儲係國家大計，廷臣等均有此議，何足言功？且陛下受先帝深恩，母后大德，尚未聞所以為報，乃獨加賞及臣，臣何敢受！」此語恰很公正，與文彥博奏對略同。英宗不從。再奏仍不允，弼乃強受。至是連章求去，始命弼出判揚州，封鄭國公。還有樞密使張昇，已加封太尉，亦上章告老。英宗道：「太尉勤勞王家，怎可遽去？果因筋力就衰，可不必每日到院，但五日一至便了。」昇總不願再留，仍然求去，乃出判許州。韓琦、曾公亮，因富弼張昇，俱已外調，樞密院不能無主，擬遷歐陽修為樞密使。修微有所聞，便進與琦等道：「皇上親政，任用大臣，自有權衡，公等雖係見愛，但未免上凌主權，此事如何行得？」琦等乃止。果然英宗別有所屬，召入文彥博，令為樞密使。又擢權三司使呂公弼，使副樞密。公弼先為群牧使，時帝尚未立，得賜馬甚劣，商諸公弼，欲轉易良馬。公弼以為未奉明詔，不敢私易，竟謝絕所請。至是英宗擢用公弼，公弼入謝，英宗道：「卿前歲不與朕馬，朕已知卿正直了。」這是英宗知人處。公弼拜謝而退。嗣又召用涇原路副都部署郭逵，授檢校太保，同簽書樞密院事。逵本武臣，舊隸范仲淹麾下，仲淹勖以學問，遂成將材。從前任福戰歿，及葛懷敏覆軍，皆為逵所預料，時人服他先見，累任邊鎮，積有軍功。仁宗季年，湖北溪蠻彭仕羲作亂，調逵知澧州，率兵往討，盡平諸隘。仕羲竄死，餘眾悉降。尋復改知邵州，討平武岡蠻，擢容州觀察使，轉遷涇原路副都部署。英宗聞他智勇，乃召入都中，令就職樞府。看官！你想宋室大臣，心目中只有文人，不顧武士，前次狄青蕩平智高，大功卓著，一入樞府，便

第三十四回　爭濮議聚訟盈廷　傳潁王長男主器

　　覺疑謗紛乘，彈章屢上，郭逵功績，不及狄青，哪裡能箝定眾口？當由知諫院邵亢等，連疏奏劾，大略說是：「祖宗故例，樞府參用武臣，必如曹彬父子，及馬知節、王德用、狄青、勳名威望，卓越一時，乃可無愧。郭逵黠佞小才，豈堪大用？乞改易成命！」英宗不報（《宋史》中，狄青與郭逵列傳，先後相繼，隱然以郭比狄，故本回特別提出，且以見宋臣傾軋之非）。

　　會京師大雨，水潦為災，宮廷門外，俱遭淹沒。官私廬舍，毀壞不可勝計，人多溺死。英宗詔求直言，諫官等遵旨直陳，無非是進賢黜佞等語。未幾，溫州大火，又未幾，彗星見西方，長丈有五尺。英宗撤樂減膳，加意修省，且令中書舉士，得二十人，一體召試。韓琦以與試多人，恐難位置，英宗道：「臺臣多說朕不能進賢，如果能得賢士，豈不是多多益善嗎？」旋經琦等酌定，先召試十人，試後中穀，俱授館職。宋制，進士第一人及第，往往仕至輔相，士人尤以登臺閣，升禁從為榮。嘗編一歌謠云：「寧登瀛，不為卿；寧抱槧，不為監。」可見當日人心，趨重科第，更豔羨臺閣，所有出兵打仗的將士，就使孫、吳復出，頗、牧再生，也看做沒用一般呢。宋室積弱，實中此弊。郭逵入樞府半年，終被同列排擠，出任陝西四路宣撫使，兼判渭州。治平三年十一月，英宗又復不豫，兼旬不能視朝。韓琦等入問起居，見英宗昏頓得很，雖是憑幾危坐，已覺困憊難支，琦即進言道：「陛下久不視朝，中外驚疑，請早立儲君，借安社稷！」英宗略略點首。琦復奏道：「聖意已決，即請手詔，指日行立儲禮。」英宗尚未及答，琦即命召學士承旨張方平，入殿草制，先諸英宗親筆指麾，由方平進紙筆。英宗勉強提毫，草書數字。琦望將過去，紙上寫著立大大王為皇太子，隨復奏請道：「立嫡以長，想聖意必屬潁王，唯還請聖躬親加書明！」英宗乃又批了「潁王頊」三字。方平即遵著帝意，恭

擬數語,自首至尾,立刻繕就,中留一空格,即應填太子名,乃請英宗親筆加入。英宗不堪久坐,待了這一歇,含糊說了數語,韓琦等也聽不清楚。至方平呈上草制,乃力疾書太子名,名既書就,不覺嘆了一聲,忍不住墮淚承睫,隨即命內侍掖至龍床,就臥去了。韓琦等當然趨退。文彥博顧語韓琦道:「見上顏色否?人生到此,雖父子亦覺動情呢。」琦答道:「鉅鹿受封,尚是眼前時事,不意相去無幾,又要力請建儲,這也是令人嗟嘆呢。」話畢,各散歸私第。越二日,即冊立太子,奉旨大赦。自是英宗病體毫無起色,好容易度過年關,已是治平四年,文武百官恭上尊號,當於元旦辰刻,入朝慶賀。英宗已要歸天,百官還在做夢,這是中國專務粉飾之弊。既至福寧殿,英宗並未御朝,大家唯對著虛座,舞蹈一番,依次退出。但見外面朔風怒號,陰霾四塞,統覺得天象告變,主兆不祥。過了七日,宮中傳出訃音,英宗已升遐了,壽三十六歲,在位只四年。英宗夙有潛德,以孝親著聞,局量弘遠,情性謙和。濮王薨逝時,曾把所服玩物分賜諸子,英宗所受這一份,都轉畀王府舊人,唯留犀帶一條,值錢三十萬,委交殿侍出售。殿侍竟把帶失去,不勝遑急,英宗卻淡然恝置,不索賠償。即位以後,每命近臣,常稱官不稱名,臣下有奏,必問朝廷故事,與古治所宜,一經裁決,多出群臣意表,因此中外亦稱為賢君。怎奈天不假年,遽爾晏駕,這也是宋朝恨事呢。結過英宗,無非善善從長。

　　皇太子頊即皇帝位,詔告中外,是謂神宗皇帝。尊皇太后曹氏為太皇太后,皇后高氏為皇太后,晉封弟灝為昌王,頵為樂安郡王。命韓琦守司空兼侍中。曾公亮行門下侍郎兼吏部尚書,進封英國公。文彥博行尚書左僕射檢校司徒,兼中書令。富弼改武寧軍節度使,進封鄭國公。張昇改河陽三城節度使。歐陽修、趙槩並加尚書左丞,仍參知政事。陳昇之為戶部侍郎。呂公弼為刑部侍郎。其餘百官,均進秩有差。二月朔日,神宗初御

第三十四回　爭濮議聚訟盈廷　傳穎王長男主器

　　紫宸殿，朝見群臣，隨即冊立元妃向氏為皇后。向氏係故相向敏中曾孫女，父名經，曾為定國軍留後。治平三年，出嫁穎邸，封安國夫人，至是立為皇后。忽御史蔣之奇上書劾歐陽修，說他帷薄不修，奸亂甥女等事。神宗覽畢，轉問故宮臣孫思恭。思恭力為辯釋，神宗乃詔問之奇，令他證實。之奇無從取證，只好說出一個彭思永來。看官！你道之奇的御史，從何處得來？他本由歐陽修推薦，得任臺官，自濮議紛爭，修主張稱親，為呂誨等所斥駁，獨之奇贊同修議，修因薦為御史。偏朝右目為邪黨，對著之奇冷嘲熱諷，之奇聽不過去，便欲與修立異，借塞眾謗。會修婦弟薛良孺，與修有嫌，遂捏造蜚言，誣修淫亂，語為中丞彭思永所聞，轉告之奇，之奇也不問真偽，遂上章劾修。恩將仇報，具何肺腸。及奉詔詰責，不得已將彭思永傳語復奏上去。神宗再詰思永，思永也取不出真憑實據來，於是誣告反坐，將思永、之奇兩人，一律貶謫。之奇自詒伊戚，卻難為思永了。修本杜門請治，至辨明誣偽，仍力求退位，乃罷為觀文殿學士，出知亳州。神宗具有大志，因見廷臣乏才，特出自真知，去請一位大名鼎鼎的人物來，有分教：

　　曲士從茲張異說，中朝自此紊皇綱。

　　畢竟所召何人，待小子下回報名。

　　宋臣專喜迂論，與晉代之清談，幾乎相同，其不即亂亡者，賴有一二大臣為之主持耳。英宗雖入嗣仁宗，纘承大統，而其本生父則固濮王也。以本生父稱皇伯，毋乃不倫！歐陽修援引禮經，謂應稱親降服，議固甚當，韓琦即據以定議，於稱親之議，則請行之，於稱皇稱后之議，則請辭之，最得公私兩全之道。呂誨等乃激成意氣，至欲以去就生死相爭，一何可笑？迨英宗疾亟，未聞廷臣有建儲之請，賴韓琦入問起居，片言定策。

夫濮議，末跡也，而必爭之，立儲，大本也，而顧忽之，宋臣之捨本逐末，如是如是。微韓魏公諸人，宋室恐早不綱矣。蓋輿論與清談，其足致亂亡一也。

第三十四回　爭濮議聚訟盈廷　傳潁王長男主器

第三十五回

神宗誤用王安石　種諤誘降嵬名山

第三十五回　神宗誤用王安石　種諤誘降嵬名山

卻說神宗因廷臣乏才，特下詔臨川，命有司往徵名士。看官道名士為誰？原來就是沽名釣譽、厭故喜新的王安石。安石一生，只此八字。安石，臨川人，字介甫，少好讀書，過目不忘。每一下筆，輒洋洋千萬言。友人曾鞏曾攜安石文示歐陽修，修嘆為奇才，替他延譽，遂得擢進士上第，授淮南判官。舊例判官秩滿，得求試館職，安石獨不求試。再調知鄞縣，起隄堰，決陂塘，水陸咸利。又貸穀與民，立息令償，俾得新陳相易，邑民亦頗稱便。安石自謂足治天下，人亦信為真言，相率稱頌。尋通判舒州，文彥博極力舉薦，乃召試館職，安石不至。歐陽修復薦為諫官，安石又以祖母年高，不便赴京為辭。修勸以祿養，並請旨再召，授職群牧判官，安石復辭，且懇求外補，因令知常州，改就提點江東刑獄。為此種種做作，越覺聲名噪起。仁宗嘉祐三年，復召為三司度支判官，安石總算入京就職。居京月餘，即上萬言書，大旨在法古變今，理財足用等事。仁宗也不加可否，但不過說他能文，命他同修起居注，他又固辭不受。閤門吏齎敕就付，他卻避匿廁所，吏置敕自去。他又封還敕命，上章至八、九次，有詔不許，方才受職。及升授知制誥，當即拜命，並沒有推卻等情。其情已見。旋命糾察在京刑獄，適有鬥鵪少年，殺死狎友一案，知開封府以殺人當死，按律申詳。安石察視案牘，係一少年得鬥鵪，有舊友向他索與，少年不許，友人恃暱搶去，少年追奪，竟將友人殺死，因此擬援例抵罪。他不禁批駁道：「按律公取竊取，皆以盜論。該少年不與鬥鵪，伊友擅自攜去，是與盜無異。追殺是分內事，不得為罪。」據此批駁，已見安石偏執之非。看官！你想府官見此駁詞，肯俯首認錯麼？當下據實奏辯。安石亦劾府司妄讞。案下審刑大理兩司，覆按定刑，都說府讞無訛。安石仍不肯認過，本應詣閤門謝罪，他卻自以為是，並不往謝。御史遂劾奏安石，奏牘留中不報。安石反迭發牢騷，情願退休。適值母死丁艱，解職回

籍。英宗時也曾召用，辭不就徵。

安石父益都，雖官員外郎，究沒有什麼通顯，他思借重巨閥，遂虛心下氣，與韓、呂二族結交。韓絳及弟維，與呂公著皆友安石，代為標榜。維嘗為穎邸記室，每講誦經說，至獨具見解處，必謂此係故友王安石新詮，並非維所能發明，神宗記憶在心，嗣遷韓維為右庶子，維舉安石自代。雖未見實行，在神宗一方面，已不啻大名貫耳。既得即位，即召令入都。安石高臥不起，神宗再擬徵召，乃語輔臣道：「安石歷先帝朝，屢召不至，朝議頗以為不恭。今又不來，莫非果真有病，抑繫有意要求呢？」曾公亮遽答道：「安石真輔相才，斷不至有欺罔等情。」神宗方才點首，忽一人出班奏道：「臣嘗與安石同領群牧，見他剛愎自用，所為迂闊，倘或重用，必亂朝政。」第一個料到安石。神宗視之，乃是新任參知政事吳奎，鄭重點名。便怫然道：「卿也未免過毀了。」奎復道：「臣知而不言，是轉負陛下恩遇呢。」神宗默然。退朝後，竟頒詔起用安石，命知江寧府。安石直受不辭，即日赴任。曾公亮復力薦安石，足勝大任。

看官道公亮力薦，料不過器重安石，誤信人言，其實他卻另有一段隱情：他與韓琦同相，資望遠不及琦，所有國家大事，都由琦一人獨斷，自己幾同伴食，所以於心不甘，陰欲援用安石，排間韓琦；可巧神宗意中，亦因琦執政三朝，遇事專擅，未免有些芥蒂。學士邵元，中丞王陶，本是穎邸舊臣，又從中詆毀韓琦。琦內外受軋，遂上書求去。神宗得書，一時不好准奏，只得優詔挽留。會因英宗已安葬永厚陵，廟謚一切，均已辦妥，琦復請解職。神宗未曾批答，一面卻召入安石，命為翰林學士。琦已窺透神宗意旨，索性連章乞休，每日一呈。果然詔旨下來，授琦司徒兼侍中，出任武勝軍節度使，兼判相州。琦奉旨陛辭，神宗向他流淚道：「侍中必欲去，朕不得已降制了。但卿去後，何人可任國事？」假惺惺做什

第三十五回　神宗誤用王安石　種諤誘降嵬名山

麼？琦對道：「陛下聖鑑，當必有人。」神宗道：「王安石何如？」情已暴露。琦復道：「安石為翰林學士，學問有餘，若進處輔弼，器量不足。」平允之論，莫過於此。神宗不答，琦即告辭而去。

未幾，吳奎亦出知青州，越年病歿。奎，北海人，喜獎善類。少甚貧，及貴，亦仿范文正故事，買田為義莊，所有祿俸，盡賙族黨。歿後，諸子至無屋以居，時人稱為清白吏子孫。神宗以韓、吳並罷，擢張方平、趙抃參知政事，呂公弼為樞密使，韓絳、邵元為樞密副使。抃曾出知成都，召回諫院，未曾就職省府，驟命參政，幾成宋朝創例，群臣以為疑。及入謝，神宗面諭道：「朕聞卿匹馬入蜀，一琴一鶴，作為隨從，為治簡易，想亦如此。朕所由破格錄用呢。」抃頓首道：「既承恩遇，敢不盡力！」自是竭誠圖報，遇有要政，無不盡言。唯張方平未洽眾望，御史中丞司馬光，奏言方平位置不宜，神宗不從，且罷光中丞職，令為翰林學士。曾公亮複議擢王安石，方平亦力言不可。第二個料到安石。旋方平丁父艱去位，時唐介復入為御史，遷任三司使，神宗因令他參政，繼方平後任，唯心中總不忘安石。熙寧改元，即令安石越次入對，神宗問治道何先？安石答稱：「須先擇術。」神宗複道：「唐太宗何如？」安石道：「陛下當上法堯舜，何必念及唐太宗。堯舜治天下，至簡不煩，至要不迂，至易不難，不過後世君臣，未能曉明治道，遂說他高不可及。堯亦人，舜亦人，有什麼奇異難學呢？」語大而誇。神宗道：「卿可謂責難於君，但朕自顧眇躬，恐不足副卿望，還願卿盡心輔朕，共圖至治！」已經著迷。安石道：「陛下如果聽臣，臣敢不盡死力！」言畢乃退。

一日，侍講經筵，群臣講訖，陸續散去。安石亦擬退班，由神宗命他暫留，且特賜旁坐。安石謝坐畢，神宗乃道：「朕閱漢、唐歷史，如漢昭烈必得諸葛亮，唐太宗必得魏徵，然後可以有為。亮、徵二人，豈不是當

日奇才麼？」安石抵掌道：「陛下誠能為堯、舜，自然有皋、夔、稷、契，誠能為高宗，自然有傅說，天下甚大，何材沒有？諸葛亮、魏徵還是不足道呢！但恐陛下擇術未明，用人未專，就是有皋、夔、稷、契、傅說等人，亦不免為小人所擠，卷懷自去囉。」居然以古人自命，且語意多半要挾，其私可知。神宗道：「歷朝以來，何代沒有小人？就是堯、舜時候，尚不能無四凶。」安石道：「能把四凶一一除去，才得成為堯、舜。若使四凶得逞讒慝，似皋、夔、稷、契諸賢，怎肯與他同列，合流同汙呢？」這一席話，說得神宗很是感動，至安石退後，尚嘉嘆不置。於是這位堅僻自是的王介甫，遂一步一步的，跨入省府中去了。當時朝野人士，除吳奎、張方平、韓琦外，尚謂安石多才，定有一番幹濟，唯眉山人蘇洵，已作一篇辨姦論，隱斥安石。還有知洛川縣李師中，當安石知鄞縣時，已說他眼內多白，貌似王敦，他日必亂天下。這兩人事前預料，才不愧先知哩。

師中，楚邱人，父名緯，曾為涇原都監。師中少識邊情，及長，舉進士，知洛川縣，後調任敷政縣，益知邊務。神宗嗣位，遷知鳳翔府，適青澗守將種諤，收復綏州，師中謂種諤輕開邊釁，請朝廷慎重。果然夏主諒祚，誘殺知保全軍楊定等，幾乎宋夏又復交兵。虧得故相韓琦，奉命經略陝西，才得支持危局（從李師中折入夏事，又是一種筆墨）。這事說來話長，待小子敘明原委，方得一目了然（為下半回主腦）。種諤復綏州，尚是治平四年事，本書上文敘王安石，已至熙寧元年，此處係是回溯，不得不從李師中折入，且從前宋夏交涉，亦可藉此補敘。

先是夏主諒祚，奉冊為夏王，宋庭歲賜如常，諒祚亦修貢如故（接應三十一回）。英宗入承帝位，夏使吳宗來賀，宗出言不遜，有詔令諒祚罪宗。諒祚不肯奉詔，反於治平三年，寇掠秦、鳳、涇原一帶，直薄大順城。環、慶經略使蔡挺，率蕃官趙明等，往援大順，諒祚衷銀甲，戴氈

第三十五回　神宗誤用王安石　種諤誘降嵬名山

帽，親自督戰，挺遣弓弩手整列壕外，更迭發矢，夏兵前列多傷，諒祚亦身中流矢，率眾遁去，轉寇柔遠。挺又使副總管張玉，領三千人夜襲敵營，夏兵驚潰，退屯金湯，會宋廷頒發賜夏歲幣，知延州陸詵留幣不與，飛章上奏道：「朝廷素事姑息，所以狡虜生心，敢爾狂悖，今若再賜歲幣，是益令玩視，愈褻國威，請降旨詰責虜主，待他謝罪，再行給幣未遲。」英宗轉問韓琦，琦本主張問罪，當然贊成陸議，乃飭陸移牒宥州，詰問諒祚。諒祚連遭敗仗，已經奪氣，並因理屈詞窮，無可解免，只得遣使謝罪，諉言咎由邊吏，應按罪加誅云云。是書上達，已值英宗殯天，神宗踐阼，當有新詔一道，齎付諒祚，詔曰：

朕以夏國累歲以來，數興兵甲，侵犯邊陲，驚擾人民，誘迫熟戶，去秋復直寇大順，圍迫城寨，焚燒村落，抗敵官軍，邊奏累聞，人情共憤。群臣皆謂夏國已違誓詔，請行拒絕，先皇帝務存含怨，且詰端由，庶觀逆順之情，以決眾多之論。逮此遜章之稟命，已悲仙馭之上賓，朕纂極雲初，包荒在唸，仰循先志，俯諒乃誠。既自省於前辜，復願堅於眾好。苟奏封所敘，忠信無渝，則恩禮所加，歲時如舊。安民保福，不亦休哉！特諭爾夏主知之！

諒祚得詔，又遣人到宋，慶弔兼行。到了冬季，夏綏州監軍嵬名山弟夷山，向青澗城求降。青澗城守將係種世衡子（就是種諤），也算世襲。諤受降後，即令夷山作書，招致乃兄，並特贈金盂一枚。適名山外出，有名山親吏李文喜接得金盂，喜出望外，便與去使密定計策，令宋兵潛襲營帳，不怕名山不降，且乘勢可得綏州。去使返報種諤，諤即密奏宋廷，一面通報延州知州陸詵。詵卻謂虜眾來降，真偽難測，也奏請戒諤妄動。神宗命轉運使薛向，會同陸詵，詢明種諤受降虛實，再定機宜。向與詵乃召諤問狀，詵始終反對諤議，獨向恰有意贊成。兩下協定招撫三策，由向主

稿，遣幕府張穆之入奏。穆之暗受向囑，既至闕下，面陳諤議可成。看官！試想神宗是好大喜功，聽了張穆之一番奏對，遂以為有機可乘，樂得興兵略地。且疑陸詵不肯協力，從中掣肘，竟將他調徙秦鳳，專任向、諤，規復綏州。哪知這種諤還要性急，不待朝命頒到，已起兵潛入綏州，圍住名山營帳。名山毫不預防，突然遭圍，自然腳忙手亂，當由親吏李文喜，匯入夷山，同勸名山降宋。名山無可奈何，只好舉眾出降，共計首領三百人，戶一萬五千，兵萬名，一概就撫，由諤督兵築城，繕固守備。夏人來爭，被諤發兵邀擊，殺退夏眾，遂復綏州，綏州久已陷沒，規復未始非策，但不在諒祚寇邊之先，而在諒祚謝罪以後，未免自失信用耳。陸詵以詔命未至，諤即擅自興師，擬遣吏逮治，可巧穆之西還，傳詔徙詵，詵乃嘆息而去。

夏主諒祚，聞綏州失守，欲發兵入寇，部目李崇貴、韓道善兩人，入帳獻策道：「大王如欲用兵，恐勝負難料，不如另用他計。」諒祚問用何策，李崇貴道：「前宋使楊定到來，曾許歸我沿邊熟戶，我曾送他金銀寶物，他受了我的餽贈，卻未聞遵約，反聽種諤襲奪綏州，真是可恨！我不若誘他會議，殺死了他，就占領了保全，作為根據，然後進可戰，退可守，不患不勝。」諒祚大喜道：「果然好計，就照此行罷！」原來楊定曾出使夏國，見了諒祚，跪拜稱臣。諒祚畀他金銀，及寶劍一口，寶鏡一具，定即許歸沿邊熟番。及定還，將金銀匿住，只把劍鏡獻上，且言諒祚可刺狀，神宗信為真言，竟擢定知保全軍。自諒祚用計誘定，即遣韓道善齎書往請，約定會議。定竟冒冒失失的，前去赴會，一到會場，未見諒祚，即由李崇貴責他爽約。定尚未及答，已被崇貴撥出伏兵，亂刀齊下，將定剁成肉泥。該死！該死！隨即入攻保全，大肆劫掠。警報迭達汴都，神宗不免自悔。巧值李師中奏牘亦到，歸咎種諤，朝議隨聲附和，竟欲誅諤棄

第三十五回　神宗誤用王安石　種諤誘降嵬名山

綏。前時不聞諫阻，至此又如此畏縮，宋廷可謂無人。神宗未肯遽允，當命陝西宣撫使郭逵，移鎮鄜延，就近酌奪（接應前回）。逵用屬吏趙卨議（卨讀如歇），奏陳機宜，大致說是：「虜殺王官，應加聲討，若反誅諤棄綏，成何國體？且名山舉族來歸，如何處置？言之甚是，一面貽書輔臣，請保守綏州，借張兵勢，規度大理河川，擇要設堡，畫地三十里，安置降人，方為上計。」朝議仍然未決，乃調韓琦判永興軍，經略陝西。琦臨行，曾言綏不當取，及既抵任所，復奏稱綏不可棄。樞府駁他前後矛盾，令再明白復陳，琦遂復奏道：「臣前言綏不當取，是就理論上立言，今言綏不可棄，是就時勢上立言。現在邊釁已開，無理可喻，只有就勢論勢。儲存綏州，秣兵厲馬，與他對待，俾他不敢小覷，方能易戰為和。」練達之言。奏既上，言官尚交論種諤，有旨將諤貶官，謫置隨州。會郭逵訽知誘殺楊定，係李崇貴、韓道善主謀，遂傳檄諒祚，索取罪人。湊巧諒祚得病，更聞韓琦鎮邊，料知不能反抗，只得執住李、韓二人，獻與郭逵。未幾，諒祚病死，子秉常嗣立，遣臣薛宗道等赴宋告哀。神宗問殺楊定事，宗道謂：「李、韓二犯，已執送邊鎮，不日可到。」果然隔了一宵，由郭逵將李、韓二人，檻送闕下。神宗親自廷訊，李崇貴直陳顛末，神宗不禁嘆息道：「照此說來，楊定納賄賣地，罪不容誅，但你等何妨逕自陳請，由朕明正典刑，今乃擅加誘殺，藐我上國，難道得稱無罪麼？」崇貴等乃叩首伏罪。神宗特赦崇貴等死刑，追削楊定官爵，籍沒田宅。另遣使臣劉航，冊秉常為夏國王。小子有詩詠韓魏公道：

入定皇綱出耀威，如公誰不仰豐徽？
三朝政績昭然在，中外都憑隻手揮。

夏事暫作結束，小子又要敘那王安石了。看官少待，且看下回。

上有急功近名之主,斯下有矯情立異之臣。如神宗之於王安石是已。神宗第欲為唐太宗,而安石進之以堯、舜,神宗目安石為諸葛、魏徵,而安石竟以皋、夔、稷、契自況。試思急功近名之主,其有不為所惑乎?當時除吳奎、張方平、蘇洵外,如李師中者,嘗謂其必亂天下。夫師中亦一誇誕士,史稱其好為大言,以致不容於時,吾謂大言者必未足副實,即如綏州之役,彼第歸咎種諤,而於善後事宜,毫不提及,是殆亦責人有餘,而責己不足者。賴韓琦坐鎮,郭逵為輔,夏事始得就緒耳。吾以是嘆韓魏公之不可及也。

第三十五回　神宗誤用王安石　種諤誘降嵬名山

第三十六回

議新法創設條例司　讞疑獄狡脫謀夫案

第三十六回　議新法創設條例司　讞疑獄狡脫謀夫案

卻說王安石既承主眷，漸漸露出鋒芒，意欲變法維新，炫人耳目。是時大內帑銀，所存無幾，神宗年少氣銳，方以富國強兵為首務，安石隱伺上意，遂倡理財足國的美談，歆動神宗。熙寧元年仲冬，行郊天禮，輔臣以河朔旱災，國用不足，乞南郊以後，不可再循故例，遍賜金帛。有詔令學士復議，司馬光道：「救災節用，當自貴近為始，輔臣議應當照行。」王安石道：「國用不足，乃不善理財的緣故，若徒事節流，未識開源，終屬無益。」司馬光又道：「什麼叫做善理財？無非是頭會箕斂罷了。」安石道：「不必加賦，自增國用，才算是理財好手。」光笑道：「天下哪有此理？天地生財，止有此數，官府多一錢，民間便少一錢，若設法奪民，比加賦還要厲害。從前桑弘羊嘗挾此說，欺騙漢武帝，太史公大書特書，顯是指斥弘羊，諷刺漢武呢。」語雖未必盡然，但如桑弘羊、王安石等，實蹈此弊。安石尚不肯服理，仍然爭論不已。神宗道：「朕意亦與光同，但些須例賞，必欲吝嗇，似亦未免失體了。」遂不從輔臣所議，行賞如故。仍是左袒安石。

既而鄭國公富弼，自汝州入覲，詔許肩輿至殿門，令弼子扶掖進見，且命免拜跪禮，賜坐與談。神宗開口問道：「卿老成練達，定有高見，現欲治國安邦，須用何術？」弼對道：「人主好惡，不可令人窺測，否則奸人必伺隙售奸。譬如上天監人，善惡令他自取，乃加誅賞，庶幾功罪兩明。」神宗又道：「北有遼，西有夏，邊境未寧，如何是好？」弼又道：「陛下臨御未久，當首布德惠，願二十年口不言兵。」對症發藥。神宗躊躇多時，方道：「朕常欲詢卿，卿可留朝輔政。」弼答言：「老不勝任。」仍辭退赴郡。至熙寧二年二月，復召弼入都，拜司空兼侍中，並特賜甲第。弼仍上表固辭，經優詔促使就道，乃奉旨入朝。途次聞京師地震，神宗減膳撤樂，獨安石謂：「災異由天，無關人事。」安石距今千年，已知新學，

確是一個人才。弼不禁嘆息道：「人君所畏唯天，天不足畏，何事不可為？此必奸人欲進邪說，搖惑上心，不可以不救呢。」當即上書數千言，力陳進賢辨奸的大要。及入對，又說了數十語，無非是隱斥安石。神宗雖任弼同平章事，意中總不忘安石，擬擢為參政。會值唐介奏事，即與介述明本意，介言安石不勝大任。神宗道：「文學不可任呢？經術不可任呢？吏事不可任呢？」介對道：「安石好學泥古，議論每多迂闊，若令他為政，必多變更。」神宗不答。介退，語曾公亮道：「安石果大用，天下必困擾，諸公後當自知，莫謂介不預言呢！」公亮本推薦安石，哪裡肯信？未幾，神宗又問侍讀孫固，謂安石可否令相？固對道：「安石文行甚優，令為臺諫侍臣，必能稱職，若宰相全靠大度，安石狷狹少容，如何做得？陛下欲求賢相，臣心目中恰有三人，便是那司馬光、呂公著、韓維呢。」神宗總歸不信，竟命安石參知政事。

　　安石入謝，神宗語安石道：「廷臣都說卿但知經術，未通世務。」安石道：「經術正所以經世務，他人謂臣未通世務，實即未通經術，請陛下詳察！」神宗道：「照卿說來，欲經世務，先施何術？」安石道：「變風俗，立法度，正當今急務。」神宗點首稱善。安石遂進言道：「立國大本，首在理財，周朝設泉府等官，無非酌盈劑虛，變通民利，後世唯漢桑弘羊，唐劉晏，粗合此意。今欲理財，亟應修泉府遺制，藉收利權。利權在握，然後庶政可行。」神宗道：「卿言甚是。」安石又道：「古語有言：『為政在人』，但人才難得，更且難知。今使十人理財，有一、二人不肯協力，便足敗事。堯與眾人共擇一人治水，尚且九載勿成，況擇用不止一人，簡選未嘗詢眾，能保無異議麼？陛下誠決計進行，首在不惑異說。」讓你一人獨做，可好麼？神宗道：「朕知道了，卿去妥議條規，待朕次第施行。」安石應命退出。次日，即奏請制置三司條例司，掌經畫邦計，變通舊制，調

第三十六回　議新法創設條例司　讞疑獄狡脫謀夫案

劑利權。更舉知樞密院事陳昇之，協同辦事。神宗准奏，當命安石、升之兩人，總領制置三司條例司，令得自擇掾屬。安石遂引用呂惠卿、曾布、章惇、蘇轍等，分掌事務。惠卿曾任真州推官，秩滿入都，與安石談論經義，意多相符。安石竟稱為大儒，事無大小，必與商議，有所奏請，又必令他主稿，幾乎一日不能相離。曾布即曾鞏弟，事事迎合安石意旨，安石亦倚為心腹，與惠卿同一信任。當下悉心酌商，定了新法八條，六條謂足富國，兩條謂足強兵，由小子錄述如下：

富國法六條。

（一）農田水利：飭吏分行諸路，相度農田水利，墾荒廢，浚溝渠，酌量升科，無論吏民，皆須同役，不准隱漏逃匿。

（二）均輸：諸州郡所輸官糧，俱令平定所在時價，改輸土地所產物，官得徙貴就賤，因近易遠，並准便宜蓄買，懋遷有無。

（三）青苗：農民播種青苗時，由朝廷出資貸民，至秋收償金，加息十分之二，或十分之三，仍還朝廷。

（四）免役：使人民分等，納免役錢，得免勞役，國家別募無職人民，充當役夫。

（五）市易：就京師置市易所，使購不賣之物於官，或與官物交換，又備資貸與商人，使遵限納息，過限不輸，息金外更加罰金。

（六）方田：以東南西北各千步為一方，計量田地，分五等定稅，人民按稅照納。

強兵法二條。

（一）保甲：採古時民兵制度，十家為保，五百家為都保，都保置正副二人，使部下保丁，貯弓箭，習武藝。

（二）保馬：以官馬貸保丁，馬死或病，令按值給償。

這數條新法，議將出來，老成正士，沒有一個贊成。參政唐介，抗直敢言，先與安石爭辯。安石強詞奪理，謂可必行，神宗又庇護安石，介不勝憤懣，氣得背上生疽，竟爾謝世。先氣死了一個。神宗遂將安石新法，依次舉行。先遣劉彝、謝卿材、侯叔獻、程顥、盧秉、王汝翼、曾伉、王廣廉八人，巡行諸路，查核農田水利，酌定稅賦科率，徭役利害；繼即飭行均輸法，起用薛向為江、浙、荊、淮發運使，領均輸平準，創行東南六路。兩法頒行，言路已是譁然。知制誥錢公輔，知諫院范純仁等，均言薛向開釁邊疆，曾坐罪罷黜（應前回），不應起用。公輔且斥安石壞法徇私，安石不悅，竟奏徙公輔知江寧府。宣徽北院使王拱辰，翰林學士鄭獬，知開封府滕元發，均為安石所忌，相繼遷謫。惱了御史中丞呂誨，含忍不住，即撰成一篇彈文，入朝面奏。途中遇著司馬光，問他何事？誨便道：「我將參劾一人，君實可贊成麼？如肯贊成，請為後勁。」光問所劾何人？誨答道：「便是新參政王安石。」光愕然道：「朝廷方喜得人，奈何劾他？」誨嘆道：「君實也作是說麼？怪不得別人。安石好執偏見，黨同伐異，他日必敗國事，這是腹心大患，不劾何待？你如不信，儘管請便，我要入朝去了。」光答道：「我正去侍講經筵，不妨同行。」原來君實係光表字，故誨以此相呼，兩人同入朝堂，待至神宗御殿，誨即袖出彈章，上殿跪呈。神宗當即展閱，但見上面文字，無非指斥安石，最注目的卻有數語，其文云：

臣聞大奸似忠，大詐似信。安石外示樸野，中藏巧詐，驕蹇慢上，陰賊害物，誠恐陛下悅其才辯，久而倚畀，大奸得路，群陰會進，則賢者盡去，亂由是生。臣究安石之跡，固無遠略，唯務改作，立異於人。徒文言而飾非，將罔上而欺下，臣竊憂之！誤天下蒼生者，必斯人也！

第三十六回　議新法創設條例司　讞疑獄狡脫謀夫案

　　看官！你想神宗方信任安石，怎能瞧得進去？看到誤天下蒼生句，不禁怒形於色，立將原奏擲還。誨大聲道：「陛下如不見信，臣不願與奸佞同朝，乞即解職！」神宗也不多言，只命他退去，誨退後，即下詔出誨知鄧州。范純仁復申劾安石，留章不下。純仁求去，奉詔免他諫職，改判國子監。純仁又續繕奏章，擬再懇辭，甫經繕就，忽由安石遣使，傳語純仁道：「已議除知制誥了，請不為已甚。」純仁勃然道：「這是用利誘我了。我言不用，萬鍾亦非我所願呢！」不愧家風。當下將奏稿取交來使，次日，即將奏本呈入。神宗尚未許去，驚見安石入朝，疾言遽色，奏請立黜純仁。神宗道：「純仁無罪，就使外調，亦當給一善地，可令出知河中府便了。」安石不便再言，只得悻悻而退。范純仁即仲淹第二子，兄純佑，曾隨父鎮陝，與將士雜處，評價人才，無不具當。仲淹得任人無失，以此立功，及仲淹罷職，他奉侍左右，未嘗少離。未幾，廢疾去世，弟純禮、純粹，依次出仕，後文慢表。唯純仁以父蔭得官，歷任縣令判官，所向皆治。尋擢為侍御史，與議濮王典禮，復遭外謫（見三十四回）。嗣又召還京師，命知諫院，至是又出守河中。尋徙成都轉運使，因新法不便，戒州縣不得遽行。安石恨他阻撓，誣以失察僚佐罪，左遷知和州（插此一段。敘明純仁歷史，且回應三十二回中語），這且按下再提。

　　且說王安石以兩法既行，復議頒行青苗法。呂惠卿極端慫恿，獨蘇轍立言未可，安石問為何因？轍答道：「出錢貸民，本欲救民，但錢入民手，不免妄用，滿限多無力籌償，有司飭吏追呼，鞭撲橫施，是救民反至病民了。」安石道：「君言誠有理，且從緩議。」於是有好幾旬不談此法。忽奉神宗詔命，令與司馬光復議登州獄案。安石遂邀光合議，兩人各據一見，免不得又爭執起來。登州有一婦，許嫁未行，聞夫婿貌醜，心甚不平，竟暗挾利刃，潛往害夫。適乃夫臥田舍間，便拔刀斫入，幸乃夫尚未睡著，

慌忙起避，才得不死。只因用手遮格，被斷一指而去。乃夫遂鳴官訴訟，知州許遵，拘婦到案，見該婦姿色頗佳，與乃夫確不相配，遂有意脫婦，令她一一承認，當為設法保全，該婦自然聽命。許遵即以自首減罪論，上達朝廷。遵有意全婦，莫非想娶她作妾麼？安石謂遵言可行。光憤然道：「婦謀殺夫，尚可減罪麼？」安石道：「婦既自首，應從末減。」光又道：「律文有言，因他罪致殺傷，他罪得首原，今該婦謀殺乃夫，本屬一事，豈謀自謀，殺自殺，可分作兩事，得准首原麼？」明白了解。安石道：「若自首不得減罪，豈非自背律文？」無非好異，不顧綱常。兩人相持不下，當即共請神宗判斷。偏神宗左袒安石，竟準如安石議。文彥博、富弼等，諫阻不從，且將謀殺已傷，按問自首一條，增入律中，得減罪二等，發交刑部，垂為國法。侍御史兼判刑部官劉述，封還詔旨，駁奏不已。安石大憤，請神宗黜退劉述。述遂率侍御史劉琦、錢顗，共上疏論安石罪，略云：

　　安石執政以來，未逾數月，操管商權詐之術，與陳昇之合謀，侵三司利權，開局設官，分行天下，驚駭物聽。近復因許遵妄議，定按問自首之法，安石任偏見而立新議，陛下不察而從之，遂害天下大公。先朝所立制度，自宜世守勿失，乃妄事更張，廢而不用，如此奸詐專權，豈宜處之廟堂，致亂國紀？願早罷逐，以慰天下。曾公亮畏避安石，陰自結援以固寵，趙則括囊拱手，但務依違，皆宜斥免，臣等為國家安危計，故不憚刑威，冒瀆天聽，伏冀明斷施行。

　　疏上，安石奏貶琦監處州鹽酒務，顗監衢州鹽稅，並拘述獄中。司馬光等上疏力爭，乃將述貶知江州。琦、顗照安石議，貶謫浙東。殿中侍御史孫昌齡，同判刑部丁諷，審刑院詳議官王師元，皆坐述黨忤安石，謫徙有差。還有龍圖閣學士祖無擇，與安石意見不同，亦遭黜逐。正是：

第三十六回　議新法創設條例司　讞疑獄狡脫謀夫案

黜陟不妨由我主，綱常何必為人拘？

既而三司條例司官蘇轍，亦被謫為河南府推官，欲知蘇轍如何得罪，容至下回表明。

新法非必不可行，安石非必不能行新法，誤在未審國情，獨執己見，但知理財之末跡，而未知理財之本原耳。當安石知鄞時，略行新法，邑人稱便，即曉曉然曰：「我宰天下有餘。」不知四海非一邑之小，執政非長吏之任也。天下方交相詬病，而安石愈覺自是，黜陟予奪，任所欲為。至若登州婦人一案，較諸鬥鶉少年，尤關風化，同僚謂不宜減罪，而彼必欲減免之，蓋無非一矯情立異之見耳。夫朝廷舉措，關係天下安危，而顧可以矯情立異行之乎？我姑勿論安石之法，已先當誅安石之心。

第三十七回

韓使相諫君論弊政　朱明府尋母竭孝思

第三十七回　韓使相諫君論弊政　朱明府尋母竭孝思

　　卻說蘇轍係安石引用，在三司條例司中，檢詳文字。安石欲行青苗法，為轍所阻，數旬不言。嗣由京東轉運使王廣淵，上言農民播種，各苦無資，富家得乘急貸錢，要求厚利，乞留本道錢帛五十萬，貸民取息，歲可獲利二十五萬。安石覽到此文，不禁喜躍道：「這便是青苗法呢，奈何不可行？」遂亟召廣淵入都，與商青苗法。廣淵一口贊成。安石乃奏請頒行，先從河北、京東、淮南三路創辦，逐漸推廣。有旨報可，自是從前常平通惠倉遺制，盡行變更。蘇轍仍力持前說，再三勸阻，又與呂惠卿論多不合。惠卿遂進讒安石，謂轍有意阻撓。安石大怒，欲加轍罪。還是陳昇之從旁勸解，乃罷轍為河南府推官。安石復薦惠卿為太子中允，崇政殿說書。司馬光謂：「惠卿憸巧，心術不正，安石誤信惠卿，因致負謗中外，如何可以重用？」神宗不從，竟依安石所請。首相富弼，見神宗信任安石，料想不能與爭，託病求去，乃出判亳州，擢陳昇之同平章事。

　　昇之就職後，神宗問司馬光道：「近相昇之，外議如何？」光對道：「閩人狡險，楚人輕易，今二相皆閩人（曾公亮晉江人，陳昇之建陽人，俱屬閩地）二參政皆楚人（王安石臨川人，趙抃西安人，俱屬楚地），他日援引親朋，充塞朝堂，哪裡能培植風俗呢？」神宗道：「昇之頗有才智，曉暢民政。」光又道：「才智非不可用，但必須旁有正士，隱為監制，方能無患。」神宗又問及王安石，光答道：「外人言安石奸邪，未免過毀，但他性太執拗，不明事理，這也是一大病呢。」評論確當。神宗始終不聽。

　　陳昇之既經入相，頗欲籠絡眾望，請罷免三司條例司。這便是才智的見端。安石以為負己，又同他爭論起來。昇之稱疾乞假，安石遂引樞密副使韓絳，制置三司條例。安石每奏事，絳亦隨入。常奏稱安石所陳，無不可用，安石大得臂助。絳復上言：「青苗法便民，民間多願貸用，乞遍下諸路轉運使施行！」於是詔置諸路提舉官，執掌貸收事件。提舉官多方迎

合，以多貸青苗錢為功，不論貧富，隨戶支配。又令貧富相兼，十人為保首。王廣淵在京東，分民戶為五等，上等戶硬貸錢十五千，下等戶硬貸錢一千，到限不還，即著悍吏敲比徵呼，民間騷然。廣淵入奏，反說百姓歡呼感德。諫官李常，御史程顥，劾論廣淵強為抑配，掊克百姓，神宗不報。河北轉運使劉庠，不放青苗錢，奏稱百姓不願借貸，神宗又不報。安石反恨恨道：「廣淵力行新法，偏遭彈劾，劉庠欲壞新法，不聞加罪，朝事如此，尚可望富強麼？」依了你，反要貧弱，奈何？橫渠人張載，與河南程顥、程頤兄弟，素相友善，平居共談道學，歸本六經。及出為邑宰，不假刑威，專務敦本善俗，民化一新。御史中丞呂公著，登諸薦牘，當由神宗召見，問以治道。載對道：「為政必法三代，否則終成小道呢。」時安石方倡言古道，神宗亦有心復古，聽了此言，還道張載亦安石一流，即留他在朝，命為崇文院校書。哪知張載所說的古法，與安石不同。他見安石託古病民，料難致治，竟稱疾辭去。潔身自好，足稱明哲。

　　前參政張方平，服闋還朝（應三十五回），受命為觀文殿大學士判尚書省，安石以方平異己，極力排擠，因出知陳州。及陛辭，極言新法弊害，神宗亦愀然動容，隨即召為宣徽北院使。又事事受安石牽制，堅請外調，乃復出判應天府。時已熙寧三年了。河北安撫使韓琦忽上疏請罷青苗法，略云：

　　臣準散青苗，詔書務在惠小民，不使兼併乘急，以邀倍息，而公家無所利其入。今所列條約，乃自鄉戶一等而下，皆立借錢貫數，三等而下，更許皆借。且鄉戶上等，並坊郭有物業者，乃從來兼併之家，今令借錢一千，納一千三百，是官自放錢取息，與初詔相違。又條約雖禁抑勒，然不抑勒，則上戶必不願請，下戶雖或願請，請時甚易，納時甚難，將必有督索同保均賠之患。陛下躬行節儉以化天下，自然國用不乏，何必使興利

第三十七回　韓使相諫君論弊政　朱明府尋母竭孝思

之臣，紛紛四行，以致遠邇之疑哉？乞罷諸路提舉官，第委提刑點獄，依常平舊法施行！

　　神宗覽到琦疏，亦稍有所悟，便將原疏藏在袖中，出御便殿，召輔臣等入議。曾公亮先入，神宗即從袖中，取出琦疏，遞示公亮道：「琦真忠臣，雖在外不忘王室。朕始謂青苗等法，可以利民，不料害民如此。且坊郭間何有青苗，乃亦強令借貸呢？」說至此，忽有一人趨進道：「如果從民所欲，雖坊郭亦屬何害？」神宗命曾公亮遞示原疏，安石略略一瞧，不禁勃然道：「似漢朝的桑弘羊，刮取天下貨財，供奉人主私用，乃可謂興利之臣。今陛下修周公遺法，抑兼併，賑貧弱，並不是剝民自奉，如何說是興利之臣呢？」神宗終以琦說為疑，沉吟不答。安石趨出，神宗乃諭輔臣道：「青苗法既不便行，不如飭令罷免。」公亮道：「待臣仔細訪查，果不可行，罷免為是。」無非迴護安石。神宗允准，公亮等方才退出。安石即上章稱病，連日不朝。神宗乃命司馬光草答琦詔，內有士夫沸騰，黎民騷動等語。安石聞知，上章自辯，神宗又轉了一念，似覺薄待安石，過不下去，乃巽辭婉謝，且命呂惠卿勸使任事。安石仍臥疾不出，神宗語趙抃道：「朕聞青苗法多害少利，才擬罷免，並非與安石有嫌，他如何不肯視事？」趙抃曰：「新法都安石所創，待他銷假，再與妥議，罷免未遲。」趙抃稱廉直，何亦有此因循？韓絳道：「聖如仲尼，賢如子產，初入為政，尚且謗議紛興，何怪安石？陛下如果決行新法，非留用安石不可！安石若留，臣料亦先謗後誦呢。」這一席話，又把神宗罷免青苗的意思，盡行丟去，仍敦促安石入朝。一面遣副都知張若水，押班藍元振，出訪民情。哪知這兩人早受安石賄託，回宮覆命，只說是民情稱便，神宗益深信不疑，竟將琦奏付條例司，命曾布疏駁，刊石頒示天下。安石乃入朝叩謝，由神宗溫詞慰勉。安石自此執行新政，比前益堅。

文彥博看不過去，入朝面奏，力陳青苗害民。神宗道：「朕已遣二中使親問民間，均云甚便，卿奈何亦有此言？」彥博道：「韓琦三朝宰相，陛下不信，乃信二宦官麼？」神宗不覺變色，但因彥博係先朝宗臣，不忍面斥，唯有以色相示。彥博知言不見聽，亦即辭出。韓琦聞原奏被駁，復連疏申辯，且言安石妄引周禮，熒惑上聽，終不見答。琦遂請解河北安撫使，止領大名府一路。這疏一上，卻立邀批准了。

　　嗣是知審官院孫覺因指斥青苗法，被貶知廣德軍，御史中丞呂公著，亦因言新法不便，被貶知潁州。知制誥兼直學士院陳襄，推薦司馬光、韓維、呂公著、范純仁、蘇軾等人，見忤安石，出知陳州。參知政事趙抃，自悔前時主持不力，致復行青苗法，上章劾論安石，並求去位，亦出知杭州。參政一缺，即命韓絳繼任。

　　那時又來了一個護法么麼，姓李名定，曾為秀州判官，居然因附會安石，得擢為監察御史里行。定為安石弟子，自秀州被召，入京遇右正言李常。常問道：「君從南方來，民謂青苗法如何？」定答道：「民皆稱便。」弟子不可不從師。常愕然道：「果真麼？舉朝方爭論是事，君勿為此言。」定與常別，即去謁見安石，且稟白道：「青苗法很是便民，如何京師傳言不便？」安石喜道：「這便叫做無理取鬧呢。改日入對，你須要明白上陳。」定唯唯遵命。安石即薦定可用，神宗即召定入問，定歷言新法可行。及詢至青苗法，定尤說得遠近謳歌，輿情悉洽。神宗大悅，即命定知諫院，曾公亮等言查考故例，選人未聞為諫官，應請改命，乃拜監察御史里行。知制誥宋敏求、蘇頌、李大臨謂：「定不由銓考，擢授朝列，不緣御史，薦置憲臺，朝廷雖急欲用才，破格特賞，但紊亂成規，所益似小，所損實大。」遂封還制書。經神宗詔諭再三，頌等仍執奏不已。安石劾他累格詔命，目無君上，遂坐罪落職，時人稱為熙寧三舍人。

第三十七回　韓使相諫君論弊政　朱明府尋母竭孝思

　　未幾，有監察御史陳薦劾定，說他為涇縣主簿時，聞母仇氏喪，匿不為服，應聲罪貶斥。定上書自辯，謂：「實不知由仇氏所生，所以疑不敢服。」看官閱到此處，恐不能不下一疑問，定出應仕籍，並非三、五歲的小孩兒，況他父名問，也曾做過國子博士，定並非生自空桑，難道連自己的生母，都未曉得麼？說來也有一段隱情。仇氏初嫁民間，生子為浮屠，釋名了元，相傳是與蘇軾結交的佛印禪師。後仇氏復為李問妾，生下一子，就是李定。尋又出嫁郜氏，生子蔡奴，工傳神。此婦所生之子，卻都有出息。定因生母改嫁，不願再認，因此仇氏病死，他未嘗持服。偏被陳薦尋出瘢點，將他彈劾，他只好含糊解說，自陳無辜。安石誼篤師生，極力庇護，反斥薦捕風捉影，劾免薦官，改任定為崇政殿說書。監察御史林旦、薛昌朝、范肯復上言：「定既不孝，怎可居勸講地位？」並交論安石袒徒罪狀。安石又入奏神宗，說他朋串為奸，應加懲處。神宗此時，已是百依百順，但教安石如何說法，當即准行，林旦等又復落職，言路未免譁然。定也覺不安，自請解職，乃改授檢正中書吏房，直舍人院。總仗師力。

　　宋室舊制，文選屬審官院，武選屬樞密院，安石又創出一篇議論，分審官為東西院，東主文，西主武。看官道他何意？原來文彥博正主樞密，與安石不合，安石欲奪他政權，所以想出此法。神宗依議施行，彥博入奏道：「審官院兼選文武，樞密院還有何用？臣無從與武臣相接，不能妄加委任，陛下不如令臣歸休罷！」神宗雖慰留彥博，但審官院分選如故。知諫院胡宗愈，力駁分選，且言李定非才，有詔斥宗愈內伏奸意，中傷善良，竟貶為通判真州。會京兆守錢明逸，報聞知廣德軍朱壽昌，棄官尋母，竟得迎歸。有「孝行可嘉，急待旌揚」等語。有李定之背母，復有朱壽昌之尋母，一孝一不孝，互勘益明。李定當日恐不免有瑜、亮並生之

嘆。壽昌，揚州人，父名巽，曾為京兆守，巽妾劉氏，生壽昌，年僅三歲，劉氏被出，改適黨氏（《宋史‧壽昌本傳》，謂劉氏方娠即出，壽昌生數歲還家。但據王偁《東都事略》，蘇軾《志林》皆云壽昌三歲出母，今從之）。至壽昌年長，父巽病亡，他日夕思母，四處訪求，終不可得。壽昌累知各州縣，除辦公外，輒委吏役探聽生母消息，又遍貽同僚書函，託訪母劉氏住址。不意愈久愈杳，越訪越窮，他竟摒絕酒肉，戒除嗜慾，甚至用浮屠言，灼背燒頂，刺血書佛經，誓諸神明，得母方休。熙寧初年，授知廣德軍，他涖任數月，竟太息道：「年已五十，尚未得見生母，如何為人？古人說得好：『求忠臣於孝子之門，』孝且未盡，怎好言忠？罷罷！我寧捨一官，再往尋母，好歹總要得一確音。萬一我母西歸，就使森羅殿上，我也要去探覓哩。」孝子忠臣多人做成，自呆。隨即辭職，並與家人訣別道：「我此行若不見母，我亦不回來了。」家人挽留不住，他竟背著行囊，飄然徑去。在途跋山涉水，觸暑冒寒，也顧不得什麼辛苦，只是沿途探問，悉心偵察，好容易行入關中，到了同州，復逐村挨戶的查問過去。恰巧有一老婦人，倚門立著，他竟向問劉母下落。那老婦卻似有所曉，便令壽昌入內，盤問底細。壽昌一一陳明，老婦不禁流淚道：「據你說來，你便是朱巽子壽昌麼？」當下將自己如何被逐，後來如何改嫁，也說明情由。壽昌聽了數語，已知情跡相符，遂不待辭畢，倒身下拜道：「我的母親，想煞兒了！」老婦亦對著壽昌，抱頭同哭，哭了一會，又由壽昌自述尋母始末，更不禁破涕為笑。老婦道：「我已七十多歲了，你亦五十有零，誰料母子尚得重逢？想是你至誠格天，因得如此哩。」言畢，復召入壯丁數人，與壽昌相見。這幾個壯丁，乃是劉適黨氏後，所生數子。壽昌問明來歷，即以兄弟禮相待，大家暄敘一場。當由黨氏家內，草草的備了酒餚，暢飲盡歡。越兩日，壽昌即將老母劉氏，及黨氏數子，悉數迎歸。事

第三十七回　韓使相諫君論弊政　朱明府尋母竭孝思

聞於朝，一班老成正士，均說他孝行卓絕，須破格賜旌。奈王安石迴護李定，不得不阻抑朱壽昌，仍請諸神宗，令還就原官。壽昌以養母故，求通判河中府，總算照准。士大夫作詩相贈，極為讚美。監官告院蘇軾，亦贈壽昌詩，並有詩序一篇，陽譽壽昌，陰斥李定。定見詩及序，大加恚恨，後來遂有誣軾等事。壽昌判河中數年，母歿居憂，終日哭泣，幾乎喪明。既葬，有白烏集於墓上，時人以為孝思所致。小子有詩詠道：

人生百行孝為先，尋母何辭路萬千。

留得一編〈孝義傳〉，好教後世仰前賢。

壽昌仕至中散大夫而終。《宋史》列入〈孝義傳〉，這且不必絮述。下回接入朝事，請看官續閱下文。

青苗法非必不可行，弊在立法未善耳。春貸秋還，本錢一千，須加息三百，利率何其重耶？願借者固貸與之，不願借者亦強令貸錢，勒派何其苛耶？坊郭本無青苗，乃亦放錢取息，是更名實未符，第藉此以刮民財而已。韓琦上疏，幾已感格君心，乃復為邪黨所誤，韓絳等不足責，趙抃亦與有過焉。安石堅僻自是，順己者雖奸亦忠，逆己者雖忠亦奸，不孝如李定，且始終迴護之，矧在他人？唯既生李定，復生朱壽昌，造化小兒，恰亦故使同時，俾其互相比例，是得毋巧於撮弄歟？本回於韓琦奏牘，特行提敘，於朱壽昌行誼，又特行表明，勸忠教孝，寓有微忱，匪特就史述史已也。

第三十八回

棄邊城撫臣坐罪　徙杭州名吏閒遊

第三十八回　棄邊城撫臣坐罪　徙杭州名吏閒遊

卻說監察御史程顥，係河南人，與弟頤皆究心聖學，以修齊治平為要旨。顥嘗舉進士，任晉城令。教民孝悌忠信，民愛戴如父母。後入京為著作佐郎，呂公著復薦為御史。神宗素聞顥名，屢次召見。顥前後進對甚多，大要在正心窒欲，求言育才。神宗亦嘗俯躬相答。至新法迭興，顥屢言不便，請罷青苗錢利息，及汰去提舉官等。安石雖懷怒意，但頗敬他為人，不欲遽發。顥忍無可忍，復上疏極言，略云：

臣聞天下之理，本諸簡易，而行之以順道，則事無不成。故曰智者若禹之行水，行其所無事也。舍之而於險阻，則不足以言智矣。蓋自古興治，雖有專任獨決，能就事功者，未聞輔弼大臣，人各有心，睽戾不一，致國政異出，名分不正，中外人情，交謂不可，而能有為者也。況於措制失宜，沮廢公議，一二小臣，實預大計，用賤陵貴，以邪妨正者乎？凡此皆天下之理，不宜有成，而智者之所不行也。設令由此僥倖，事有小成，而興利之臣日進，尚德之風日衰，尤非朝廷之福。矧復天時未順，地震連年，四方人心，日益搖動，此皆陛下所當仰測天意，俯察人事者也。臣奉職不肖，議論無補，望早賜降責，以避官謗，不勝翹企之至！

疏入後，奉旨令詣中書自言。顥乃至中書處，適安石在座，怒目相視。顥恰從容說道：「天下事非一家私議，願平心聽受，言可乃行，不可便否，何必盛氣凌人？」安石聞言，不覺自愧，乃欠身請坐。顥方坐定，正欲開言，忽同僚張戩亦至。無獨有偶。安石見他進來，又覺得是一個對頭；他與臺官王子韶，上疏論安石亂法，並彈劾曾公亮、陳昇之、韓絳、呂惠卿、李定等，疏入不報，竟向中書處面爭。時適天暑，安石手攜一扇，對著張戩，竟用扇掩面，吃吃作笑聲。確有奸相。戩竟抗聲道：「如戩狂直，應為公笑，但笑戩的不過公等兩三人，公為人笑，恐遍天下皆是呢！」陳昇之在旁道：「是是非非，自有公論，張御史既知此理，也不必多

來爭執。」戩不待說完，便應聲道：「公亦不得為無罪。」升之也覺漸沮。安石道：「由他去說，我等總有一定主意，睬他何為？」戩知無理可喻，轉身自去。顥亦辭歸，復上章乞罷。詔令顥出為江西提刑，顥又固辭，乃改授簽書鎮寧軍節度使判官，戩與子韶亦求去，於是戩出知公安縣，子韶出知上元縣。還有右正言李常，因駁斥均輸、青苗等法，比安石為王莽。安石怎肯相容，亦出常通判滑州。不數日間，臺諫一空，安石卻薦一謝景溫為侍御史。謝與安石有姻誼，所以援引進去。且將制置條例司，歸併中書，所有條例司掾屬，各授實官。命呂惠卿兼判司農寺，管領新法事宜。樞密使呂公弼屢勸安石守靜毋擾，安石不悅。公弼將劾安石，屬稾甫就，被從孫呂嘉問竊去，持示安石。安石即先白神宗，神宗竟將公弼免官，出知太原府。呂氏贈嘉問美名，就是「家賊」兩字，嘉問亦安然忍受，但邀安石歡心，也不管什麼賊不賊了。可謂無恥。既而曾公亮因老求去，乃罷免相位，拜司空兼侍中，並集禧觀使。當時以熙寧初年，五相更迭，有生老病死苦的謠言：安石生，曾公亮老，唐介死，富弼稱病，趙叫苦，雖是一詼諧，卻也很覺確切呢。

　　安石正力排正士，增行新法，忽西陲呈報邊警，夏主秉常，大舉入寇，環慶路烽煙遍地了。安石遂自請行邊，韓絳入奏道：「朝廷方賴安石，何暇使行？臣願赴邊督軍！」神宗大喜，便令絳為陝西宣撫使，給他空名告敕，得自除吏掾。絳拜命即行。總道是馬到成功，誰知騎梁不成，反輸一跌。先是建昌軍司理王韶，嘗客遊陝西，訪採邊事，返詣闕下，上平戎三策。大略謂：「西夏可取，欲取西夏須先復河湟，欲復河湟，須先撫輯沿邊諸番。自武威以南，至洮、河、蘭、鄯諸州，皆故漢郡縣，地可耕，民可役，幸今諸羌瓜分，莫能統一，乘此招撫，收復諸羌，就是河西李氏（即西夏），即在我股掌中。現聞羌種所畏，唯唃氏（即唃廝囉，見第

第三十八回　棄邊城撫臣坐罪　徙杭州名吏閒遊

十八回）子孫，若結以恩信，令他糾合族黨，供我指揮，我得所助，夏失所與，這乃是平戎的上策呢。」此策非必不可用。神宗以為奇計，即召王安石入議。安石也極口讚許，乃命韶管干秦鳳經略司機宜文字，一面封唃廝囉子董氈為太保（董氈一譯作董戩，係唃廝囉三子）仍襲職保順軍節度使，且封董氈母喬氏為安康郡太君，董氈因遣使入謝。至王韶到了秦鳳，收降青唐蕃部俞龍珂，遂請築渭、涇上下兩城，屯兵置戍；並撫納洮河諸部。秦鳳經略使李師中，反對韶議，安石以師中阻撓，令罷帥事。王韶又上言：「渭源至秦州，廢田多至萬頃，願置市易司，籠取商利，作為墾荒經費。」安石正要行市易法，哪有不從之理？即請旨轉飭李師中，給發川交子（即鈔票之類），易取貨物，並令韶領市易事。師中又上言：「韶所指田，係極邊弓箭手地，不便開墾。市易司轉足擾民，恐所得不補所亡。」看官！你想安石肯聽從師中麼？當下奏罷師中，徙知舒州，另命竇舜卿知秦州，與內侍李若愚，往查閒田所在。哪知僅得地一頃，還是另有地主，舜卿、若愚只好據實奏報。安石又說舜卿隱蔽，把他貶謫，令韓縝往代。縝遂報無為有，順安石意。要想保全官職，也不得不爾。乃進韶為太子中允，尋復令主洮河安撫司事。看官記著！為了王韶倡議平戎，不但吐蕃境內，從此多事。就是宋、夏交涉，也因此決裂，竟先鬧出戰事來。

　　熙寧三年五月，夏人築鬧訛堡（一譯作諾和堡），屯兵甚眾，知慶州李復圭，聞朝廷有意平夏，竟欲出師邀功，當遣裨將李信、劉甫等，率蕃、漢兵三千，往襲該堡。偏被夏人得知，一陣驅殺，大敗信等，信等逃歸。復圭不覺自悔，卻想了一計，把無故興兵的罪狀，都推在李信、劉甫身上，斬首徇軍，復由自己領兵，追襲夏人，殺了老弱殘兵二百名，即上書告捷。真好法子。夏人不肯干休，乘著秋高馬肥，大舉入環慶州，攻撲大順城及柔遠等寨。鈐轄郭慶、高敏等戰死。及韓絳巡邊，在延安開設幕

府，選蕃兵為七軍。絳不習兵事，措置乖方，且起用種諤為鄜延鈐轄，知青澗城，命諸將皆受諤節制，蕃兵多怨望。絳與諤謀取橫山，安撫使郭逵道：「諤一狂生，怎知軍務？朝廷徒以種氏家世，賜蔭子孫，若加重用，必誤國事。」絳甚不謂然。適陳昇之因母喪去位，兩個同平章事，去了一雙（一即曾公亮）。神宗擢用兩人，做了接替，一個便是王安石，一個偏輪著韓絳。安石為首相，即就此帶敘。絳在軍中，有詔遙授為同平章事。絳興高采烈，即劾郭逵牽掣軍情。逵奉敕召還，諤遂率兵二萬人，襲破羅兀，築城拒守，進築永樂川、賞逮嶺二寨。又分遣都監趙璞、燕達等，修葺撫寧故城，及分荒唯三泉、吐渾川、開光嶺、葭蘆川四寨，相去各四十餘里。韓絳方保薦種諤，盛敘功績，不意夏人已入順寧寨，進圍撫寧。是時邊將折繼世、高永能等，方駐兵細浮圖，去撫寧不過數里。羅兀城兵勢尚厚，且有趙璞、燕達等防守撫寧。諤在綏德聞報，驚惶的了不得，擬作書召回燕達，偏偏口不應心，提起了筆，那筆尖兒好似作怪，竟管顫動，不能成字。適運判李南公在旁，看他這般情形，不禁好笑，他卻擲筆旁顧道：「什麼好？什麼好？」說了兩個好字，竟眼淚鼻涕，一齊流將出來。窮形盡相。南公勸解道：「大不了的棄掉羅兀城，何必害怕哩？」諤一言不發，尚是涕淚不已。及南公趨退，那警報雜沓進來，所有新築諸堡，陸續被陷，將士戰歿千餘人。諤束手無策，絳亦無可隱諱，只得上書劾諤，且自請懲處。有詔棄羅兀城，貶諤為汝州團練副使，安置潭州。絳亦坐罷，徙知鄧州。夏人既得羅兀城，卻也收兵退去。

唯王安石轉得獨相，把攬大權。新任參政馮京、王珪。珪曲事安石，彷彿王氏家奴，京雖稍稍腹誹，但也未敢直言。翰林學士司馬光、范鎮，依次罷去。神宗新策賢良方正，太原判官呂陶，臺州司戶參軍孔文仲，對策直言，已登上第，為安石所阻，飭孔文仲仍還故官，呂陶亦止授通判蜀

第三十八回　棄邊城撫臣坐罪　徙杭州名吏閒遊

州。於是保甲法，免役法，次第舉行，並改諸路更戍法，更定科舉法，朝三暮四，任意更張。小子於保甲、免役諸法，已在上文約略說明，所有更戍法係太祖舊制，太祖懲藩鎮舊弊，用趙普策，分立四軍，京師衛卒稱禁軍，諸州鎮兵稱廂軍，在鄉防守稱鄉軍，保衛邊塞稱藩軍。禁軍更番戍邊，廂軍亦互相調換，兵無常帥，帥無常師，所以叫做更戍。時議以兵將不相識，緩急無所恃，不如部分諸路將兵，總隸禁旅，使兵將相習，有訓練的好處，無番戍的煩勞。安石稱為良策，乃改訂兵制，分置諸路將副。京畿、河北、京東西路，置三十七將，陝西五路，置四十二將，每將麾下，各有部隊將訓練官等數十人，與諸路舊有總管鈐轄都監監押等。設官重複，虛糜廩祿，並且飲食嬉遊，養成驕惰，是真所謂弄巧反拙了。

　　宋初取士，多仍唐舊，進士一科，限年考試，所試科目，即詩賦雜文及帖經墨義等條。仁宗時，從范仲淹言，有心復古，廣興學校，科舉須先試策論，次試詩賦，除去帖經墨義。及仲淹既去，仍復舊制。安石當國，欲將科舉革除，一意興學，當由神宗飭令會議。蘇軾謂：「仁宗立學，徒存虛名，科舉未嘗無才，不必變更。」神宗頗以為然。安石以科法未善，定欲更張。當由輔臣互為調停，以經義論策取士，罷詩賦、帖經、墨義。後來更立太學生三舍法，注重經學。安石且作《三經新義》，註釋《詩》、《書》、《周禮》，頒行學官，無論學校科舉，只準用王氏《新義》，所有先儒傳注，概行廢置。安石的勢力，總算膨脹得很呢（這兩條不第解釋新法，即宋初成制，亦藉此敘明）。蘇軾見安石專斷，甚覺不平，嘗因試進士發策，擬題命試，題目是：晉武平吳，獨斷而克，苻堅代晉，獨斷而亡，齊桓專任管仲而霸，燕噲專任子之而敗，事同功異為問，這是明明借題發揮，譏諷安石。安石遂挾嫌生釁，奏調軾為開封府推官，軾決斷精敏，聲聞益著，再上疏指斥新法，略云：

臣之所欲言者，三言而已：願陛下結人心，厚風俗，存紀綱。人主所恃者，人心也。自古及今，未有和易同眾而不安，剛果自用而不危者。祖宗以來，治財用者不過三司。今陛下又創制置三司條例司，使六七少年，日夜講求於內，使者四十餘輩，分行營幹於外。以萬乘之主而言利，以天子之宰而治財，君臣宵旰，幾有年矣，而富國之功，茫如捕風。徒聞內帑出數百萬緡，祠部度五千餘人耳。以此為術，人皆知其難也。汴水濁流，自生民以來，不以種稻，今欲陂而清之，萬頃之稻，必用千頃之陂，一歲一淤，三歲而滿矣。陛下使相視地形所在，鑿空訪尋水利，堤防一開，水失故道，雖食議者之肉，何補於民？自古役人，必用鄉戶，徒聞江、浙之間，數郡僱役，而欲措之天下，自楊炎為兩稅，租調與庸，既兼之矣，奈何復欲取庸？青苗放錢，自昔有禁，今陛下始立成法，每歲常行，雖云不許抑配，而數世之後，暴官污吏，陛下能保之乎？昔漢武以財力匱竭，用桑弘羊之說，買賤賣貴，謂之均輸，於是商賈不行，盜賊滋熾，幾至於亂，臣願陛下結人心者此也。國家之所以存亡者，在道德之淺深，不在乎強與弱。時數之所以長短者，在風俗之厚薄，不在乎富與貧。臣願陛下務崇道德而厚風俗，不願陛下急於有功而貪富強。仁宗持法至寬，用人有序，專務掩覆過失，未嘗輕改舊章，考其成功，則曰未至，言乎用兵，則十出而九敗，言乎府庫，則僅足而無餘。徒以德澤在人，風俗向義，故升遐之日，天下歸仁。議者見其末年，吏多因循，事多不振，乃欲矯之以苛察，濟之以智慧，招來新進勇銳之人，以圖一切速成之效，未享其利，澆風已成，慾望風俗之厚，豈可得哉？臣願陛下厚風俗者此也。祖宗委任臺諫，未嘗罪一言者，縱有薄責，旋即超升，許以風聞而無官長，言及乘輿，則天子改容，事關廊廟，則宰相待罪，臺諫固未必皆賢，所言亦未必皆是。然須養其銳氣，而借之重權者，將以折奸臣之萌也。臣聞長老之談，皆謂臺諫所言，常隨天下公議，今者物議沸騰，怨交至，公議所在，

第三十八回　棄邊城撫臣坐罪　徙杭州名吏閒遊

亦知之矣。臣恐自茲以往，習慣成風，盡為執政私人，以致人主孤立，綱紀一廢，何事不生？臣願陛下存綱紀者此也。事關重大，用敢直言，伏乞陛下裁察！

這疏一上，安石愈加憤怒，使御史謝景溫妄奏軾罪，窮治無所得，方才寢議。軾乞請外調，因即命他通判杭州。軾字子瞻，眉山人。父洵，嘗遊學四方，母程氏親授詩書，及弱冠，博通經史，善屬文，下筆輒數千言。仁宗嘉祐二年，就試禮部，主司歐陽修，得軾文，擬擢居冠軍，嗣恐由門客曾鞏所為，但置第二，復以春秋對義列第一。嗣入直史館，為安石所忌，遷授判官告院。至是又徙判杭州。杭城外有西湖，山水秀麗，冠絕東南，軾辦公有暇，即至湖上遊覽，所有感慨，悉託諸吟詠，一時文士，多從之遊。又仿唐時白居易遺規，浚湖除葑，在湖中築土成堤，植桃與柳，點綴景色。後人以白居易所築的堤，稱為白堤，蘇軾所築的堤，稱為蘇堤。相傳蘇軾有妹名小妹，亦能詩。適文士秦觀，字少遊，與軾唱和最多。軾又與佛印作方外交，與琴操作平康友，閒遊湖上，詩酒聯歡，這恐是附會荒唐，不足憑信。軾有弟名轍，與兄同登進士科，亦工詩文，曾任三司條例司檢詳，以忤安石意被黜，事見上文。小妹不見史乘，秦觀曾任學士，與軾為友。佛印、琴操，稗乘中間有記載，小子也無暇詳考了。嘗有一詩詠兩蘇云：

蜀地挺生大小蘇（後人稱軾為大蘇，轍為小蘇），才名卓絕冠皇都。
昭陵試策曾稱賞，可奈時艱屈相儒。（仁宗初，讀兩蘇制策，退而喜曰：「朕為子孫得兩宰相。」）

蘇軾外調，安石又少一對頭，越好橫行無忌了。本回就此結束，下回再行續詳。

本回以程疏起手,以蘇疏結局,前後呼應,自成章法。中敘宋、夏交涉一段,啟釁失律,仍自王安石致之。有安石之稱許王韶,乃有韓絳之誤用種諤。韶議雖非不可行,然無故開釁,曲在宋廷。絳、諤坐罪,而安石逍遙法外,反得獨攬政權,神宗豈真愚且蠢者?殆以好大喜功,墮安石揣摩之術耳。程顥為道學大家,以言不見用而求去,蘇軾為文學大家,以言反遭忌而外調,特錄兩疏,與上次之韓疏相映,蓋重其人乃重其文;筆下固自有斟酌也。

第三十八回　棄邊城撫臣坐罪　徙杭州名吏閒遊

第三十九回

借父威豎子成名　逞兵謀番渠被虜

第三十九回　借父威豎子成名　逞兵謀番渠被虜

　　卻說蘇軾外徙以後，又罷知開封府韓維，及知蔡州歐陽修，並因富弼阻止青苗，謫判汝州。王安石意猶未足，比弼為鯀與共工，請加重譴。居然自命禹、皋。還是神宗顧念老成，不忍加罪。安石因寧州通判鄧綰，貽書稱頌，極力貢諛，遂薦為諫官。綰籍隸成都，同鄉人留宦京師，都笑綰罵綰。綰且怡然自得道：「笑罵由他笑罵，好官總是我做了。」為此一念，誤盡世人。綰既為御史，復兼司農事，與曾布表裡為奸，力助安石，安石勢焰益橫。御史中丞楊繪，奏罷免役法，且請召用呂誨、范鎮、歐陽修、富弼、司馬光、呂陶等，被出知鄭州。監察御史里行劉摯，陳免役法有十害，被謫監衡州鹽倉。知諫院張璪，因安石令駁摯議，不肯從命，亦致落職。又去了三個。呂誨積憂成疾，上表神宗，略言：「臣無宿疾，誤被醫生用術乖方，浸成風痺，禍延心腹，勢將不起。一身不足恤，唯九族無依，死難瞑目」云云，這明明是以疾喻政，勸悟神宗的意思。奈神宗已一成不變，無可挽回。至誨已疾亟，司馬光親往探視，見誨不能言，不禁大慟。誨忽張目顧光道：「天下事尚可為，君實勉之！」言訖遂逝。誨，開封人，即故相呂端孫，元祐初，追贈「諫議大夫」。既而歐陽修亦病歿潁州。修四歲喪父母，鄭氏畫荻授書，一學即能；至弱冠已著文名，舉進士，試南宮第一。與當世文士遊，有志復古。累知貢舉，釐正文體。奉詔修《唐書》紀、志、表，自撰《五代史》，法嚴詞約，多取春秋遺旨。蘇軾嘗作序云：「論大道似韓愈，論事似陸贄，記事似司馬遷，詩賦似李白。」時人歎為知言。修本籍廬陵，晚喜潁川風土，遂以為居。初號「醉翁」，後號六一居士。歿贈太子太師，諡「文忠」（大忠大奸，必敘履歷，其他學術優長，亦必標明，是著書人之微旨）。又死了兩個。

　　安石有子名雱，幼甚聰穎，讀書常過目不忘，年方十五六，即著書數萬言，舉進士，調旌德尉，睥睨自豪，不可一世。居官未幾，因俸薄官

卑，不屑小就，即辭職告歸。家居無事，作策二十餘篇，極論天下大事。又作《老子訓解》，及《佛書義解》，亦數萬言。他本倜儻不羈，風流自賞，免不得評花問柳，選色徵聲，所有秦樓楚館，詩妓舞娃，無不知為王公子。安石雖有意沽名，侈談品學，但也不能把雱約束，只好任他自由。況且他才華冠世，議論驚人，就是安石自思，也覺遜他一籌。由愛生寵，由寵生憐，還管他什麼浪跡？什麼冶遊？當安石為參政時，程顥過訪，與安石談論時政，正在互相辯難的時候，忽見雱囚首喪面，手中執一婦人冠，悃然出庭，聞廳中有談笑聲，即大踏步趨將進去。見了程顥，也沒有什麼禮節，但問安石道：「阿父所談何事？」安石道：「正為新法頒行，人多阻撓，所以與程君談及。」雱睜目大言道：「這也何必多議！但將韓絳、富弼兩人梟首市曹，不怕新法不行。」其父行劫，其子必且殺人。安石忙接口道：「兒說錯了。」顥本是個道學先生，瞧著王雱這副形狀，已是看不過去，及聽了雱語，更覺忍耐不住，便道：「方與參政談論國事，子弟不便參預。」雱聞言，氣得面上青筋，一齊突出，幾欲飽程老拳。還是安石以目相示，方怏怏退出。到了安石秉國，所用多少年，雱遂語父道：「門下士多半彈冠，難道為兒的轉不及他麼？」安石道：「你只知其一，不知其二，執政子不能預選館職，這是本朝定例，不便擅改哩。」你尚知守法麼？雱笑道：「館選不可為，經筵獨不可預麼？」安石被他一詰，半晌才說道：「朝臣方謂我多用私人，若你又入值經筵，恐益滋物議了。」你尚知顧名麼？雱又道：「阿父這般顧忌，所以新法不能遽行。」安石又躊躇多時，方道：「你所做的策議，及《老子訓解》，都藏著否？」雱應道：「都尚藏著。」安石道：「你去取了出來，我有用處。」雱遂至中書室中，取出藏稿，攜呈安石。安石叫過家人，令付手民鏤版，印刷成書，廉價出售。未免損價。都下相率購誦，輾轉間流入大內，連神宗亦得瞧著，頗為嘆賞。

第三十九回　借父威豎子成名　逞兵謀番渠被虜

鄧綰、曾布正想討好安石，遂乘機力薦，說雱如何大才，如何積學，差不多是當代英豪，一時無兩。於是神宗召雱入見，雱奏對時，無非說是力行新法，漸致富強。神宗自然合意，遂授太子中允，及崇政殿說書。雱生平崇拜商鞅，嘗謂不誅異議，法不得行，至是入侍講筵，往往附會經說，引伸臆見，神宗益為所惑，竟創置京城邏卒，遇有謗議時政，不問貴賤，一律拘禁。都人見此禁令，更敢怒不敢言。

安石遂請行市易法，委任戶部判官呂嘉問為提舉。家賊變為國賊。繼行保馬法，令曾布妥定條規，遍行諸路。又繼行方田法，自京東路創辦，逐漸推行。用鉅野縣尉王曼為指教官。樞密使文彥博，副使吳充，上言保馬法不便施行，均未見從。樞密都承旨李評，又詆毀免役法，並奏罷閤門官吏，安石說他擅作威福。必欲加罪。神宗雖然照允，許久不見詔命。且因利州判官鮮于侁，上書指陳時事，隱斥安石，神宗竟擢他為轉運副使。安石入問神宗，神宗言：「侁長文學，所以超遷。」並出原奏相示。安石不敢再言。利州不請青苗錢，安石遣吏詰責，侁復稱：「民不願借，如何強貸？」安石無法，遂想出一個辭職的法兒，面奏神宗，情願外調。好似妓女常態。神宗道：「自古君臣，如卿與朕，相知極少，朕本鄙鈍，素乏知識，自卿入翰林，始聞道德學術，心稍開悟。天下事方有頭緒，卿奈何言去？」安石仍然固辭。神宗又道：「卿得毋為李評事，與朕有嫌？朕自知制誥知卿，屬卿天下事，如呂誨比卿為少正卯、盧杞，朕且不信，此外尚有何人，敢來惑朕？」安石乃退。次日，又齎表入請，神宗未曾展覽，即將原表交還，固令就職。安石才照常視事；乃創議開邊，三路並進。一路是招討峒蠻，命中書檢正官章惇為湖北察訪使，經制蠻方。一路是招討瀘夷，命戎州通判熊本為梓夔察訪使，措置夷事。一路便是洮河安撫使王韶，招討西羌，進兵吐蕃諸部落。這三路中唯羌人狡悍，不易收服，所有

蠻、夷兩路，沒甚厲害，官兵一至，當即斂跡。安石遂據為己功，彷彿是內安外攘，手造昇平，這也足令人發噱呢。

小子逐路敘明，先易後難，請看官察閱！西南多山，土民雜處，歷代視為化外，呼作蠻、夷，不置官吏。唯令各處酋長，部勒土人，使自鎮撫。宋初，辰州人秦再雄，武健多謀，為蠻人所畏服。太祖召至闕下，面加慰諭，命為辰州刺史，賜予甚厚，使自闢吏屬，給一州租賦。再雄感恩圖報，派選親校二十人，分使諸蠻，招降各部，數千里無邊患。嗣後各州雖稍有未靖，不久即平。仁宗時，溪州刺史彭仕羲，自號如意大王，糾眾作亂，經官軍入討，仕羲遁去（見三十四回）。宋廷遣吏傳諭，許他改過自歸，仕羲乃出降，仍奉職貢，嗣為子師彩所弒。師彩兄師晏，攻殺師彩，獻納誓表。神宗乃命師晏襲職，管領州事。蠻眾列居，向分南北江，北江有土州二十，俱屬彭氏管轄，南江有三族，舒氏、田氏，各領四州，向氏領五州，皆受宋命。既而峽州峒酋舒光秀，刻剝無度，部眾不服，湖北提點刑獄趙鼎，據實上聞，辰州布衣張翹，又獻策宋廷，言諸蠻自相仇殺，可乘勢剿撫，夷為郡縣。宋廷遂遣章惇為湖北察訪使，經制南北。章惇既至湖北，先招納彭師晏，遣詣闕下，授禮賓副使，兼京東州都監，北江遂定。再由惇勸諭南江各族，向永晤奉表歸順，獻還先朝所賜劍印。舒光秀、光銀等亦降，獨田元猛自恃驍勇，不肯從命。惇率輕兵進討，攻破元猛，奪踞懿州。南江州峒，聞風而下，遂改置沅州，即以懿州新城為治所。尚有梅山峒蠻蘇氏，及誠州峒蠻楊氏，亦相繼納土。惇創立城寨，於梅山置安化縣，隸屬邵州。又以誠州屬辰州，尋又改稱靖州，蠻人平服，章惇還朝。一路了。

再說瀘夷在西南徼外，地近瀘水，置有瀘州，因名瀘夷。仁宗初年，夷酋烏蠻王得蓋，居瀘水旁，部族最盛。附近有姚州城，廢置已久，得蓋

第三十九回　借父威蔭子成名　逞兵謀番渠被虜

奉表宋廷，乞仍賜州名，輯撫部落，效順天朝。仁宗准奏，仍建姚州，授得蓋刺史，鑄印賜給。得蓋死後，子孫私號「羅氏鬼主」。但勢日衰弱，不能馭諸族。烏蠻有二酋，一名晏子，一名箇恕，素屬得蓋孫僕夜管轄。僕夜號令不行，二酋遂糾眾思逞，擅劫晏州山外六姓，及納溪二十四姓生夷，歸他役屬。六姓夷遂受二酋嗾使，入擾宋邊。戎州通判熊本，素守邊郡，熟識夷情，因受命為察訪使，得便宜行事。本知夷人內擾，多恃村豪為嚮導，遂用金帛誘致村豪百餘人，到了瀘川，一併斬首，當下懸竿徇眾，各姓股慄，願效死贖罪。獨柯陰一酋不至，本遣都監王宣，招集晏州降眾，及黔州義軍，授以強弓毒矢，進擊柯陰。柯陰酋居然迎敵，哪禁得弩弓迭發，一經著體，立即仆地，夷眾大潰。王宣追至柯陰，其酋無法可施，只得降順馬前。宣報知熊本，本馳至受俘，盡籍丁口土田及重寶善馬，悉數歸官。晏子、箇恕，聞官軍這般厲害，哪裡還敢倔強？當下遣人犒師，並悔過謝罪。羅氏鬼主僕夜，本是個沒用人物，當然拜表歸誠。於是山前後十郡諸夷，皆願世為漢官。本一一奏聞，乃命僕夜知姚州，箇恕知歸徠州，晏子未受王命，已經身死，子名沙取祿路，亦得受官巡檢。瀘夷亦平，本還都。神宗嘉他不傷財，不害民，擢為集賢殿修撰，賜三品冠服。嗣又出討渝州獠，破叛酋木鬥，收溱州地五百里，創置南平軍，本奏凱班師，入為知制誥，蠻、夷均皆就範圍了。兩路了。

唯王韶既收降俞龍珂，且為龍珂請賜姓氏，龍珂自言中國有包中丞，忠清無比，願附姓為榮。神宗乃賜姓包氏，易名為順（應前回）。包順導韶深入，韶遂與都監張守約，就古渭寨駐戍，定名通遠軍，作為根本。然後西向進兵，入圖武勝。蕃酋抹耳（一譯作穆爾）、水巴（一譯作舒克巴）等據險來爭。韶躬環甲胄，督兵迎戰，大破羌眾，斬首數百級，焚廬帳數座。唃廝囉長孫木征，來援抹耳，又被擊退。看官！欲知木征的來歷，還

須約略表明。唃廝囉初娶李氏，生瞎氈（一譯作瞎戩）及磨氈角，又娶喬氏，生董氈，喬氏有姿色，大得唃寵，遂將李氏斥逐為尼，並李氏所生二子，盡錮置廓州。二子不服，潛結母黨李巴全，竊母奔宗哥城（一譯作宗噶爾）。磨氈角撫有城眾，就此居住。瞎氈別居龕谷。於是唃氏土地，分作三部，唃廝囉死後，妻喬氏與子董氈，居歷精城，有眾六、七萬，號令嚴明，人不敢犯。既受宋封，尚稱恭順（見前回）。唯磨氈角與瞎氈，相繼病死。磨氈角子瞎撤欺丁，孤弱不能守，仍歸屬董氈部下。瞎氈有子二，長名木征，次名瞎吳叱（一譯作瞎烏爾戩）。木征居河州，瞎吳叱居銀川，木征恐董氈往討，曾乞內附，至是因宋軍入境，同族乞援，乃率眾反抗王韶。偏被韶軍擊敗，退守犖令城。當遣別酋瞎藥（一譯作恰約克）。助守武勝，哪知韶軍已長驅搗入，瞎藥抵擋不住，只好棄城遁走。武勝遂為韶有，因擇要築城，建為鎮洮軍，一面連章報捷。朝議創置熙河路，即升鎮洮軍為熙州，授韶經略安撫使，兼知熙州事，及通遠軍；並領河、洮、岷三州。時三州實未規復，由韶遣僧智圓，潛往河州，齎金招誘，自率輕騎尾隨。適瞎藥敗還河州，與智圓晤談，得了若干金銀，即願歸順。待韶軍已至，匯入河州，殺死老弱數千名，連木征妻子，盡被擒住。木征在外未歸，那巢穴已被搗破了。韶復進攻洮、岷，木征還據河州，韶又回軍擊走木征，河州復定。岷州首領木令徵，聞風獻城，洮州亦降。還有宕、疊二州，均來歸附，總計韶軍行五十四日，涉千八百里，得州五，斬首數千級，獲牛羊馬萬餘頭，捷書上達，神宗御紫宸殿受賀，解佩帶賜王安石，進韶左諫議大夫，兼端明殿學士。韶乃留部將分守，自率軍入朝，不意韶甫還都，邊警隨至，知河州景思立竟戰死踏白城。羌人多詐，宋將枉死。原來木征雖已敗竄，心總未死，復誘合董氈別將青宜結（一譯作青伊克結）、鬼章（一譯作果莊）等，入擾河州。景思立麾軍出

第三十九回　借父威豎子成名　逞兵謀番渠被虜

戰，羌眾佯敗，追至踏白城，遇伏而亡。木征勢焰復張，進寇岷州。刺史高遵裕，令包順往擊，戰退木征。木征又轉圍河州。是時王韶已奉詔還鎮，行至興平，聞河州被圍，亟與按視鄜延軍官李憲，日夜奔馳，直抵熙州，選兵得二萬人，令進趨定羌城。諸將入稟道：「河州圍急，宜速往救，奈何不趨河州，反往定羌城？」韶慨然道：「你等怎知軍謀？木征敢圍河州，無非恃有外援，我先攻他所恃，河州自然解圍了。」卻是妙計。乃引兵至定羌城，破西蕃，結河川族，斷夏國通路，進臨寧河，分命偏將入南山，截木征後路。木征果然解圍，退保踏白城。韶軍已繞出城後，出其不意，突入羌營，焚帳八十，斬首七千。木征無路可歸，沒奈何帶領酋長八十餘人，詣軍門乞降。韶即遣李憲押送木征，馳入京師，正是：

　　欲建戰功因略遠，幸操勝算得擒渠。

未知木征能否免死，容待下回說明。

　　既有王安石之立異沽名，復有王雱之矜才傲物，非是父不生是子，幸其後短命死耳。否則誤國之禍，不且較乃父為尤烈耶？史稱安石之力行新法，多自雱導成之，是誤神宗者安石，誤安石者即其子雱。本回特別表出，志禍源也。王韶創議平戎，而章惇、熊本相繼出使，雖撫峒蠻，平瀘夷，諸羌亦畏威乞降，渠魁如木征，且檻致闕下，然亦思勞師幾何？費餉幾何？捷書屢上，而僅得荒僻之地若干里，果何用乎？功不補患，勝益長驕，誰階之厲？韶實屍之！故本回以章惇、熊本為賓，而以王韶為主，語有詳略，意寓抑揚，若王安石則尤為主中之主者，敘筆固亦不肯放鬆也。

第四十回

流民圖為國請命　分水嶺割地界遼

第四十回　流民圖為國請命　分水嶺割地界遼

卻說王韶受木征降，仍將木征解京，朝右稱為奇捷，相率慶賀。醜態如繪。先是景思立戰死，羌勢復熾，朝議欲仍棄熙河，神宗亦為之旰食，屢下詔戒韶持重。韶竟輕師西進，卒俘木征。那時神宗喜出望外，御殿受俘，特別加恩，命木征為營州團練使，賜姓名趙思忠，授韶觀文殿學士，兼禮部侍郎。未幾，又召為樞密副使，總算是破格酬庸，如韶所願了。句中有刺。安石本主張韶議，得此邊功，自然意氣揚揚，詡為有識。會少華山崩，文彥博謂為民怨所致，安石大加反對，彥博遂決意求去，乃出為河東節度使，判河陽，尋徙大名府。安石復用選人李公義，及內侍黃懷信言，造成一種濬川杷，說是濬河利器。看官道是什麼良法？他是用巨木八尺為柄，下用鐵齒，約長二尺，形似杷狀，用石壓下，兩旁繫大船，各用滑車絞木，謂可掃蕩泥沙，哪知水深處杷不及底，仍歸無益，水淺處齒礙沙泥，初時尚覺活動，後被沙泥淤住，用力猛曳，齒反向上。這種器具，有什麼用處？安石偏視為奇巧，竟賞懷信，官公義，將杷法頒下大名。文彥博奏言杷法無用，安石又說他阻撓，令虞部郎范子淵，為濬河提舉，置司督辦，公義為副。子淵是個簽片朋友，專會敲順風鑼，只說杷法可行，也不管成功不成功，樂得領帑取俸，河上逍遙。目前之計，無過於此。

提舉市易司呂嘉問，復請收免行錢，令京師百貨行，各納歲賦。又因銅禁已弛，奸民常銷錢為器，以致制錢日耗。安石創行折二錢用一當二，頒行諸路。嗣是罔利愈甚，民怨愈深。熙寧六年孟秋，至八年孟夏，天久不雨，赤地千里，神宗憂慮得很，終日咨嗟，宮廷內外，免不得歸咎新法。惹得神宗意動，亦欲將新法罷除。安石聞得此信，忙入奏道：「水旱常數，堯湯時尚且不免，陛下即位以來，累年豐稔，至今始數月不雨，當沒有什麼大害。如果欲默迓天庥，也不過略修人事罷了。」神宗蹙然道：「朕正恐人事未修，所以憂慮，今取免行錢太重。人情恣怨，自近臣以及

後族,無不說是弊政,看來不如罷免為是。」參政馮京,時亦在側,便應聲道:「臣亦聞有怨聲。」安石不俟說畢,即憤憤道:「士大夫不得逞志,所以訾議新法。馮京獨聞怨言,便是與若輩交通往來,否則臣亦有耳目,為什麼未曾聞知呢?」看這數句話,安石實是奸人。神宗默然,竟起身入內。安石及京,各挾恨而退。未幾,即有詔旨傳出,廣求直言,詔中痛自責己,語極懇切,相傳係翰林學士韓維手筆。神宗正在懷憂,忽由銀臺司呈上急奏,當即披閱,內係監安上門鄭俠奏章,不知為著何事?忙將前後文略去,但閱視要語道:

去年大蝗,秋冬亢旱,麥苗焦槁,五種不入,群情懼死,方春斬伐,竭澤而漁,草木魚鱉,亦莫生遂,災患之來,莫之或御。願陛下開倉廩,賑貧乏,取有司掊克不道之政,一切罷去,冀下召和氣,上應天心,延萬姓垂死之命。今臺諫充位,左右輔弼,又皆貪猥近利,使夫抱道懷識之士,皆不欲與之言。陛下以爵祿名器,駕馭天下忠賢,而使人如此,甚非宗廟社稷之福也。竊聞南征北伐者,皆以其勝捷之勢,山川之形,為圖來獻,料無一人以天下之民,質妻鬻子,斬桑壞舍,遑遑不給之狀上聞者。臣僅以逐日所見,繪成一圖,但經眼目,已可涕泣,而況有甚於此者乎?如陛下行臣之言,十日不雨,即乞斬臣宣德門外,以正欺君之罪。

神宗覽到此處,即將附呈的圖畫,展開一閱,但見圖中繪著,統是流民慘狀,有的號寒,有的啼飢,有的嚼草根,有的茹木實,有的賣兒,有的鬻女,有的尪瘠不堪,還是身帶鎖械,有的支撐不住,已經奄斃道旁;另有一班悍吏,尚且怒目相視,狀甚凶暴,可憐這班垂死人民,都覺愁眉雙鎖,泣涕漣漣。極力寫照。神宗瞧了這幅,又瞧那幅,反覆諦視,禁不住悲慘起來;當下長嘆數聲,袖圖入內,是夜輾轉籲嗟,竟不成寐。翌日臨朝,特頒諭旨,命開封府酌收免行錢,三司察市易,司農發常平倉,三

第四十回　流民圖為國請命　分水嶺割地界遼

衛裁減熙河兵額，諸州體恤民艱，青苗免役，權息追呼，方田保甲，並行罷免。共計有十八事，中外歡呼，互相慶賀。那上天恰也奇怪，居然興雲作霧，蔽日生風，霎時間電光閃閃，雷聲隆隆，大雨傾盆而下，把自秋至夏的乾涸氣，盡行滌盡，淋漓了一晝夜，頓覺川渠皆滿，碧浪浮天。輔臣等乘勢貢諛，聯翩入賀，神宗道：「卿等知此雨由來否？」大家齊聲道：「這是陛下盛德格天，所以降此時雨。」越會貢諛，越覺露醜。神宗道：「朕不敢當此語。」說至此，便從袖中取出一圖，遞示群臣道：「這是鄭俠所上的流民圖，民苦如此，哪得不干天怒？朕暫罷新法，即得甘霖，可見這新法是不宜行呢。」安石忿不可遏，竟抗聲道：「鄭俠欺君罔上，妄獻此圖，臣只聞新法行後，人民稱便，哪有這種流離慘狀呢？」門下都是媚子，哪裡得聞怨聲？神宗道：「卿且去察訪底細，再行核議！」安石怏怏退出，因上章求去，疏入不報。嗣是群奸切齒，交嫉鄭俠，遂慫恿御史，治他擅發馬遞罪。俠，福清人，登進士第，曾任光州司法參軍，所有讞案，安石悉如所請。俠感為知己，極思報效。會秩滿入都，適新法盛行，乃進謁安石，擬欲諫阻。安石詢以所聞，俠答道：「青苗、免役、保甲、市易數事，與邊鄙用兵，愚見卻未以為然呢。」安石不答。俠退不復見，但嘗貽安石書，屢言新法病民。安石本欲闢為檢討，因俠一再反對，乃使監安上門。俠見天氣亢旱，百姓遭災，遂繪圖加奏，投詣閣門，偏被拒絕不納；乃託言密急，發馬遞呈入銀臺司。向例密報不經閣中，得由銀臺司直達，所以俠上流民圖，輔臣無一得聞。及神宗頒示出來，方才知曉。詳敘原委，不沒忠臣。大眾遂設法構陷，當將擅發馬遞的罪名，付御史讞治。御史兩面顧到，但照章記過罷了。

呂惠卿、鄧綰復入白神宗，請仍行新法。神宗沉吟未答，惠卿道：「陛下近數年來，忘寢廢餐，成此美政，天下方謳歌帝澤，一旦信狂夫言，罷

廢殆盡，豈不可惜。」言已，涕泣不止。鄧綰亦陪著下淚。小人女子，同一醜態。神宗又不禁軟下心腸，頓時俯允，兩人領旨而出，復揚眉吐氣，飭內外仍行新法，於是苛虐如故，怨恣亦如故。太皇太后曹氏，也有所聞，嘗因神宗入問起居，乘間與語道：「祖宗法度，不宜輕改，從前先帝在日，我有聞必告，先帝無不察行，今亦當效法先帝，方免禍亂。」神宗道：「現在沒有他事。」太皇太后道：「青苗、免役各法，民間很是痛苦，何不一併罷除？」神宗道：「這是利民，並非苦民。」太皇太后道：「恐未必然。我聞各種新法，作自安石，安石雖有才學，但違民行政，終致民怨，如果愛惜安石，不如暫令外調，較可保全。」神宗道：「群臣中唯安石一人，能任國事，不應令去。」太皇太后尚思駁斥，忽有一人進來道：「太皇太后的慈訓，確是至言，皇上不可不思！」神宗正在懊惱，聽了這語，連忙回顧，來人非別，乃是胞弟昌王顥，當下勃然怒道：「是我敗壞國事麼？他日待汝自為，可好否？」為了安石一人，幾至神宗不孝不友，安石焉得無罪？顥不禁涕泣道：「國事不妨共議，顥並不有什麼異心，何至猜嫌若此？」太皇太后也為不歡，神宗自去。過了數日，神宗又復入謁，太皇太后竟流涕道：「王安石必亂天下，奈何？」神宗方道：「且俟擇人代相，把他外調便了。」安石自鄭俠上疏，已求去位，及聞知這個風聲，乞退愈力。神宗令薦賢自代，安石舉了兩人，一個就是前相韓絳，一個乃是曲意迎合的呂惠卿。荊公夾袋中，只有此等人物。神宗乃令安石出知江寧府，命韓絳同平章事，呂惠卿參知政事。韓、呂兩人，感安石恩，自然確守王氏法度，不敢少違，時人號絳為傳法沙門，惠卿為護法善神。

三司使曾布，與惠卿有隙，又因提舉市易司呂嘉問，恃勢上陵，遂奏言：「市易病民，嘉問更販鹽鬻帛，貽笑四方。」神宗覽疏未決，惠卿即劾布阻撓新法。於是布與嘉問，各遷調出外。惠卿又用弟和卿計策，創行

第四十回　流民圖為國請命　分水嶺割地界遼

手實法，令民間田畝物宅，資貨畜產，據實估價，酌量抽稅，隱匿有罰，訐告有賞。那時民家寸椽尺土，都應輸資，就是雞豚牛羊，亦須出稅，百姓更苦不勝言了。鄭俠見國事日非，輔臣益壞，更激動一腔忠憤，取唐朝宰相數人，分為兩編，如魏徵、姚崇、宋璟等，稱為正直君子，李林甫、盧杞等，號為邪曲小人；又以馮京比君子，呂惠卿比小人，援古證今，匯呈進去。看官！你想惠卿得此消息，如何不憤？遂劾俠訕謗朝廷，以大不敬論。御史張璪，時已復職，竟承惠卿旨，也劾京與俠交通有跡。不附安石，即附惠卿，想因前時落職，連氣節都嚇去了。俠因此得罪，被竄英州，京亦罷去參政，出知亳州。安石弟安國，任祕閣校理，素與乃兄意見不合，且指惠卿為佞人，此次亦坐與俠交，放歸田里。安國不愧司馬牛。

惠卿黜退馮京、鄭俠等，氣焰越盛，索性橫行無忌，連那恩師王安石，亦欲設法陷害，擠入阱中。居然欲學逄蒙。會蜀人李士寧，自言知人休咎，且與安石有舊交，惠卿竟欲藉此興獄，虧得韓絳暗袒安石，從中阻撓；至士寧杖流永州，連坐頗眾，絳恐惠卿先發制人，亟密白神宗，復用安石。神宗恰也記念起來，即召安石入朝。安石奉命，倍道前進，七日即至，進謁神宗，復命為同平章事。御史蔡承禧，即上論惠卿欺君玩法，立黨肆奸，中丞鄧綰，亦言惠卿過惡，安石子雱，又深憾惠卿，三路夾攻，即將惠卿出知陳州。三司使章惇也為鄧綰所劾，說與惠卿同惡相濟，出知潮州，反覆無常，險哉小人！韓絳本密薦安石，嗣因議事未合，也託疾求去，出知許州，安石復大權獨攬了。

是時契丹主宗真早歿，廟號興宗，子洪基嗣立（係仁宗至和二年事，此處乃是補敘），復改國號，仍稱為遼，此後亦依史稱遼。與宋朝通好如前。神宗熙寧七年，遣使蕭禧至宋，請重訂邊界。神宗乃遣太常少卿劉忱等偕行，與遼樞密副使蕭素，會議代州境上，彼此勘地，爭論未決。看

官！試想遼、宋已交好有年，畫疆自守，並無齟齬，此番偏來議疆事，顯見是藉端生釁，乘間侵占的狡謀。一語斷盡。遼使蕭禧來京，謂宋、遼分界，應在蔚、朔、應三州間，分水嶺土壟為界，且詰宋增寨河東，侵入遼界。及劉忱往勘，並無土壟，蕭素又堅稱分水嶺為界。凡山統有分水，蕭素此言，明明是含糊影射，得錯便錯。劉忱當然與辯，至再至三，蕭素仍執己意，不肯通融。遼人已經如此，無怪近今泰西各國。忱奏報宋廷，神宗令樞密院詳議，且手詔判相州韓琦，司空富弼，判河南府文彥博，判永興軍曾公亮，核議以聞。韓琦首先上表，略云：

　　臣觀近年朝廷舉事，似不以大敵為恤，彼見形生疑，必謂我有圖復燕南之意，故引先發制人之說，造為釁端。臣嘗竊計，始為陛下謀者，必曰治國之本，當先聚財積穀，募兵於農，庶可鞭笞四夷，復唐故疆，故散青苗錢，設免役法，置市易務，新制日下，更改無常，而監司督責，以刻為明，今農怨於畎畝，商嘆於道路，長吏不安其職，陛下不盡知也。夫欲攘斥四夷，以興太平，而先使邦本困搖，眾心離怨，此則為陛下始謀者大誤也。臣今為陛下計，具言向來興作，乃修備之常，豈有他意？疆土素定，悉如舊境，不可持此造端，以隳累世之好。且將可疑之形，因而罷去。益養民愛力，選賢任能，疏遠奸諛，進用忠鯁，使天下悅服，邊備日充，若其果自敗盟，則可一振威武，恢復故疆，攄累朝之宿忿矣。謹具議上聞！

　　富弼、文彥博、曾公亮亦先後上書，大致與韓琦略同，神宗不能遽決。那遼主復遣蕭禧來致國書，只說是忱等遷延，另乞派員會議。神宗再命天章閣待制韓縝，與蕭禧敘談，兩下仍各執一詞，毫無結果。禧且留館不去，自言必得所請，方可回國。宋廷不便驅逐，乃先遣知制誥沈括報聘。括至樞密院，查閱故牘，得前時所議疆地書，遠不相符，即奏稱：「宋、遼分境，本以古長城為界，今所爭在黃嵬山，相差三十餘里，如何

第四十回　流民圖為國請命　分水嶺割地界遼

可讓？」神宗也不覺嘆息道：「大臣不考本末，幾誤國事。」遂賜括白金千兩，令即啟行。括至遼都，遼相楊遵勗，與議至六次，括終不屈。遵勗道：「區區數里，不忍畀我，莫非自願絕好麼？」又欲恫嚇。括奮然道：「師直為壯，曲為老，北朝棄信失好，曲有所歸，我朝有什麼害處？」因辭遼南歸，在途考察山川關塞，風俗民情，繪成一圖，返獻神宗。神宗恐疆議未成，意圖北伐，王安石謂戰備未修，且俟緩舉。此外一班輔臣，主戰主和，意見不一。神宗入稟太皇太后，太皇太后道：「儲蓄賜與，已備足否？士卒甲仗，已精利否？」神宗茫然答道：「這是容易籌辦的。」太皇太后道：「先聖有言，吉凶悔吝生乎動，若北伐得勝，不過南面受賀，萬一挫失，所傷實多。我想遼果易圖，太祖、太宗，應早收復，何待今日？」神宗才悟著道：「敢不受教！」既退尚有所疑，擬再使問魏國公韓琦。不料琦竟病逝，遺疏到京，乃輟朝發哀，追贈尚書令，予諡忠獻，配享英宗廟庭。琦字稚圭，相州人，策立二帝，歷相三朝，宋廷倚為社稷臣。歿前一夕，大星隕州治，櫪馬皆驚。及歿，遠近震悼（韓魏公身歿，不可不志，故藉此敘過）。神宗無可與商，只得再問王安石。安石道：「將欲取之，必姑與之，這是老氏遺訓，何妨照行。」神宗乃詔令韓縝，允蕭禧議，就分水嶺為界，計東西喪地七百里，蕭禧欣然辭去，小子有詩嘆道：

外交原不仗空談，我弱人強固未堪。
獨怪宋、遼同一轍，胡為棄地竟心甘？

遼事既了，交趾忽大舉入寇，究竟如何啟釁，請看官續閱下回。

神宗權罷新法，天即大雨，是或會逢其適，非必天心感應，果有若是之神且速者。但如鄭俠之上流民圖，足為《宋史》中第一忠諫，神宗幾被感悟，罷新法至十有八事。古人視君若天，俠其果有回天之力耶？乃稍

明覆昧,仍沍群陰,安石、惠聊迭為進退,至遼使以勘界為名,藉端索地,廷議不一,而安石卻援欲取姑與之說,熒惑主聽,卒至東西喪地七百里,試問終宋之世,能取償尺寸否耶?後人稱安石為政治家,吾正索解無從矣。

第四十回　流民圖為國請命　分水嶺割地界遼

第四十一回

奉使命率軍征交趾　蒙慈恩減罪謫黃州

第四十一回　奉使命率軍征交趾　蒙慈恩減罪謫黃州

卻說交趾自黎桓篡國，翦滅丁氏世祚，宋廷不遑討罪，竟將錯便錯，封桓為交趾郡王（應第十五回）。桓死，子龍鉞嗣，龍鉞弟龍廷，殺兄自立，入貢宋廷，宋仍封他為王，且賜名至忠。不有兄弟，何有君臣？既而交州大校李公蘊，又弒了龍廷，遣使入貢，依然受宋封冊，嗣復晉封南平王。公蘊傳子德政，德政傳子日尊，均襲南平王原爵。日尊又傳子乾德，神宗封他為郡王，乾德修貢如故。

適章惇收峒蠻，熊本平瀘夷，王韶又克河州，邊功迭著，恩賞從隆，於是知邕州蕭注，也豔羨起來，居然欲南平交趾，獻策徼功。及神宗召他入問，他又一味支吾，說不出什麼方法。徒知迎合，有何良策？偏度支判官沈起，大言不慚，竟視南交為囊中物。硬要來出風頭。神宗以為有才，便命他出知桂州。起既抵任，遣使入溪峒募集土丁，編為保伍，令出屯廣南，派設指揮二十員，分督部眾，又在融州強置城寨，殺交人千數。交趾王乾德，奉表陳訴，神宗也覺無理可說，只好歸咎沈起，把他罷職，另調知處州劉彝，往代起任。彝到桂州，雖奏罷廣南屯兵，恰仍遣槍杖手，分成邊隘。復聽偏校言論，大造戈船，似乎有立平南交的意思。交人入境互市，被他拒絕，又沿途派置巡邏，不准交趾通表，一蟹不如一蟹。於是交人大憤，竟分三道入寇；一自廣府，一自欽州，一自崑崙關，連陷欽、濂二州，殺死土丁八千人。宋廷接到邊警，把彝除名，並再貶沈起，安置郢州。初則所用非人，致啟邊釁，繼則後先加罰，益張寇焰，是謂一誤再誤。交人不肯罷手，竟入逼邕州。知州蘇緘，悉力拒守，一面向各處乞援，哪知附近州吏，統是一班行屍走肉的人物，袖手旁觀，坐聽成敗，緘雖日夕抵禦，究竟寡不敵眾，看看糧竭矢窮，料已不能再守，乃命家屬三十六人，先行自盡，一一埋置坎中，然後縱火自焚。城中兵民，感緘忠義，無一降寇，至交人攻入，所有城內五萬八千餘人，被交人屠戮殆盡。

這都是沈、劉二人所害。這一番失敗，非同小可，神宗得了消息，不勝驚悼，有詔贈緘奉國節度使，賜謚「忠勇」，授天章閣待制趙卨為招討使，宦官領嘉州防禦使李憲為副，往討交趾。

卨與憲議事不合，因上言：「憲係內侍，不便掌兵，請另行簡命！」神宗乃召卨入問道：「李憲既不便偕行，由卿另舉一人便了。」卨對道：「據臣愚見，莫如宣徽使郭逵，他熟識邊情，定能勝任。臣才不及逵，伏乞命逵為使。臣願為副！」頗能讓賢。神宗准奏，改易詔命。及郭逵陛辭，請調鄜延、河東舊吏士，隨軍南下，亦奉諭照允，並賜宴便殿，特給中軍旗章劍甲，借示威寵。逵申謝即行，與趙卨一同前往。會交人露布，傳達汴都，略言：「中國遂行新法，大擾民生，因特地出兵，來相救濟」等語。王安石見了很是恚怒，至親草敕牘，極力詆斥，且令郭逵檄諭占城、占臘（即真臘國）二國，夾擊交州。逵率軍行至長沙，依令馳檄，並遣裨將往攻欽廉，自與卨西向出發，將至富良江，接到欽廉捷報，兩州已克復了。逵乘勢進兵，到了江邊，遙見敵艦紛至，帆檣如林，艦中滿載兵甲，來勢甚銳，倒不禁疑慮起來。當下與趙卨商議道：「南蠻狡悍，鼓銳前來，急切難與爭鋒，看來我軍是不能速渡哩，應如何設法，方可破敵？」卨答道：「不如先造攻具，毀壞蠻船，再出奇兵逆擊，無慮不勝。」逵欣然道：「就照此辦理罷！請君督行便是。」卨唯唯而出，即分遣將吏，登山伐木，製成機械，運至江濱，用石發機，拋擊如雨。蠻船未曾預防，遭此一擊，統害得帆折檣摧，七顛八倒。卨已備著大筏，選銳卒萬人，乘筏急攻，交人正慮船破，修補不及，怎禁得宋軍駛至，亂砍亂剁，霎時間各船大亂，紛紛潰散。偽太子洪真，尚擬勒兵截殺，親登船樓，指揮左右，不料一箭飛來，正中要害，當即墮船斃命。蛇無頭不行，兵無主越亂，大家逃命要緊，除晦氣的蠻兵，殺死溺死，其餘都奔回交州去了。

第四十一回　奉使命率軍征交趾　蒙慈恩減罪謫黃州

　　宋軍奪住戰船數十艘，斬首數千級，各返報軍門，獻功陳績。高一一記錄，轉達郭逵。逵飛章告捷，又與高面商道：「此次戰勝，賊應喪膽，正好乘勢入攻，無如我軍遠來，觸犯煙瘴，非死即病，昨由我派吏查核，我軍本有八萬名，現已死亡逾萬，有一半也是病疫，這卻如何是好哩？」趙高道：「既如此，且緩渡富良江，就在江北略地，藉此示威。若李乾德肯來謝罪，我等就得休便休罷！」逵點首道：「我也這般想呢。」乃勒兵不渡，只分兵略定廣源州、門州、思浪州、蘇茂州及桄榔縣。李乾德卻也震懼，遣使奉表，詣軍門納款。郭逵、趙高遂與來使議和，班師還朝。廷臣又相率稱賀，神宗諭改廣源州為順州，赦乾德罪，復治沈起、劉彝開釁罪狀，安置隨、秀二州。討好反跌一交，我替二人呼枉。既而乾德遣使來貢，並歸所掠兵民，廷議以乾德悔罪投誠，賜還順州，尋復還他二州六縣，交趾算不復叛了。他本無叛意，因激之使成，誰生厲階，枉死若干兵士？

　　交事就緒，王安石也即罷相。原來呂惠卿既出知陳州，王雱尚欲傾害，事被惠卿所聞，即上訟安石方命矯令，罔上要君，並及雱構陷情狀。神宗取示安石，安石為子辯誣，及退歸問雱，雱卻並不抵賴，且言必致死惠卿，方能洩恨。頓時父子相爭，惹起一場口角。雱盛年負氣，鬱郁成疾，背上陡生巨疽，竟爾絕命。安石又悲不自勝，屢請解職。御史中丞鄧綰，恐安石一去，自己失勢，力請慰留安石，賜第京師。神宗心滋不悅，轉語安石。安石頗揣知上意，即還奏道：「綰為國司直，乃為宰臣乞恩，大傷國體，應聲罪遠斥為是。」神宗遂責綰論事薦人，不循守分，斥知虢州。可為逢迎者鑑。看官！試想鄧綰是安石心腹，安石指斥鄧綰罪狀，明明是嘗試神宗，可巧弄假成真，教安石如何過得下去？當下申請辭職，神宗亦即允奏，以使相判江寧府，尋改集禧觀使。

　　安石既退處金陵，往往寫「福建子」三字。福建子是指呂惠卿，或竟

直言呂惠卿誤我。惠卿再訐告安石，附陳安石私書，有無使上知，及勿令齊年知等語。神宗察知齊年二字，係指馮京一人（京與安石同年），自神宗覽到此書，方以京為賢，召知樞密院事。復因安石女夫吳充，素來中立，不附安石，特擢為同平章事。王雱亦由參政同升。充乃乞召司馬光、呂公著、韓維及薦孫覺、李常、程顥等數十人。神宗乃召呂公著知樞密院事，復進程顥判武學。顥自扶溝縣入京，任事數日，即由李定何正臣，劾他學術迂闊，趨向僻異，神宗又疑惑起來，竟命顥仍還原官。呂公著上疏諫阻，竟不得請。且擢用御史中丞蔡確為參政，蔡確由安石薦用，得任監察御史，初時很諂事安石，至安石罷相，他即追論安石過失，示不相同，即此一端，已見陰險。並排去知制誥熊本，中丞鄧潤甫，御史上官均，自己遂得代任御史中丞。神宗反加信任，竟命為參政。士大夫交口叱罵，確反自喜得計。吳充欲稍革新法，他又說是蕭規曹隨，宜遵前制，因此各種新法，仍舊履行。既論王安石，復勸吳充遵行新法，反覆無常，一至於此。

　　會中丞李定御史舒亶，劾奏知湖州蘇軾怨謗君父，交通戚里，有詔逮軾入都，下付臺獄。看官道蘇軾如何得罪？由小子約略敘明。軾自杭徙徐，自徐徙湖，平居無事，每藉著吟詠，譏諷朝政，嘗詠青苗云：「贏得兒童語音好，一年強半在城中。」詠課吏云：「讀書萬卷不讀律，致君堯舜終無術。」詠水利云：「東海若知明主意，應教斥鹵變桑田。」詠鹽禁云：「豈是聞韶解忘味，邇來三月食無鹽。」數詩傳誦一時。李定舒亶，因藉端進讒，坐他誹謗不敬的罪名，竟欲置諸死地。適太皇太后不豫，由神宗入問慈安，太皇太后道：「蘇軾兄弟，初入制科，仁宗皇帝嘗欣慰道，吾為子孫得兩宰相。今聞逮軾下獄，莫非由仇人中傷麼？且文人詠詩，本是恆情，若必毛舉細故，羅織成罪，亦非人君慎獄憐才的道理，應熟察為是。」神宗聞言，總算唯唯受教。及退，復得吳充奏章，為軾力辯，乃不

第四十一回　奉使命率軍征交趾　蒙慈恩減罪謫黃州

　　忍加軾死罪，擬從末減。既而同修起居注王安禮，復從旁入諫道：「自古以來，寬仁大度的主子，不以言語罪人，軾具有文才，自謂爵祿可以立致，今碌碌如此，不無怨望，所以託為諷詠，自寫牢騷，一旦逮獄加罪，恐後世謂陛下不能容才呢！」神宗道：「朕固不欲深譴，當為卿貰他罪名。但軾已激成眾怒，恐卿為軾辯，他人反欲害卿，願卿勿漏言，朕即有後命。」生殺大權，操諸君相之手，何憚何忌，乃戒他勿洩耶？同平章事王珪，聞神宗有赦軾意，又舉軾詠檜詩，有「根到九泉無曲處，世間唯有蟄龍知」二語，遂說他確係不臣，非嚴譴不足示懲。神宗道：「軾自詠檜，何預朕事？卿等勿再吹毛索瘢哩。」文字不謹，禍足殺身，幸神宗尚有一隙之明，軾乃得僥倖不死。舒亶又奏稱駙馬都尉王詵輩，與軾交通聲氣，居然朋比。還有司馬光、張方平、范鎮、陳襄、劉摯等，託名老成正士，實與軾等同一舉動，隱相聯絡，均非嚴懲不可。神宗不從，但謫軾為黃州團練副使，本州安置。軾弟轍及王詵，皆連坐落職。張方平、司馬光、范鎮等二十二人懼罰銅。

　　先是軾被逮入都，親朋皆與軾絕交，未聞過視。至道出廣陵，獨有知揚州鮮于侁，親自往見。臺吏不許通問，侁乃嘆息而去。揚州屬吏，勸侁道：「公與軾相知有素，所有往來文字書牘，宜悉毀勿留，否則恐遭延累，後且得罪。」侁慨然道：「欺君負友，侁不忍為，若因忠義獲譴，後世自有定評，侁亦未嘗畏怯呢。」至是侁竟坐貶，黜令主管西京御史臺。軾出獄赴黃州，豪曠不異往日，嘗手執竹杖，足踏芒鞋，與田父野老，優遊山水間。且就東坡築室自居，因自號東坡居士。每有宴集，笑談不倦，或且醉墨淋漓，隨吟隨書。人有所乞，絕無吝色。就是供侍的營妓，索題索書，無不立應，因此文名益盛。神宗以軾多才，擬再起用，終為王珪等所阻。一日視朝，語王珪、蔡確道：「國史關係，至為重大，應召蘇軾入京，令

他纂成，方見潤色。」珪答道：「軾有重罪，不宜再召。」神宗道：「軾不宜召，且用曾鞏。」乃命鞏充史館修撰。鞏進太祖總論，神宗意尚未愜，遂手詔移軾汝州。詔中有「蘇軾黜居思咎，閱歲滋深，人才實難，不忍終棄」等語。軾受詔後，上書自陳貧士飢寒，唯有薄田數畝，坐落常州，乞恩准徙常，賜臣餘年云云。神宗即日報可，軾乃至常州居住。這是後話。

且說神宗在位十年，俱號熙寧，至十一年間，改為元豐元年。蘇軾被謫，乃是元豐二年間事（補敘歲序）。未幾，宮中即遇大喪，太皇太后曹氏，升遐而去，有司援劉后故例，擬定尊諡，乃是慈聖光獻四字。神宗素具孝思，服事太皇太后，無不曲意承歡，太皇太后亦慈愛性成，聞退朝稍晚，必親至屏扆間候矚，或且持膳餉帝，因此始終歡洽，毫無間言。舊例外家男子，不得入謁，太皇太后有弟曹佾，曾任同中書門下平章事，神宗常入白太皇太后，可使入見。太皇太后道：「我朝宗法，怎敢有違？且我弟得躋貴顯，已屬逾分，所有國政，不應令他干涉，亦不准令他入宮。」密示防閒，確是良法。神宗受教而退。及太皇太后違豫，乃由神宗申稟，得引佾入謁，談未數語，神宗先起，擬暫行退出，俾佾得略跡言情。不意太皇太后已語佾道：「此處非汝所得久留，應隨帝出去！」這兩語不但使佾伸舌，連神宗聽著，也為竦然。至太皇太后病劇，神宗侍疾寢門，衣不解帶，竟至匝旬。太皇太后崩，神宗哀慕逾恆，幾至毀瘠。一慈一孝，也可算作宋史的光榮了（特筆從長）。嗣復推恩曹氏，進佾中書令，官家屬四十餘人，其間不無過濫，但為報本起見，不必苛議。力重孝字。況且曹佾有官無權，終身不聞佾汰，這也由曹氏一門猶知秉禮，所以除賢后外，尚有這賢子弟呢。極褒曹氏。

元豐三年，神宗擬改定官制，飭中書置局修訂，命翰林學士張璪，樞密副承旨張誠一，主領局事。先是宋初官制，多承唐舊，但亦間有異同。

第四十一回　奉使命率軍征交趾　蒙慈恩減罪謫黃州

三師（太師、太傅、太保）、三公（太尉、司徒、司空）不常置，以同平章事為宰相，另置參知政事為副，中書門下，並列於外。別在禁中設定中書，與樞密院對持文武二柄，號為二府。天下財賦，悉隸三司。所有糾彈等事，仍屬御史臺掌管。他如三省（尚書令、侍中、中書令）、六部（吏、戶、禮、兵、刑、工）、九寺（太常、宗正、光祿、衛尉、太僕、大理、鴻臚、司農、大府）、六監（國子、少府、將作、軍器、都水、司天）等，往往由他官兼攝，不設專官。草詔屬知制誥及翰林學士兩職。知制誥掌外制，翰林學士掌內制，號為兩制。修史屬三館，便是昭文館、史館、集賢院。首相嘗充昭文館大學士，次相或充集賢院大學士。有時設定三相，即分領三館。館中各員，多稱學士，必試而後命。一經此職，遂號名流。又有殿閣等官，亦分大學士及學士名稱，唯概無定員，大半由他官兼領虛名（前文未嘗敘明官制，此段原不可少）。自經兩張改訂後，凡舊有虛銜，一律罷去，雜取唐、宋成規，自開府儀同三司，至將仕郎，分二十四階，如領侍中、中書令、同平章事等名，改為開府儀同三司，領左右僕射，改為特進，以下遞易有差。換湯不換藥，濟什麼事？神宗以新官制將行，欲兼用新舊二派，嘗語輔臣道：「御史大夫一職，非用司馬光不可。」時吳充已罷，唯王珪、蔡確兩人，相顧失色。原來神宗時代，朝右分新舊兩黨，新黨以王安石為首領，珪與確等，統傳安石衣缽，與舊黨積不相容。舊黨便是富弼、文彥博等一班老成，司馬光亦居要領，還有研究道學諸儒，也是主張守舊，與司馬光等政論相同。道學一派，由胡瑗、周敦頤開宗。胡瑗，泰州人，字翼之，湛深經學，范仲淹曾聘為蘇州教授，令諸子從學，知湖州滕宗諒，亦聘為教授，嘗立經義治事二齋，注重實學。嘉祐中，擢為太子中允，與孫復同為國子監直講。嗣因老疾致仕，還家旋歿，世稱孫復為泰山先生，胡瑗為安定先生。周敦頤，濂溪人，字茂叔，歷任縣令州

佐，所至有治績，平素愛蓮，因居蓮花峰下。南安通判程珦，與瑗交好，令二子顥、頤受業，顥嘗謂吾見濂溪先生，得吟風弄月以歸，幾有吾與點也的樂趣，熙寧六年病歿。同時有河南人邵雍，字堯夫，苦學成名，尤精易理，宋廷屢徵不至。程顥曾與雍議論數日，嘆為內聖外王的學問。但性甘恬退，自名居室曰「安樂窩」。熙寧十年逝世，後來追諡康節。至若橫渠先生張載，字子厚，前文亦已提及，一出為官，見新法不善，即託疾歸家，著有《正蒙》、《西銘》等書，廣談性理，與邵雍同歲病終。這數人多反對新黨，所以屏跡終身。二程兄弟，實得真傳（敘入此段，志道學諸儒之緣起），且與司馬光友善。王珪恐司馬光起用，舊派將連類同升，故與蔡確同一驚惶。及退朝後，珪尚怏怏不樂，那蔡確默籌一番，竟不禁大笑道：「有了有了！」奸狀如繪。正是：

畢竟僉壬多譎智，全憑巧計作安排。

欲知蔡確的妙策，請看下回便知。

交趾屢行篡逆，宋廷未聞加討，至李公蘊篡國後，已歷三傳，乾德修貢，未嘗失職，乃獨欲出兵南征，開邊啟釁，創議者為蕭注，為沈起，為劉彝，實則皆誤於王安石，而成於神宗。邕州之陷，蘇緘闔門殉難，兵民被屠，至五萬八千餘口，誰為為之，一至於此？及神宗既厭安石，復擢用王珪、蔡確，曾亦憶珪、確兩人，為誰氏所引用耶？安石尚有好名之心，而珪與確則悍然不顧，隱嗾同黨，文致軾罪，微太皇太后言，雖有吳充、王安禮，恐亦難為軾解，是則免軾於死者，實出自太皇太后，於神宗無與也。然能受慈訓而赦才士，猶不失為孝思。著書人褒貶從嚴，有惡必貶，有善必揚，其寓勸世之意也深矣。之後附入兩片段文字，關係政治學術，閱者亦幸勿滑過可也。

第四十一回　奉使命率軍征交趾　蒙慈恩減罪謫黃州

第四十二回

伐西夏李憲喪師　城永樂徐禧陷歿

第四十二回　伐西夏李憲喪師　城永樂徐禧陷歿

　　卻說蔡確想就一法，便笑語王珪道：「公恐司馬光入用，究為何意？」珪答道：「司馬光來京，必將參劾我輩，恐相位且不保了。」無非為此，確是鄙夫。確便道：「主上久欲收復靈武，公能任責，相位便能終保，尚憚一司馬光麼？」為個人計，勞師費財，蔡確實是可殺。珪乃轉憂為喜，一再稱謝，乃薦俞充知慶州，使上平西夏策。神宗果然專心戎事，不暇召光，乃用馮京為樞密使，薛向、孫固、呂公著為樞密副使。詔民畜馬，擬從事西征。向初贊成畜馬議，旋恐民情不便，致有悔言。御史舒亶，遂劾他反覆無常，失大臣體，竟斥知潁州。馮京亦因此求去，有詔允准，即命孫固知樞密院事，呂公著、韓縝同知院事。嗣復接俞充奏牘，略言：「夏將李清，本屬秦人，曾勸夏主秉常，以河西地來歸。秉常母梁氏得悉，幽秉常，殺李清，我朝應興師問罪，不可再延，這乃千載一時的機會呢。」神宗覽奏大喜，即命熙河經制李憲等，準備伐夏，並召鄜延副總管種諤入問。諤本是個言不顧行的人物。既至闕下，便大聲道：「夏國無人，秉常小丑，由臣等持臂前來便了。」看時容易做時難。

　　神宗乃決計西征，召集輔臣，會議出師。孫固入諫道：「發兵容易，收兵很難，還乞陛下三思後行！」神宗道：「夏有釁不取，將為遼人所據，此機斷不可失。」固答道：「必欲用兵，應聲罪致討，幸得勝夏，亦當分裂夏地，令他酋長自守。」神宗笑道：「這乃漢酈生的迂論，卿奈何亦作此言？」固復道：「陛下以臣為迂，臣恐尚未必致勝，試問今日出兵，何人可做統帥？」神宗道：「朕已託付李憲了。」固奮然道：「伐夏大事，乃使奄人為帥，將士果肯聽命麼？」此言最是。神宗面有慍色。固知不便再諫，隨即趨退。既而由王珪、蔡確等，議定五路出師，固復約呂公著入諫。固先啟奏道：「今議五路進兵，乃無大帥統率，就使成功，必致兵亂。」神宗道：「內外無統帥材，只好罷休。」呂公著即進諫道：「既無統帥，不若

罷兵。」固又接口道：「公著言甚是。請陛下俯納！」神宗沉著臉道：「朕意已決，卿等不必多言。」孫固、呂公著復撞了一鼻子灰，相偕出朝。神宗遂命李憲出熙河，種諤出鄜延，高遵裕出環慶，劉昌祚出涇原，王中正出河東，分道並進。又詔吐蕃首領董氈集兵會徵，於是鼙鼓喧天，牙旗蔽日，又鬧出一場大戰爭來。何苦乃爾？

　　李憲統領熙秦七軍及董氈兵三萬，突入夏境，破西市新城，襲據女遮谷，收復古蘭州，居然築城開幕，設定帥府。種諤也攻克米脂城，高遵裕奪還清遠軍，王中正率河東兵入宥州，劉昌祚進次磨哆隘，遇夏眾扼險拒守，他卻憑著一股銳氣，橫衝過去，夏軍紛紛敗走，遁還靈州。五路捷報，陸續入都，神宗很是喜慰，即詔令李憲統率五路，直搗夏都。哪知詔書才下，敗耗旋聞，各路將士，不是溺死，就是凍死、餓死；剩了若干將死未死的疲卒，幸全生命，狼狽逃歸。一場空歡喜。原來夏人聞宋師大舉，未免驚惶，當由秉常母梁氏召集諸將，共議防禦方法。年少氣盛的將士，無不主戰。一老將獨獻策道：「宋師遠來，利在速戰。我軍不必拒敵，但教堅壁清野，誘他深入，一面在靈夏聚集勁兵，以逸待勞，再遣輕騎抄襲敵後，斷他餉運，他已不戰自困，恐退兵都來不及哩。」勿謂夏無人。梁氏大喜，依計而行。因此宋軍五路並進，夏兵未與酣鬥，儘管退走。及劉昌祚既薄靈州，乘勝猛攻，城幾垂克，偏高遵裕忌他成功，飛使禁止。昌祚舊屬遵裕部轄，不敢違命，只好按甲以待。等到遵裕到來，城中守備已固，圍攻至十有八日，尚不能下。夏人且潛至靈州南面，決黃河七級渠，灌入宋營，宋軍不意水至，溺斃多人；並因時值隆冬，就是鳧水逃生，也是拖泥帶水，寒冷不堪，可憐又死了若干名。當下遵裕、昌祚兩軍，喪亡大半，陸續潰歸。在途又被夏人追殺一陣，十成中剩得兩三成，得還原汛。兩路敗退。那時種諤從米脂出發，破石堡城，直指夏州，駐軍

第四十二回　伐西夏李憲喪師　城永樂徐禧陷歿

索家坪，忽聞後面輜重，被夏人截住，兵士頓譁噪起來。大校劉歸仁，竟先潰遁，餘軍隨走。適大雪漫天，兵不得食，沿途倒斃，不可勝計。出兵時共九萬三千，還軍時只剩三萬人。一路未敗即退。王中正自宥州行至奈王井，糧食亦盡，六萬人餓死二萬，亦奔還慶州。一路亦未敗而退。獨李憲領兵東上，立營天都山下，焚去西夏的南牟內殿，並毀館庫，夏將仁多唆丁（一作新都喇卜丹），率眾來援，由憲驅軍夜襲，殺敗夏兵，擒住百人，進次葫蘆河；聞各路兵已經退歸，不敢再進，當即班師。還是知機。

　　先是五路大兵，共約至靈州會齊，各路共至靈州境內，唯李憲不至。軍報迭達京師，神宗始嘆息道：「孫固前曾諫朕，朕以為迂談，今已追悔無及了。」誰叫你黷武用兵？乃按罪論罰，貶高遵裕為郢州團練副使，本州安置。種諤、王中正、劉昌祚並降官階，唯不及李憲。孫固又入奏道：「兵法後期者斬，況各路皆至靈州，憲獨不至，這豈尚可赦罪麼？」神宗以憲有開蘭會功（即古蘭州，唐名會州）。不忍加罪，但詰他何故擅還？憲復稱：「餽餉不繼，只好退歸，且整備兵食，再圖大舉。」神宗又為憲所惑，竟授憲涇原經略安撫制置使，兼知蘭州，李浩為副。方悔不用孫固言，誰知又復入迷。呂公著再上書諫阻，仍不見從。公著引疾求去，遂出知定州。時官制已一律訂定，改同中書門下平章事，為左右僕射，參知政事，為門下中書侍郎尚書左右丞。即命王珪為尚書左僕射，蔡確為尚書右僕射，章惇為門下侍郎，張璪為中書侍郎，蒲宗孟為尚書左丞，王安禮為尚書右丞。一王安禮獨如宋皇何？

　　神宗有志開邊，屢不見效，帝悶悶不樂。平時召見輔臣，有人才寥落等語。蒲宗孟出班奏道：「人才半為司馬光邪說所壞。」神宗瞪目注視，半晌方道：「蒲宗孟乃不取司馬光麼？從前朕令光入樞密院，光一再固辭，自朕即位以來，獨見此一人，他人雖令去位，亦未肯即行呢。」（借神宗口

中，補敘前事，且以神宗之迷，見賢而不能舉，何以為君？何以為國？）宗孟聞言，不禁面頰發赤，俯首歸班。神宗又問輔臣道：「李憲請再舉伐夏，究靠得住否？」王珪對道：「向患軍用不足，所以中阻，今議出鈔五百萬緡，當必足用，不致再有前患了。」王安禮接入道：「鈔不可啖，必轉易為錢，錢又必易為芻粟，輾轉需時，哪能指日成事？」神宗道：「李憲奏稱有備，渠一宦官，猶知豫備不虞，卿等乃獨無意麼？朕聞唐平淮蔡，唯裴度謀議，與憲宗同，今乃不出自公卿，反出自奄寺，朕卻很覺可恥哩。」安禮道：「唐討淮西三州，相有裴度，將有李光顏、李愬，尚窮竭兵力，歷年後定。今西夏勢強，非淮蔡比，憲及諸將，才度又不及二李，臣恐未能副聖志呢。」明白了解，尚無以喚醒主迷，奈何？神宗不答，隨即退朝。

　　未幾，得種諤奏議，乃是用知延州沈括言，擬盡城橫山，俯瞰平夏，取建瓴而下的形勢，且主張從銀州進兵。神宗覽奏後，即命給事中徐禧，及內侍李舜舉，往鄜延會議。王安禮又入諫道：「徐禧志大才疏，恐誤國事，請陛下另簡妥員！」神宗不從。李舜舉卻往見王珪道：「古稱四郊多壘，乃卿大夫之辱，今相公當國，舉邊事屬諸二內臣，內臣止供禁廷灑掃，難道可出任將帥麼？」不以人廢言。珪也自覺抱愧，沒奈何隨口敷衍，說了「借重」二字。舜舉遂與徐禧偕行，既至鄜延，見了種諤。諤擬城橫山，禧獨擬城永樂，兩人爭議不決。當將兩議上達都中，神宗獨從禧議，竟令禧帶領諸將，往城永樂，命沈括為援應。陝西轉運判官司餉運，凡十四日竣工，賜名銀川寨，留鄜延副總管曲珍居守，禧與括等俱退還米脂。這銀川寨距故銀州二十五里，地當銀州要衝，為夏人必爭地。從前種諤反對禧議，正恐夏人力爭，未易保守。果然不出十日，即有鐵騎數千，前來攻城，曲珍忙報知徐禧。禧遂與李舜舉、李稷等，統兵往援，令沈括留守米脂。禧等至銀川寨，夏人亦傾國前來，差不多與蜂蟻相似。

第四十二回　伐西夏李憲喪師　城永樂徐禧陷歿

　　大將高永能獻策道：「虜來甚眾，請乘他未陣，即行掩擊，或可取勝。」徐禧怒叱道：「你曉得什麼，王師不鼓不成列！」竟欲效宋襄公耶？言已，拔刀出鞘，麾兵出戰。夏人耀武揚威，進薄城下，曲珍距河列陣，見軍士皆有懼色，便語禧道：「珍見眾心已搖，不應與戰，戰必致敗，不如收兵入城，徐圖良策。」禧笑道：「君為大將，奈何遇敵先退呢？」乃以七萬人列陣城下。夏人縱鐵騎渡河，曲珍又急白禧道：「來的是鐵鷂子軍，不易輕敵，須乘他半濟，襲擊過去，殺他一個下馬威。若渡河得地，東衝西突，乃是無人敢當呢。」禧又大言道：「王師堂堂正正，用不著什麼詭計。」迂腐之論。曲珍退回本陣，忍不住長嘆道：「我軍無死所了！」說著，夏兵前隊，已渡河東來。曲珍忙率兵攔阻，已有些招抵不上。及鐵騎盡行過河，縱橫馳驟，如入無人之境，曲珍部下，先已膽寒，還有何心戀戰，頓時紛紛退還，自蹂後陣。徐禧至此，亦手忙腳亂，急切顧不及王師，拍轉馬頭，飛跑回城。何如何如？李舜舉、李稷等也是沒法，相率奔回，軍士大潰。曲珍亟收集餘眾，逃入城中，夏人盡力圍城，環繞數匝，且據住水寨，斷絕城內的汲道。徐禧束手無策，只仗曲珍部卒，晝夜血戰，勉強守住。怎奈城中無水可汲，四處掘井，俱不及泉，兵士多半渴死，危急萬分。有溺死鬼，有凍死餓死鬼，不意還有渴死鬼。沈括與李憲援兵，又都被夏人遮斷。種諤且怨禧異議，不發救兵，可憐銀川寨內的將士，幾不異甕中鱉，釜中魚。會夜半大雨，夏人環城急攻，守兵不及抵禦，竟被陷入。徐禧、李舜舉、李稷、高永能等，俱死亂軍中。唯珍棄甲裸跣，幸得走免。將校死數百人，士卒役夫，喪亡至二十餘萬。夏人追至米脂，沈括忙闔門固守，總算未曾失陷。由夏人攻撲數次，隨即退去。總計自熙寧以來，用兵西陲，已是數次，所得只葭蘆、吳堡、義合、米脂、浮圖、塞門六城，兵士已傷亡無數。錢穀銀絹，尤不勝計。永樂一役，損

失更多。神宗接得敗報，也不禁痛悼，甚至不食，追贈徐禧等官，禧死有餘辜，豈宜追贈？貶沈括為均州團練副使，安置隨州，降曲珍為皇城使。咎不在沈括、曲珍，所罰亦誤。自是無意西征，每臨朝嘆息道：「王安禮嘗勸朕勿用兵，呂公著亦屢陳邊民困苦，都是朕誤信邊臣，害到這般。」事過乃悔，事後又忘，都由利令智昏所致。

既而夏人又入寇蘭州，奪據兩關門，副使李浩，除困守外無他計。虧得鈐轄王文郁，夜率死士七百餘人，縋城潛下，各持短刀搠入夏營。夏人猝不及防，竟被衝破，嚇得東逃西躲，鼠竄而去。當時比文郁為唐尉遲敬德，經廷議優敘，擢知州事。夏人又轉寇各路，均遭擊退，兵力亦敝，乃由西南都統昂星嵬名濟（一譯作茂錫克額不齊），移書涇原總管劉昌祚，略云：

中國者禮樂之所存，恩信之所出，動止猷為，必適於正。若乃聽諠受閒，肆詐窮兵，侵人之土疆，殘人之黎庶，是亦乖中國之體，為外邦之羞。昨日朝廷暴興甲兵，大窮侵討，蓋天子與邊臣之議，為夏國方守先誓，宜出不虞，五路進兵，一舉可定，故去年有靈州之役，今秋有永樂之戰。然較其勝負，與前日之議為何如哉？落得嘲笑。朝廷於夏國，非不經營之，五路進討之策，諸邊肆擾之謀，皆嘗用之矣；知僥倖之無成，故終於樂天事小之道。況夏國提封萬里，帶甲數十萬，南有于闐，作我歡鄰，北有大燕，為我強援，若乘間伺便，角力競鬥，雖十年豈得休哉？即念天民無辜，受此塗炭之苦，國主自見伐之後，夙夜思念，以為自祖宗以來，事中國之禮，無或虧息，而邊吏幸功，上聰致惑，祖宗之盟既阻，君臣之分不交，存亡之機，發不旋踵，朝廷當不恤哉？至於魯國之憂，不在顓臾，隋室之變，生於楊感，此皆明公得於胸中，不待言而後喻。何不進讜言，闢邪議，使朝廷與夏國歡好如初，生民重見太平！豈獨夏國之幸，乃天下之幸也。書中雖未免自誇，然詰問宋廷頗中要竅，故特錄之。

第四十二回　伐西夏李憲喪師　城永樂徐禧陷歿

　　昌祚得書上聞，神宗亦無可駁斥，即令昌祚答使通誠。夏乃復遣使上表，有「乞還侵地，仍效忠勤」等語，乃特賜詔命云：

　　頃以權強敢行廢辱，朕用震驚，令邊臣往問，匿而不報。只好推到幽主上去。王師徂徵，蓋討有罪，今遣使造庭，辭禮恭順，仍聞國政悉復故常，益用嘉納。實是所答非所請。已戒邊吏毋輒出兵，爾亦慎守先盟，毋再渝約！

　　夏使得詔自去。再命陝西、河東經略司，所有新復城寨，邏卒毋出二三里外。歲賜夏幣，悉如前額。已而夏主覆上書乞還侵疆，神宗不許，於是夏人仍有貳心。中丞劉摯，劾奏李憲貪功生事，遺禍至今，不可不懲，乃貶憲為熙河安撫經略都總管。越年為元豐七年，夏人又大舉入寇，號稱八十萬，圍攻蘭州。雲梯革洞，百道並進，閱十晝夜，城守如故，敵糧盡引還。這一次總算由李憲先事預防，守備甚嚴，所以不至陷落。一長必鋒。及夏人再寇延州德順軍，定西城，並熙河諸寨，均不得逞。未幾又圍定州城，為熙河將秦貴擊退。夏人方卷甲斂師，稍稍歇手了。

　　神宗罷免蒲宗孟，用王安禮為尚書左丞，李清臣為尚書右丞，調呂公著知揚州。且因司馬光上《資治通鑑》，授資政殿學士，這《資治通鑑》一書，上起周威烈王二十三年，下終五代，年經國緯，備列事目，又參考群書，評列異同，合三百五十四卷，歷十九年乃成。神宗降詔獎諭道：「前代未聞有此書，得卿辛苦輯成，比荀悅漢紀好得多了（荀悅漢季潁陰人，曾刪定漢書，作帝紀二十篇，所以神宗引擬司馬光）。小子也有詩詠道：

　　不經鑑古不知今，作史原垂世主箴。
　　十九年來成巨帙，愛君畢竟具深忱。

　　轉眼間已是元豐八年，神宗有疾，竟要從此告終了。看官少待，試看

下回接敘。

　　夏無可伐之釁，乃以司馬光之將召，啟蔡確西討之謀，俞充為蔡確腹心，上書一請，出師五道，孫固、呂公著等力諫不從，且任一刑餘腐豎，付之重權，就令得勝，尚足為中國羞。況伊古以來，斷未有奄人統軍，而可以成功者。多魚漏師，豎刁為祟，相州潰敗，朝恩監軍，神宗寧獨未聞耶？靈州一敗，李憲尚不聞加罰，且復令經略涇原，再圖大舉，一之為甚，乃至於再。不待沈括、徐禧之生議，而已知其必敗矣。要之兵不可不備，獨不可常用。富鄭公當熙寧初年，奉召入對，已請二十年口不言兵，老成人固有先見之明，惜乎神宗之不悟也。

第四十二回　伐西夏李憲喪師　城永樂徐禧陷歿

第四十三回

立幼主高后垂簾　拜首相溫公殉國

第四十三回　立幼主高后垂簾　拜首相溫公殉國

卻說元豐八年正月，神宗不豫，命輔臣代禱景靈宮。及群臣分禱天地宗廟社稷，均不見效，反且加劇，輔臣等入宮問疾，就請立皇太子，並皇太后權同聽政。神宗已無力答言，只略略點首罷了。查神宗本有十四子，長名佾，次名僅，三名俊，四名伸，五名僩，六名傭，七名價，八名倜，九名似，十名偉，十一名佶，十二名俁，十三名似，十四名偲。佾、僅、俊、伸、僩、價、倜、偉均早亡，要算第六子傭，挨次居長，神宗已封他為延安郡王，但年齡尚止十歲。

當擬立皇太子時，職方員外郎邢恕，想立異邀功，竟往謁蔡確道：「國有長君，乃社稷幸福，公何不從岐、嘉二王中，擇立一人？既可安國，復可保家，豈不是兩全其美嗎？」蔡確躊躇半晌，方道：「君言亦是，但不知太后意見如何？」邢恕道：「岐、嘉二王，皆太后所出，母子恩情，當必逾常，公還有什麼疑慮？」一廂情願。確喜道：「且與高氏商量，免生枝節。」邢恕道：「恕先去密議，包管成功。」言畢辭出，遂往見太后姪兒高公繪兄弟。公繪迎入，恕寒暄數語，即與附耳密談。公繪搖首不答，恕複道：「延安幼沖，何若岐、嘉？況岐、嘉本皆稱賢王呢。」公繪道：「這是斷不便行，君難道欲貽禍我家麼？」恕碰了一個釘子，未免乘興而來，敗興而返。

看官道岐、嘉二王是何人？便是神宗胞弟昌王顥及樂安郡王頵。顥徙封岐王，頵進封嘉王，兩王因神宗寢疾，嘗入問起居，高太后恰也防著，命他不必屢入，並陰敕中人梁惟簡妻，預製一十歲兒可穿的黃袍，密教他懷藏進呈。偏邢恕心尚未死，再與蔡確密謀，擬約王珪入問帝疾，暗使知開封府蔡京，外伏劍士，脅迫王珪，倘珪持異議，即將珪梟首，哪知珪命不該絕，未待蔡確與約，先已入宮定議，冊立延安郡王。確遲了一步，計不得行。滿腹奸刁，至此也輸人一籌。

三月朔日，延安郡王傭，立為太子，賜名煦，皇太后高氏權同處分軍國重事。越五日，神宗駕崩，年三十有八。總計神宗在位，改元二次，共十八年。太子煦即皇帝位，尊皇太后高氏為太皇太后，皇后向氏為皇太后，帝生母德妃朱氏為皇太妃，是為哲宗皇帝。追尊先帝廟號曰神宗，葬永裕陵。晉封叔顥為揚王，頵為荊王，弟佶為遂寧郡王，似為太寧郡王，俁為咸寧郡王，偲為普寧郡王，尚書左僕射王珪為岐國公，潞國公文彥博為司徒，王安石為司空，餘官一律加秩，賜致仕各官服帶銀帛有差。

太皇太后首先傳旨，遣散修京城役夫，止造軍器，及禁庭工技，戒中外無苛斂，寬民間保甲馬，人民歡悅。王珪等並未預聞，及中旨傳出，方得聞知。一經出手，便見高后賢明。過了數日，復下詔道：

先皇帝臨御十有八年，建立政事以澤天下，而有司奉行失當，幾於煩擾，或苟且文具，不能布宣實惠，其申諭中外協心奉令，以稱先帝惠愛元元之意！

這詔一下，都中卿大夫，已知太皇太后的命意，是欲改煩為簡，易苛從寬了。蔡確恐朝政一新，自己或致失位，遂因上朝議政時，面奏太皇太后，請復高遵裕官。看官道遵裕是何人？乃是太皇太后的從父。蔡確此奏，明明是藉此求媚，固寵希榮的意思。真會獻諛。太皇太后偏悽然道：「靈武一役，先皇帝中夜得報，環榻周行，徹旦不能寐，自是驚悸，馴至大故。追原禍始，實自遵裕一人。先帝骨肉未寒，我豈敢專徇私恩，不顧公議麼？」理正詞嚴。確惶悚而退。太皇太后又詔罷京城邏卒，及免行錢，廢浚河司，蠲免逋賦，驛召司馬光、呂公著入朝。

光居洛十五年，田夫野老，無不尊敬，俱稱為司馬相公；就是婦人女子，亦群仰大名。神宗升遐，光欲入臨，因自避猜嫌，不敢徑行。適程顥

第四十三回　立幼主高后垂簾　拜首相溫公殉國

在洛，勸光入京，光乃啟程東進，將近都門，衛士見光到來，均額手相慶道：「司馬相公來了！司馬相公來了！」兩語重疊，益饒意味。沿途人民，亦遮道聚觀，各朗聲道：「司馬相公，請留相天子，活我百姓，勿遽歸洛。」光見他一唱百和，反覺疑懼起來，竟從間道歸去。太皇太后聞他入都，正要詢問政要，偏待久不至，乃遣內侍梁惟簡馳問。光請大開言路，詔榜朝堂。至唯簡覆命，蔡確等已探悉光言，先創六議入奏，大旨是：「陰有所懷，犯非其分，或扇搖重機，或迎合舊令，上則僥倖希進，下則眩惑流俗，有一相犯，立罰無赦。」太皇太后見了此議，又遣使示光。光憤然道：「這是拒諫，並非求諫；人臣只好不言，一經啟口，便犯此六語了。」乃具論以聞。太皇太后即改詔頒行，言路才得漸開。

嗣召光知陳州，並起程顥為宗正寺丞。顥正擬就道，偏偏二豎纏身，竟爾去世。顥與弟頤受學周門，以道自樂（見二十四回），平時有涵養功，不動聲色。既卒，士大夫無論識否，莫不銜哀。文彥博採取眾論，題顥墓曰「明道先生。」唯光受命赴陳州，道經闕下，正值王珪病死，輔臣等依次遞升，適空一缺。太皇太后即留光輔政，命為門下侍郎。蔡確等只恐光革除新法，又揭出三年無改的大義，傳布都中。光獨指駁道：「先帝所行的法度，如果合宜，雖百世亦應遵守，若為王安石、呂惠卿所創，害國病民，須當亟改，似救焚拯溺一般。況太皇太后以母改子，並不是以子改父哩。」與強詞奪理者不同。

眾議自是少息。

太皇太后又召呂公著為侍讀，公著自揚州進京，擢授尚書左丞。京東轉運使吳居厚，前繼鮮于侁後任，大興鹽鐵，苛斂橫徵，至是被言官交劾，謫置黃州，仍用鮮于侁為轉運使。司馬光語同列道：「子駿甚賢，不應復使居外，但朝廷欲救京東困弊，非得子駿不可。他實是個一路福星

呢。當今人才甚少，怎得似子駿一百人，散布天下呢！」原來子駿即佖表字，佖既到任，即奏罷萊蕪、利國兩冶，及海鹽依河北通商，人民大悅，有口皆碑。於是司馬光、呂公著兩人，同心輔政，革除新法，罷保甲，罷保馬，罷方田，罷市易，削前市易提舉呂嘉問三秩，貶知淮陽軍，呂黨皆坐黜，並謫邢恕出知隨州。越年，改為元祐元年，右司諫王覿，極論蔡確、章惇、韓縝、張璪等朋邪害正，章至數十上。右諫議大夫孫覺，侍御史劉摯，左司諫蘇轍，御史王巖叟、朱光庭、上官均，又連章劾論確罪，乃免確相位，出知陳州。當下擢司馬光為尚書左僕射兼門下侍郎，呂公著為門下侍郎，李清臣、呂大防為尚書左右丞，李常為戶部尚書，范純仁同知樞密院事。

　　光時已得疾，因青苗、免役諸法，尚未盡革，西夏議亦未決，不禁嘆息道：「諸害未除，我死不瞑目了。」遂折簡與呂公著，略言：「光以身付醫，以家事付愚子，只國事未有所託，特以屬公。」公著為白太皇太后，有詔免光朝覲，許乘肩輿，三日一入省。光不敢當，且上奏道：「不見天子，如何視事？」乃改詔令光子康扶掖入對，且命免拜跪禮。光遂請罷青苗、免役二法，青苗錢罷貸，仍復常平舊法，諸大臣沒甚異議。獨免役法議罷後，光請仍復差役法，章惇力言不可，與光辯論殿前，語甚狂悖。太皇太后亦不免動惱，逐出知汝州。會蘇軾已奉詔入都，任中書舍人，獨請行熙寧初給田募役法，條陳五利。監察御史王巖叟，謂五利難信，且有十弊，軾議遂沮。群臣又各是其是，詔令資政殿大學士韓維，及呂大防、范純仁等，詳定上聞。軾本與司馬光友善，竟往見光道：「公欲改免役為差役，軾恐兩害相均，未見一利。」光問道：「請言害處！」軾答道：「免役的害處，是掊斂民財，十室九空，斂從上聚，下必常患錢荒，這害已經驗過了。差役的害處，是百姓常受役官府，無暇農事，貪吏猾胥，且隨時徵

第四十三回　立幼主高后垂簾　拜首相溫公殉國

比，因緣為奸，豈不是異法同病麼？」光又道：「依君高見，應該如何？」軾複道：「法有相因，事乃易成。事能漸進，民乃不驚。從前三代時候，兵農合一，至秦始皇乃分作兩途，唐初又變府兵為長征卒，農出粟養兵，兵出力衛農，天下稱便。雖聖人復起，不能變易了。今免役法頗與此相類，公欲驟罷免役，改行差役，正如罷長征，復民兵，恐民情反多痛苦呢。」光終未以為然，只淡淡的答了數語，軾即辭出。越日，光至政事堂議政，軾復入白此事，光不覺作色。軾從容道：「昔韓魏公刺陝西義勇，公為諫官，再三勸阻，韓公不樂，公亦不顧。軾嘗聞公自述前情，難道今日作相，不許軾盡言麼？」以子之矛，刺子之盾，坡公可謂善言。光始起謝道：「容待妥商。」范純仁亦語光道：「差役一事，不應速行，否則轉滋民病。愚意願公虛心受言，所有謀議，不必盡從己出。若事必專斷，恐奸人邪士，反得乘間迎合了。」光尚有難色，純仁道：「這是使人不得盡言呢。純仁若徒知媚公，不顧大局，何如當日少年時，迎合王安石，早圖富貴哩！」語亦透澈。光乃令役人悉用現數為額，衙門用坊場河渡錢，均用僱募。先是光決改差役，以五日為限，僚屬俱嫌太急促，獨知開封府蔡京如約，面復司馬光。光喜道：「使人人奉法如君，有何不可？」待京辭退後，光乃信為可行，擬堅持到底，其實蔡京是個大奸巨猾，專事揣摩迎合，初見蔡確得勢，就附蔡確，繼見司馬光入相，就附司馬光；這種反覆小人，最足誤人國事。司馬光忠厚待人，哪裡曉得他暗中機巧呢？（為後文蔡京傾宋張本。）

　　王安石宦居金陵，聞朝廷變法，毫不為意，及聞罷免役法，愕然失聲道：「竟一變至此麼？」良久複道：「此法終不可罷，君實輩亦太胡鬧了。」既而病死，太皇太后因他是先朝大臣，追贈太傅，後人稱他為王荊公。乃是元豐三年，曾封安石為荊國公，所以沿稱至今（了王安石）。安石既

死，餘黨依次貶謫，范子淵貶知陝州，韓縝罷知潁昌，李憲、王中正等，罰司宮觀。鄭綰、李定放居滁州，呂惠卿貶為光祿卿，分司南京，再貶為建寧軍節度副使，安置建州。相傳再貶呂惠卿草詔，係出蘇軾手筆，內有精警語數聯，傳誦一時。其文云：

呂惠卿以斗筲之才，穿窬之智，諂事宰輔，同升廟堂，樂禍貪功，好兵喜殺；以聚斂為仁義，以法律為詩書，首建青苗，次行助役（即免役法）。均輸之政，自同商賈，手實之禍，下及雞豚，苟可蠹國害民，率皆攘臂稱首。先皇帝求賢如不及，從善若轉圜，始以帝堯之仁，姑試伯鯀，終焉孔子之聖，不信宰予。尚寬兩觀之誅，薄示三苗之竄。此論！

還有貶范子淵草制，亦由軾所擬，內稱「汝以有限之才，興必不可成之役，驅無辜之民，置之必死之地」四語，亦膾炙人口，稱為名言。新法黨相繼罷黜，呂公著進任尚書右僕射，兼中書侍郎，韓維為門下侍郎。司馬光又上言：「文彥博宿德耆臣，應起為碩輔。」太皇太后擬用為三省長官，言官以為不可，乃命平章軍國重事。六日一朝，一月兩赴經筵，班宰相上，恩禮從優。彥博此時，年已八十有一了。老成俱老，宋祚安得不老？光又與呂公著，交章惇程顥弟頤，遂有旨召為祕書郎。及頤入對，改授崇政殿說書，且命修定學制。於是詔舉經明行修的士子，及立十科舉士法：(一) 行義純固，可作師表。(二) 節操方正，可備獻納。(三) 智勇過人，可備將相。(四) 公正聰明，可備監司。(五) 經術精通，可備講讀。(六) 學問該博，可備顧問。(七) 文章典麗，可備著述。(八) 善聽獄訟，盡公得實。(九) 善治財賦，公私俱便。(十) 練習法令，能斷清讞。這十科條例，統由司馬光擬定，請旨頒令。

光見言聽計從，越覺激發忠忱，誓死報國，無論大小政務，必親自裁決，不捨晝夜，海內亦喁喁望治。就是遼、夏使至，俱必問光起居，且嚴

第四十三回　立幼主高后垂簾　拜首相溫公殉國

敕邊吏道：「中國已相司馬公了，勿輕生事，致開邊釁呢！」國有賢相，不戰屈人。無如天不佑宋，梁棟遽頹。光因政體過勞，日益清瘦，同僚舉諸葛亮食少事煩，作為勸戒，光慨然道：「死生有命，一息尚存，怎敢少懈呢！」嗣是光老病癒甚，竟致不起。彌留時尚囈語不絕，細聽所談，皆關係國家事。及卒，年六十八。光生平孝友忠信，恭儉正直，居處有法，動作有禮。在洛時，每往夏縣展墓，必至兄室。兄名旦，年將八十，光奉若嚴父，愛若嬰兒，自少至老，未嘗妄語。嘗謂吾無過人處，唯一生作事，無不可對人言。陝、洛間聞風起敬，居民相勸為善，稍有過惡，便私自疑懼道：「君實得無聞知否？」既歿，遠近舉哀，如喪考妣。略述行誼，為後人作一榜樣。太皇太后亦為之慟哭，與哲宗親臨光喪，贈太師溫國公。詔戶部侍郎趙瞻，內侍省押班馮宗道，護喪歸陝州夏縣原籍。予諡文正，賜碑曰忠清粹德，都人罷市往奠。嶺南封州父老，亦相率具祭，到了歸喪以後，都下及四方人民，尚畫像以祀，飲食必祝，這可見遺德及民，無遠勿屆呢。小子有詩詠道：

到底安邦恃老成，甫經藉手即清平。
如何天不延公壽？坐使良材一旦傾。

光歿後，當然是呂公著繼任，欲知後事如何，且至下回續表。

本回敘高后垂簾，及溫公入相，才一改制，即見朝政清明，人民稱頌。可知前時王、呂、蔡、章等之所為，實是拂民之性，強行己意，百姓苦倒懸久矣。飢者易為食，渴者易為飲，此所以一經著手，不啻來蘇，宜乎海內歸心，謳歌不已也。但司馬光為一代正人，猶失之於蔡京，小人獻諛，曲盡其巧。厥後力詆司馬光者，即京為之首，且熙豐邪黨，未聞誅殛，以致死灰復燃。人謂高后與溫公，嫉惡太嚴，吾謂其猶失之寬。后與公已年老矣，為善後計，寧尚可姑息為乎？讀此回猶令人不能無慨云。

第四十四回

分三黨廷臣構釁　備六禮冊后正儀

第四十四回　分三黨廷臣構釁　備六禮冊后正儀

　　卻說司馬光病歿以後，呂公著獨秉政權，一切黜陟，仍如光意，進呂大防為中書侍郎，劉摯為尚書右丞，蘇軾為翰林學士。軾奉召入都，僅閱十月，三遷清要，尋兼侍讀；每入值經筵，必反覆講解，期沃君心。一夕值宿禁中，由中旨召見便殿，太皇太后問軾道：「卿前年為何官？」軾對道：「常州團練副使。」太皇太后複道：「今為何官？」軾對道：「待罪翰林學士。」太皇太后道：「為何驟升此缺？」軾對道：「遭遇太皇太后，及皇帝陛下。」太皇太后道：「並不為此。」軾又道：「莫非由大臣論薦麼？」太皇太后又復搖首。軾驚愕道：「臣雖無狀，不敢由他途希進。」太皇太后道：「這乃是先帝遺意，先帝每讀卿文章，必稱作奇才奇才，但未及進用卿哩。」軾聽了此言，不禁感激涕零，哭至失聲。士伸知己，應得一哭。太皇太后亦為泣下。哲宗見之對哭，也忍不住嗚咽起來。十餘歲童子，當作此狀。還有左右內侍，都不禁下淚。大家統是哭著，反覺得大廷岑寂，良夜悽清。太皇太后見了此狀，似覺不雅，即停淚語軾道：「這不是臨朝時候，君臣不拘禮節，卿且在旁坐下，我當詢問一切。」言畢，即命內侍移過錦墩，令軾旁坐，軾謝恩坐下。太皇太后問語片時，無非是國家政要。軾隨問隨答，頗合慈意，特賜茶給飲。軾謝飲畢，太皇太后復顧內侍道：「可撤御前金蓮燭，送學士歸院。」一面說，一面偕哲宗入內。軾向虛座前申謝，拜跪畢儀，當由兩內侍捧燭導送，由殿至院，真個是曠代恩榮，一時無兩。確是難得。

　　軾感知遇恩，嘗借言語文章，規諷時政。衛尉丞畢仲遊貽書誡軾道：「君官非諫官，職非御史，乃好論人長短，危身觸諱，恐抱石救溺，非徒無益，且反致損呢。」軾不能從。時程頤侍講經筵，毅然自重，嘗謂：「天下治亂繫宰相，君德成就責經筵。」因此入殿進講，色端貌莊。軾說他不近人情，屢加抗侮。當司馬光病歿時，適百官有慶賀禮，事畢欲往弔，獨

程頤不可,且引《魯論》為解。謂:「子於是日哭則不歌。」或謂:「哭乃不歌,未嘗云歌即不哭。」軾在旁冷笑道:「這大約是枉死市的叔孫通,新作是禮呢。」諧語解頤,但未免傷忠厚。頤聞言,很是介意。是不及乃兄處。軾發策試館職問題有云:「今朝廷欲師仁宗之忠厚,懼百官有司,不稱其職,而或至於偷。欲法仁宗之勵精,恐監司守令,不識其意,而流入於刻。」右司諫賈易,右正言朱光庭,係程頤門人,遂借題生釁,劾軾謗訕先帝。軾因乞外調。侍御史呂陶上言:「臺諫當秉至公,不應假借事權,圖報私隙。」左司諫王覿亦奏言:「軾所擬題,不過略失輕重,關係尚小,若必吹毛求疵,釀成門戶,恐黨派一分,朝無寧日,這乃是國家大患,不可不防。」范純仁復言軾無罪。太皇太后乃臨朝宣諭道:「詳覽蘇軾文意,是指今日的百官有司,監司守令,並非譏諷祖宗,不得為罪。」於是軾任事如故。

會哲宗病瘡疹,不能視朝,頤入問呂公著道:「上不御殿,太皇太后不當獨坐。且主子有疾,宰輔難道不知麼?」越日,公著入朝,即問帝疾。太皇太后答言無妨。為此一事,廷臣遂嫉頤多言。御史中丞胡宗愈,給事中顧臨,連章劾頤,不應令直經筵。諫議大夫孔文仲,且劾頤汙下憸巧,素無鄉行,經筵陳說,僭橫忘分,遍謁貴臣,勾通臺諫,睚眥報怨,沽直營私,應放還田里,以示典刑。誣謗太甚,孔裔中胡出此人?乃罷頤出管勾西京國子監。自是朝右各分黨幟,互尋仇隙,程頤以下,有賈易、朱光庭等,號為洛黨;蘇軾以下,有呂陶等,號為蜀黨。還有劉摯、梁燾、王巖叟、劉安世等,與洛、蜀黨又不相同,別號朔黨,交結尤眾。三黨均非奸邪,只因意氣不孚,遂成嫌怨。哪知熙豐舊臣,非竄即貶,除著名諸奸人外,連出入王、呂間的張璪、李清臣,亦均退黜。若輩恨入骨髓,陰伺間隙,這三黨尚自相傾軋,自相擠排,這豈非螳螂捕蟬,不顧身

第四十四回　分三黨廷臣構釁　備六禮冊后正儀

後麼？（插入數語，隱伏下文。）

　　文彥博屢乞致仕，詔命他十日一赴都堂，會議重事。呂公著亦因老乞休，乃拜為司空，同平章軍國事。授呂大防、范純仁為左右僕射，兼中書門下侍郎，孫固、劉摯為門下中書侍郎，王存、胡宗愈為尚書左右丞，趙瞻簽書樞密院事。大防樸直無黨，范純仁務從寬大，亦不願立黨。二人協力佐治，仍號清明。右司諫賈易，因程頤外謫，心甚不平，復劾呂陶黨軾，語侵文彥博、范純仁。太皇太后欲懲易妄言，還是呂公著替他緩頰，只出知懷州。胡宗愈嘗進君子無黨論，右司諫王覿偏上言宗愈不應執政。前說不應有黨，此時復因宗愈進無黨論，上言劾論，自相矛盾，殊不可解。太皇太后又勃然怒道：「文彥博、呂公著亦言王覿不合。」范純仁獨辯論道：「朝臣本無黨，不過善惡邪正，各以類分。彥博公著，皆累朝舊人，豈可雷同罔上？從前先臣仲淹，與韓琦、富弼，同執政柄，各舉所知，當時蜚語指為朋黨，因三人相繼外調，遂有一網打盡的傳言。本王拱辰語。此事未遠，幸陛下鑑察！」隨復錄歐陽修朋黨論，呈將進去。太皇太后意未盡解，竟出覿知潤州。門下侍郎韓維，亦被人讒訴，出知鄧州。太皇太后初欲召用范鎮，遣使往徵。鎮年已八十，不欲再起，從孫祖禹，亦從旁勸止，乃固辭不拜。詔授銀紫光祿大夫，封蜀郡公。元祐三年，病歿家中。鎮字景仁，成都人，與司馬光齊名，卒年八十一，追贈金紫光祿大夫，諡「忠文」。

　　越年二月，司空呂公著復歿，太皇太后召見輔臣，流涕與語道：「國家不幸，司馬相公既亡，呂司空復逝，為之奈何？」言畢，即挈帝往奠，贈太師，封申國公，予諡正獻。公著字晦叔，係故相呂夷簡子，自少嗜學，至忘寢食，平居無疾言遽色，暑不揮扇，寒不親火。父夷簡早目為公輔，至是果如父言。范祖禹曾娶公著女，所以公著在朝，始終引嫌。嘗從

司馬光修《資治通鑑》，在洛十五年，不事進取，至富弼致仕居洛，杜門謝客，獨祖禹往謁，無不接見。神宗季年，弼疾篤，曾囑祖禹代呈遺表，極論王安石誤國，及新法弊害，旁人多勸阻祖禹，不應進呈，祖禹獨不肯負約，竟自呈入，廷議卻不與為難，贈弼太尉，諡「文忠」（富弼亦一代偉人，前文未曾敘及，故特於此處補出）。哲宗即位，擢為右正言，避嫌辭職，尋遷起居郎，又召試中書舍人，皆不拜。及公著已歿，始任右諫議大夫，累陳政要，多中時弊。旋加禮部侍郎，聞禁中覓用乳媼，即與左諫議大夫劉安世，上疏諫阻，大旨：「以帝甫成童，不宜近色，理應進德愛身。」又乞太皇太后保護上躬，言甚切至。太皇太后召諭道：「這是外間的謠傳，不足為信。」祖禹對道：「外議雖虛，亦應預防，天下事未及先言，似屬過慮。至事已及身，言亦無益。陛下寧可先事納諫，勿使臣等有無及的追悔呢。」恰是至言。太皇太后很是嘉納。

既而知漢陽軍吳處厚，上陳蔡確遊車蓋亭詩，意在訕上。臺諫等遂相率論確，乞正明刑。有旨令確自行具析，劉安世等言確罪甚明，何待具析，乃貶確為光祿卿，分司南京。諫官尚以為罪重罰輕，嘖有煩言。范祖禹亦上言確有重罪，應從嚴議。於是文彥博、呂大防等，擬竄確嶺嶠，獨范純仁語大防道：「此路自乾興以來，荊棘叢生，近七十年，倘自我輩創行此例，恐四方震悚，轉致未安。」大防乃不再言。越六日，又下詔再貶確為英州別駕，安置新州。純仁復入白太皇太后道：「聖朝宜從寬厚，不應吹求文字，竄誅大臣。譬如猛藥治病，足損真元，還求詳察。」蔡確罪大，誅之不得為過，純仁亦未免太柔。太皇太后不從。會知潞州梁燾，奉召為諫議大夫，道出河陽，與邢恕相晤。恕言確有策立功，託燾入朝時宣告。燾允諾，及入京，即據邢恕言入奏。太皇太后出諭大臣道：「皇帝是先帝長子，分所應立，確有什麼策立功，似此欺君罔上，他日若再得入

第四十四回　分三黨廷臣構釁　備六禮冊后正儀

朝，恐皇帝年少，將為所欺，必受大害。我不忍明言，特借訕上為名，把他竄逐，借杜後患，這事關係國計，雖奸邪怨謗，我也不暇顧了。」司諫吳安詩與劉安世等，遂疏劾純仁黨確，呂大防亦言蔡確黨盛，不可不治。純仁因力求罷政，出知潁州。尚書左丞王存，本確所舉，亦出知蔡州。胡宗愈已早為諫官所劾，罷尚書右丞。乃擢劉摯為尚書右僕射，兼中書侍郎，蘇頌為尚書左丞，蘇轍為尚書右丞。會趙瞻、孫固，先後並逝，即進韓忠彥同知樞密院事，王巖叟簽書樞密院事，復召鄧潤甫為翰林學士承旨。潤甫曾阿附王、呂，出知亳州，至是被召，梁燾、劉安世、朱光庭等，連疏彈劾，俱不見報。燾等乃力請外補，竟出燾知鄭州，光庭知亳州，安世提舉崇福宮。文彥博因老疾致仕，右司諫楊康國奏劾蘇轍兄弟，文學不正，賈易復入為侍御史，與御史中丞趙君錫，先後論軾。軾出知潁州，尋改揚州，易與君錫一併外用。劉摯峭直，與呂大防議論朝政，輒致齟齬。殿中侍御史楊畏，方附大防，遂劾摯結黨營私，聯絡王巖叟、梁燾、劉安世、朱光庭等為死友，覬覦後福，且與章惇諸子往來，交通匪人。太皇太后即面諭劉摯，摯惶恐退朝，上章自辯。梁燾、王巖叟果上疏論救。太皇太后愈覺動疑，出摯知鄆州，王巖叟亦出知鄭州。嗣復召程頤入直祕閣，兼判西京國子監，為蘇轍所阻，頤亦辭不就職。這便是三黨交攻，更迭消長的情形呢。一語結束，可見上文並敘，寓有深意。

　　元祐七年，哲宗年已十七了，太皇太后留意立后，曾歷採世家女子百餘人，入宮備選。就中有眉州防禦使兼馬軍都虞侯孟元孫女，操行端淑，秉質幽嫻。太皇太后及皇太后兩人，教以女儀，格外勤慎，因此益得兩后歡心。時年十六，與哲宗年齡相當，即由太皇太后宣諭宰臣，略言：「孟氏后能執婦道，應正位中宮。唯近代禮儀，多從簡略，應命翰林臺諫給舍與禮官等，妥議冊后六禮以聞！」這諭下來，那廷臣自有一番忙碌，彼斟

古，此酌今，議論了好幾日，方草定一篇儀制，呈入政事堂。呂大防等又詳細核訂；略行損益，再進慈覽。太皇太后傳旨許可，當由司天監擇定吉日，準備大婚。先期數日，命尚書左僕射呂大防充奉迎使，尚書左丞蘇頌充發策使，尚書右丞蘇轍充告期使，皇伯祖高密郡王宗晟充納成使，吏部尚書王存（時王存復調入內用）充納吉使，翰林學士梁燾充納采問名使。六禮分司，各有專職，正使以外，且省副使，當以舊尚書省為皇后行第，先納采問名，然後納吉納成告期。五月戊戌日，哲宗戴通天冠，服絳紗袍，臨軒發冊，行奉迎禮。百官相率入朝，呂大防等首先趨入，東西鵠立。典儀官奉上冊寶，置御座前。大防率百官再拜，乃由宣詔官傳諭道：「今日冊孟氏為皇后，命公等持節展禮！」大防等又復拜命，典儀官捧過冊寶，交與大防。大防接奉冊寶，復率百官再拜。宣詔官又傳太皇太后制命道：「奉太皇太后制，命公等持節奉迎皇后！」大防等拜辭出殿，即至皇后行第，當有儐介接待，導見后父。大防入內宣制道：

  禮之大體，欽順重正。其期維吉，典圖是若。今遣尚書右僕射呂大防等以禮奉迎，欽哉維命！

  后父跪讀畢，敬謹答道：

  使者重宣中制，今日吉辰備禮，以迎螻蟻之族，猥承大禮，憂懼戰悸，欽率舊章，肅奉典制。

  答罷，即再拜受制。於是保母引皇后登堂，大防等向后再拜，奉上冊寶。后降立堂下，再拜受冊，當由內侍接過冊寶，轉呈與后。大防等退出，后升堂。后父升自東階，西向道：「戒之戒之！夙夜無違命！」語已即退。后母進自西階，東向施衿結帨，並囑后道：「勉之戒之！夙夜無違命！」后乃出堂登輿，及出大門，大防等導輿至宣德門，百官宗室列班拜

第四十四回　分三黨廷臣構釁　備六禮冊后正儀

迎,待后入門,鐘鼓和鳴,再入端禮門,穿過文德殿,進內東門,至福寧殿,后降輿入次小憩。哲宗仍冠服御殿,尚宮引后出次,諧殿階東西向立。尚儀跪請皇帝降座禮迎,哲宗遂起身至殿庭中,揖后入殿,導升西階,徐步入室,各就榻前並立。尚食跪陳飲具,帝、后乃就座。一飲再飲用爵,三飲用巹,合巹禮成。尚宮請帝御常服,尚寢請后釋禮服,然後入幄,侍從依次畢退。是夜龍鳳聯歡,鴛鴦葉夢,毋庸細述(歷敘禮節,見得哲宗冊后,格外鄭重,為下文被廢反筆)。次日朝見太皇太后、皇太后,並參皇太妃,一如舊儀。越三日,詣景靈宮行廟見禮,歸後再謁太皇太后。太皇太后語哲宗道:「得賢內助,所關不小,汝宜刑於啟化,媲美古人,方不負我厚望了。」及帝、后俱退,太皇太后嘆息道:「此人賢淑,可無他虞,但恐福薄,他日國家有事,不免由她受禍哩。」既知孟后福薄,何必定要冊立,此等處殊難索解?大婚禮成,宮廷慶賀兼旬,才得竣事。唯孟后容不勝德,姿色不過中人,哲宗少年好色,未免心懷不足,可巧御侍中有一劉氏女,生得輕穠合度,修短適宜,面灧灧若芙蓉,腰纖纖如楊柳,夷嬙比豔,環燕輸姿,哲宗得此尤物,怎肯放過?便教她列入嬪御,進封婕妤,這一番有分教:

貫魚已奪宮人寵,飛燕輕貽禍水來。

看官欲知後事,且待下回表明。

朋黨林立,為國家之大患,不意於元祐間見之。元祐之初,高后垂簾,群賢並進,此正上下泰交,拔茅匯徵之象。且熙豐時各遭擯斥,同病相憐,一朝遇主,攜手入朝,樂何如之?奈何程、蘇交鬨,洛、蜀成嫌,二黨傾軋之不足,而復有所謂朔黨者,與之鼎足而三耶?然則元祐諸君子,殆不能辭其過矣。若夫冊后一事,已成常制,本書於前後各文,俱不

過數語而止，獨於孟后之立，紀載從詳。蓋自有宋以來，唯哲宗冊立孟后，儀文特備，高后恐哲宗年少，易暱私愛，故特隆之以六禮，重之以宰執大臣，且親囑之日：「得賢內助，所關非細。」是其為哲宗計者，至周且摯，初不意後之竟背前訓也。《宋史》中曾大書曰：「始備六禮立皇后孟氏，正為後文廢后反照。」故本書亦不敢從略，所以存史意也。

第四十四回　分三黨廷臣構釁　備六禮冊后正儀

第四十五回

囑後事賢后升遐　紹先朝奸臣煽禍

第四十五回　囑後事賢后升遐　紹先朝奸臣煽禍

卻說范純仁外調後，尚書右僕射一缺，尚屬虛位，太皇太后特擢蘇頌為尚書右僕射，兼中書侍郎，蘇轍為門下侍郎，范百祿（即范鎮子）為中書侍郎，梁燾、鄭雍為尚書左右丞，韓忠彥（即韓琦子）知樞密院事，劉奉世簽書樞密院事。嗣又因遼使入賀，問及蘇軾。乃復召軾為兵部尚書，兼官侍讀。原來軾為翰林學士時，每遇遼使往來，應派為招待員。時遼亦趨重詩文，使臣多文學選，每與軾談笑唱和，軾無不立應，驚服遼人。會遼有五字屬對，未得對句，遂商諸副介，請軾照對。看官道是什麼難題？乃是「三光日月星」五字。軾即應聲道：「『四詩風雅頌』，這是天然對偶，你不必說是我對，但說你自己想著便了。」副介如言答遼使，遼使方在嘆愕，軾又出見遼使道：「『四德元亨利』，難道不對麼？」遼使欲起座與辯，軾便道：「你道我忘記一字麼？你不必多疑。兩朝為兄弟國，君是外臣，仁廟諱亦應知曉。」（仁宗名禎，這是蘇髯詼諧語，不可作正語看。）遼使聞言，亦為心折。旋復令醫官對云：「六脈寸關尺。」遼使愈覺敬服，隨語軾道：「學士前對，究欠一字，須另構一語。」適雷雨交作，風亦大起，軾即答道：「『三分鐘熱風雷雨，』即景屬對，可好麼？」遼使道：「敢不拜服。」遂歡宴而散。至哲宗大婚，遼使不見蘇軾，反覺怏怏，太皇太后乃召軾內用，尋又遷禮部兼端明侍讀二學士。

御史董敦逸、黃慶基，又劾軾曾草呂惠卿謫詞，隱斥先帝，軾弟轍相為表裡，紊亂朝政。想又是洛黨中人。呂大防替軾辯駁，且言近時臺官，好用蜚語中傷士類，非朝廷之福。轍亦為兄訟冤。太皇太后語大防道：「先帝亦追悔往事，甚至泣下。」大防道：「先帝一時過舉，並非本意。」太皇太后道：「嗣主應亦深知。」乃罷董、黃二人為湖北、福建路轉運判官。未幾，軾亦罷知定州。蘇頌保薦賈易，謂易係直臣，不宜外遷，與大防廷爭。侍御史楊畏、來之邵即劾頌庇易。頌上書辭職，因罷為觀文殿大學

士。范百祿與頌友善，亦為楊畏所劾，出知河南府。梁燾亦因議政未合，遂稱疾乞休，乃再召范純仁為尚書右僕射，兼中書侍郎。楊畏、來之邵覆上論純仁不可再相，乞進用章惇、安燾、呂惠卿，疏入不報。呂大防欲引畏為諫議大夫，純仁謂：「畏非正人，怎可重用？」大防微笑道：「莫非恨他劾奏相公麼？」純仁尚莫名其妙，蘇轍在旁，即讀畏彈文。純仁道：「這事我尚未聞，但公不負畏，恐畏且負公！」（隱伏下文。）大防不信，竟遷畏禮部侍郎。畏劾范純仁，且請用章、呂等人，其隱情已可窺見，何大防尚未悟耶？元祐八年八月，太皇太后寢疾，不能聽政，呂大防、范純仁入宮問視，太皇太后與語道：「我病將不起了。」呂、范齊聲道：「慈壽無疆，料不致有意外情事。」太皇太后道：「我今年已六十二歲，死亦不失為正命，所慮官家（宮中稱皇帝為官家）年少，容易受迷，還望卿等用心保護！」呂、范又同聲道：「臣等敢不遵命！」太皇太后顧純仁道：「卿父仲淹，可謂忠臣，在明肅垂簾時，唯勸明肅盡母道，至明肅上賓，唯勸仁宗儘子道，卿當效法先人，毋忝所生！」純仁亦涕泣受命。高后豈亦慮哲宗之難恃耶？太皇太后復道：「我受神宗顧託，聽政九年，卿等試言九年間，曾加恩高氏否？我為公忘私，遺有一男一女，我病且死，尚不得相見哩。」時嘉王頵已薨，高后子只留一顥，徙封徐王，故尚未相見。言訖淚下，喘息了好一歇，復囑呂、范二人道：「他日官家不信卿言，卿等亦宜早退，令官家別用一番人。」說至此，顧左右道：「今日正值秋社，可給二相社飯。」呂、范二人，不敢卻賜，待左右將社飯備齊，暫辭出外，至別室草草食訖，復入寢門內拜謝。太皇太后嗚咽道：「明年社飯時，恐二卿要記念老身哩。」太后既預知哲宗心性，當力戒哲宗，奈何對呂、范二人，徒作頹唐語，亦令人難解！呂、范勸慰數語，隨即告退。越數日，太皇太后竟崩。后聽政九年，朝廷清明，華夏綏定，遼主嘗戒群臣道：「南

第四十五回　囑後事賢后升遐　紹先朝奸臣煽禍

朝盡行仁宗舊政，老成正士，多半起用，國勢又將昌盛哩，汝等幸勿生事！」因此元祐九年，毫無邊釁。夏主來歸永樂所俘，乞還侵地，太皇太后有志安民，詔還米脂、葭蘆、浮屠、安疆四寨，夏人遂謹修職貢，不復生貳。有司請循天聖故事，兩宮同御殿，太皇太后不許。又請受冊寶於文德殿，太皇太后道：「母后當陽，非國家之美事，況文德殿係天子正衙，豈母后所當御，但就崇政殿行禮便了！」太皇太后姪元繪、元紀，終元祐世，只遷一秩，還是哲宗再三申請，方得特許。中外稱為女中堯、舜。禮臣恭上尊諡，乃是「宣仁聖烈」四字。

哲宗乃親政，甫經著手，即召內侍劉瑗等十人，入內給事。翰林學士范祖禹入諫道：「陛下親政，未聞訪一賢臣，乃先召內侍，天下將謂陛下私暱近臣，不可不防。」哲宗默然，好似不見不聞一般。侍講豐稷，亦以為言，反將他出知穎州。出手便弄錯。范祖禹忍無可忍，復接連上疏，由小子略述如下：

熙寧之初，王安石、呂惠卿造立新法，悉變祖宗之政，多引小人以誤國，勳舊之臣，屏棄不用，忠正之士，相繼遠引，又用兵開邊，結怨外夷，天下愁苦，百姓流徙，賴先帝覺悟，罷逐兩人，而所引群小，已布滿中外，不下二十萬，可復去。蔡確連起大獄，王韶創取熙河，章惇開五溪，沈起擾交管，沈括、徐禧、俞充、種諤興造西事，兵民死傷，皆不先帝臨朝悼悔，謂朝廷不得不任其咎，以至吳居厚行鐵冶之法於京東，王子京行茶法於福建，蹇周輔行鹽法於江西，李稷、陸師閔行茶法市易於西川，劉定教保甲於河北，民皆愁痛嗟怨，比屋思亂，賴陛下與先後起而救之，天下之民，如解倒懸。唯是向來所斥逐之人，窺伺事變，妄意陛下不以修改法度為是，如得至左右，必進奸言，萬一過聽而誤用之，臣恐國家自此陵遲，不復振矣。

這疏大意,是防哲宗召用熙豐諸臣。還有一疏,仍係諫阻近幸,略云:

漢有天下四百年,唐有天下三百年,及其亡也,皆由宦官,同一軌轍。蓋與亂同事,未有不亡者也。漢自元帝任用石顯,委以政事,殺蕭望之、周堪,廢劉向等,漢之基業,壞於元帝。唐自明皇使高力士省決章奏,宦官遂盛,李林甫、楊國忠皆自力士以進。唐亡之禍,基於開元。熙寧、元豐間,李憲、王中正、宋用臣輩,用事總兵,權勢震灼,中正兼幹四路,口敕募兵,州郡不敢違,師徒凍餒,死亡最多。憲陳再舉之策,致永樂再陷,用臣興土木之兵,無時休息,罔市井之微利,為國斂怨,此三人者雖加誅戮,未足以謝百姓。憲雖已亡,而中正、用臣尚在。今召內臣十人,而憲、中正之子,皆在其中,則中正、用臣必將復用,臣所以敢極言之,幸陛下垂察焉!

兩疏呈入,哲宗仍然不省。范純仁、韓忠彥等亦面請效法仁宗,均不見納。呂大防受命為山陵使,甫出國門,楊畏即首叛大防,上言:「神宗更立舊制,垂示萬世,乞賜講求,借成繼述美名。」哲宗便召畏入對,並問:「先朝舊臣,孰可召用?」畏舉章惇、安燾、呂惠卿、鄧潤甫、李清臣等,各加褒美,且言:「神宗建立新政,與王安石創行新法,實是明良交濟,足致富強。今安石已歿,只有章惇才學,與安石相似,請即召為宰輔。」哲宗卻很是信從,當下傳出中旨,復章惇、呂惠卿官。尋用李清臣為中書侍郎,鄧潤甫為尚書左丞。至宣仁太后葬畢,呂大防回都,聞侍御史來之邵,已有彈章,即上書辭職,哲宗立即准奏。拔去首輔,好算辣手。於是彼言繼志,此言述事,哄得這位哲宗皇帝,居然想對父盡孝,一心一意的紹述神宗。元祐九年三月,廷試進士李清臣,發策擬題,題云:

今復詞賦之選,而士不知勸,罷常平之官,而農不加富,可差可募之說雜,而役法病,或東或北之論異,而河患滋,賜土以柔遠也,而羌夷之

第四十五回　囑後事賢后升遐　紹先朝奸臣煽禍

患未弭，弛利以便民也，而商賈之路不通。夫可則因，否則革，唯當之為貴，聖人亦何有必焉！

原來元祐變政，曾禁用王氏經義字說，科試仍用詩賦（補上文所未及），所以李清臣發策，看作甚重。第一條便駁斥詞賦，第二條陰主青苗法，第三條指免役，第四條論治河，第五條斥還夏四寨事，第六條譏鹽鐵弛禁事。門下侍郎蘇轍抗言上奏道：

伏見策題歷詆行事，有詔復熙寧、元豐之意。臣謂先帝設施，蓋有百世不可易者。元祐以來，上下奉行，未嘗失墜，至於事或失當，何世無之？父作於前，子救於後，前後相繼，此則聖人之孝也。漢武帝外事四夷，內興宮室，財用匱竭，於是修鹽鐵榷酤均輸之政，民不堪命，幾至大亂。昭帝委任霍光，罷去煩苛，漢室乃定。光武、顯宗，以察為明，以讖決事，上下恐懼，人懷不安。章帝深鑑其失，代之寬厚，愷悌之政，後世稱焉。本朝真宗天書，章獻臨御，攬大臣之議，藏之梓宮，以泯其跡，仁宗聽政，絕口不言。英宗濮議，朝廷洶洶者數年，先帝寢之，遂以安靜。夫以漢昭帝之賢，與吾仁宗、神宗之聖，豈其薄於孝敬而輕事變易也哉？陛下若輕變九年已行之事，擢任累歲不用之人，懷私忿而以先帝為辭，則大事去矣。

哲宗接閱奏章，竟勃然大怒道：「轍敢比先帝為漢武麼？」我謂神宗尚不及漢武。言下即欲逐轍。轍下殿待罪，眾莫敢救。范純仁從容進言道：「武帝雄才大略，史家並無貶詞，轍引比先帝，不得為謗。陛下甫經親政，待遇大臣，也不當似奴僕一般，任情喝斥。」正說著，有一人越次入奏道：「先帝法度，都被司馬光、蘇轍等壞盡。」純仁視之，乃是新任尚書左丞鄧潤甫，遂抗聲道：「這語是說錯了。法本無弊，有弊必改。」哲宗道：「秦皇、漢武，古所並譏。」純仁便接奏道：「轍所論是指時事言，

非指人品言。」哲宗顏色少霽,乃不復發語,當即退朝。轍前時曾附呂大防,與純仁議多不合,至是方謝純仁道:「公乃佛地位中人,轍仗公包涵久了。」純仁道:「公事公言,我知有公,不知有私。」名副其實,是乃謂之純仁。轍又申謝而退。越日,竟下詔降轍官職,出知汝州。

及進士對策,考官評閱甲乙,上第多主張元祐。嗣經楊畏復勘,悉移置下第,把贊成熙豐的策議,拔置上列。第一名乃是畢漸,竟比王、呂為孔、顏,彷彿王、呂二人的孝子順孫。自是紹述兩字,喧傳中外,曾布竟用為翰林學士,張商英進用為右正言。未幾,即任章惇為尚書左僕射,兼門下侍郎。章惇既相,憸人當道,還管什麼時局?什麼名譽?貶蘇軾知英州,尋復安置惠州。罷翰林學士范祖禹,出知陝州。范純仁當然不安,連章求去,也出知潁昌府。召蔡京為戶部尚書,安石婿蔡卞為國史修撰,林希為中書舍人,黃履為御史中丞。先是元豐末年,履曾官中丞,與蔡確、章惇、邢恕相交結。惇與確有所嫌,即遣恕語履。履盡情排擊,不遺餘力,時人目為四凶,因被劉安世劾奏,降級外調。昇再得志,立即引用,那時報復私怨,日夕羅織,元祐諸君子,都要被他陷入阱中了。去惡務盡,元祐諸賢,不知此義,遂致受殃。

當下由曾布上疏,請復先帝政事,下詔改元,表示意向。哲宗准奏,即於元祐九年四月,改稱紹聖元年,半年都不及待,何性急乃爾?遂復免役法,免行錢、保甲法,罷十科舉士法,令進士專習經義,除王氏字說禁令。黃履、張商英、上官均、來之邵等,乘勢修怨,迭毀司馬光、呂公著妄改成制,叛道悖理。章惇、蔡卞且請掘光、公著墓塚。適知大名府許將,內用為尚書左丞,哲宗問及掘墓事。許將對道:「掘墓非盛德事,請陛下三思!」哲宗乃止,唯追奪司馬光、呂公著贈諡,僕所立碑。貶呂大防為祕書監,劉摯為光祿卿,蘇轍為少府監,並分司南京。章惇復鉤致文

第四十五回　囑後事賢后升遐　紹先朝奸臣煽禍

彥博等罪狀，得三十人，列籍以上，請盡竄嶺表。李清臣獨進言道：「變更先帝法度，雖不能無罪，但諸人多累朝元老，若從惇言，恐大駭物聽，應請從寬為是！」哲宗點首。看官閱過前文，應知李清臣是主張紹述，仇視元祐諸臣，為何反請哲宗從寬呢？原來清臣本思為相，至章惇起用，相位被他奪去，於心不甘，所以與惇立異，有此奏請。哲宗乃頒詔道：「大臣朋黨，司馬光以下，各以輕重議罰，餘悉不問，特此布告天下。」

會章惇復薦用呂惠卿，詔命知大名府，惇未以為然。監察御史常安民上言：「北都重鎮，惠卿且未足勝任，試思惠卿由王安石薦引，後竟背了安石，待友如此，事君可知。今已頒詔命，他必過闕請對，入見陛下，臣料他將泣述先帝，感動陛下，希望留京了。」哲宗也似信非信。及惠卿到京，果然請對，果然述先朝事，作涕泣狀，哲宗正色不答。惠卿只好辭退，出都赴任。惇聞此事，隱恨安民，可巧安民復劾論蔡京、張商英，接連數奏，末疏竟斥章惇專國植黨，乞收回主柄，抑制權奸。惇挾嫌愈甚，潛遣親信進語道：「君本以文學聞名，奈何好談人短，甘心結怨？能稍自安靜，當以高位相報。」安民正色喝斥道：「爾乃為當道做說客麼？煩爾傳語，安民只知忠君，不知媚相。」傲骨稜稜。看官！試想章惇不立排安民，尚是留些餘地，有意籠絡，偏安民一味強硬，教章惇如何相容？遂嗾使御史董敦逸，彈斥安民，說他與蘇軾兄弟，素作黨援，安民竟被謫滁州，令監酒稅。門下侍郎安燾上書救解，毫不見效，反為惇所譖間，出知鄭州。蔡卞重修神宗實錄，力翻前案，前史官范祖禹，及趙彥若、黃庭堅等，並坐詆誣降官，安置永、澧、黔州，並因呂大防嘗監修神宗實錄，亦應連坐，徙至安州居住。范純仁請釋還大防，大忤章惇，竟貶純仁知隨州。惇且記念蔡確，惜他已死，囑確子渭叩閽訴冤，即追復確官，並贈太師，予諡忠懷。一面與蔡京定計，勾通閹寺，密結劉婕妤為內援，把滅天

害理的事情，逐漸排布出來。小子有詩嘆道：

　　宵小無非誤國媒，胡為視作濟時才？
　　堪嗟九載宣仁力，都被奸邪一旦摧。

　　究竟章惇等作何舉動，容至下回表明。

　　宋代賢后，莫如宣仁，元祐年間，號稱極治，皆宣仁之力也。但吾觀宣仁彌留時，乃對呂、范二大臣，丁寧嗚咽，勸以宜早引退，並謂明年社飯，應思念老身，意者其豫料哲宗之不明，必有蔑棄老成，更張新政之舉耶？且哲宗甫經親政，奸黨即陸續進用，是必其少年心性，已多昧，宣仁當日，有難言之隱，不過垂簾聽政，大權在握，尚足為無形之防閑；至老病彌留，不忍明言，又不忍不言，丁寧嗚咽之時，蓋其心已不堪酸楚矣。宣仁固仁，而哲宗不哲，呂、范退，章、蔡進，宋室興衰之關鍵，意在斯乎！意在斯乎！

第四十五回　囑後事賢后升遐　紹先朝奸臣煽禍

第四十六回

寵妾廢妻皇綱倒置　崇邪黜正黨獄迭興

第四十六回　寵妾廢妻皇綱倒置　崇邪黜正黨獄迭興

卻說劉婕妤專寵內庭，權逾孟后，章惇、蔡京即鑽營宮掖，恃婕妤為護符，且追溯范祖禹諫乳媼事（應四十四回），指為暗斥婕妤，坐誣謗罪，並牽及劉安世。哲宗耽戀美人，但教得婕妤歡心，無不可行，遂謫祖禹為昭州別駕，安置賀州，安世為新州別駕，安置英州。劉婕妤陰圖奪嫡，外結章惇、蔡京，內囑郝隨、劉友端，表裡為奸，漸構成一場冤獄，鬧出廢后的重案來。奸人得勢，無所不至。

婕妤恃寵成驕，嘗輕視孟后，不循禮法。孟后性本和淑，從未與她爭論短長。唯中宮內侍，冷眼旁窺，見婕妤驕倨無禮，往往代抱不平。會后率妃嬪等朝景靈宮，禮畢，后就坐，嬪御皆立侍，獨婕妤輕移蓮步，退往簾下；孟后雖也覺著，恰未曾開口。申說二語，見后並非妒婦。偏侍女陳迎兒，口齒伶俐，竟振吭道：「簾下何人？為什麼亭亭自立？」婕妤聽著，非但不肯過來，反豎起柳眉，怒視迎兒；忽又扭轉嬌軀，背后立著。形態如繪。迎兒再欲發言，由孟后以目示禁，方不敢多口。至孟后返宮，婕妤與妃嬪等，隨后同歸，杏臉上還帶著三分怒意。既而冬至節屆，后妃等例謁太后，至隆祐宮，太后尚未御殿，大眾在殿右待著，暫行就坐。向例唯皇后坐椅，朱漆金飾，嬪御不得相同，此次當然循例；偏劉婕妤立著一旁，不願坐下。內侍郝隨，窺知婕妤微意，竟替她易座，也是髹朱飾金，與后座相等，婕妤方才就坐。突有一人傳呼道：「皇太后出來！」孟后與妃嬪等，相率起立，劉婕妤亦只好起身。哪知佇立片時，並不見太后臨殿，后妃等均是蓮足，不能久立，復陸續坐下。劉婕妤亦坐將下去，不意坐了個空，一時收縮不住，竟仰天跌了一交。卻是好看。侍從連忙往扶，已是玉山頹倒，雲鬟蓬鬆。恐玉臀亦變成杏臉。妃嬪等相顧竊笑，連孟后也是解頤。看官！試想此時的劉婕妤，驚忿交集，如何忍耐得住？可奈太后宮中，不便發作，只好咬住銀牙，強行忍耐，但眼中的珠淚，已不知不覺地

迸將下來。她心中暗忖道：「這明明中宮使刁，暗囑侍從設法，詐稱太后出殿，誘我起立，潛將寶椅撤去，致令仆地，此恥如何得雪？我總要計除此人，才出胸中惡氣。」後閣中人，原太促狹，但也咎由自取，如何不自反省？當下命女侍替整衣飾，代刷鬢鬟，草草就緒，那向太后已是出殿，御座受朝。孟后帶著嬪妃，行過了禮，太后也沒甚問答，隨即退入。

　　后妃等依次回宮，劉婕妤踉蹌歸來，餘恨未息。郝隨從旁勸慰道：「娘娘不必過悲，能早為官家生子，不怕此座不歸娘娘。」婕妤恨恨道：「有我無她，有她無我，總要與她賭個上下。」說著時，巧值哲宗進來，也不去接駕，直至哲宗近身，方慢慢的立將起來。哲宗仔細一瞧，見她淚眥熒熒，玉容寂寂，不由的驚訝逾常，便問道：「今日為冬至令節，朝見太后，敢是太后有什麼斥責？」婕妤嗚咽道：「太后有訓，理所當從，怎敢生嗔？」哲宗道：「此外還有何人惹卿？」婕妤陡然跪下，帶哭帶語道：「妾、妾被人家欺負死了。」哲宗道：「有朕在此，何人敢來欺負？卿且起來！好好與朕說明。」婕妤只是哭著，索性不答一言。這是妾婦慣技。郝隨即在旁跪奏，陳述大略，卻一口咬定皇后陰謀。主僕自然同心。哲宗道：「皇后循謹，當不至有這種情事。」也有一隙之明。婕妤即接口道：「都是妾的不是，望陛下攆妾出宮，」說到「宮」字，竟枕著哲宗足膝，一味嬌啼。古人說得好：「兒女情長，英雄氣短。」自古以來，無論什麼男兒好漢，鋼鐵心腸，一經嬌妻美妾，朝訴暮啼，無不被她熔化。況哲宗生平寵愛，莫如劉婕妤，看她愁眉淚眼，彷彿一枝帶雨梨花，哪有不憐惜的道理？於是軟語溫存，好言勸解，才得婕妤罷哭，起侍一旁。哲宗復令內侍取酒餚，與婕妤對飲消愁，待到酒酣耳熱，已是夜色沉沉，接連吃過晚膳，便就此留寢。是夕，除豔語濃情外，參入讒言，無非是浸潤之譖，膚受之愬罷了。

　　會后女福慶公主，偶得奇病，醫治無效，后有姊頗知醫理，嘗療后

第四十六回　寵妾廢妻皇綱倒置　崇邪黜正黨獄迭興

疾，以故出入禁中，無復避忌。公主亦令她診治，終無起色。她窮極無法，別覓道家治病符水，入治公主。后驚語道：「姊不知宮中禁嚴，與外間不同麼？倘被奸人謠諑，為禍不輕。」遂令左右藏著，俟哲宗入宮，具言原委。哲宗道：「這也是人生常情，她無非求速療治，因有此想。」后即向左右取出原符，當面焚毀，總道是心跡已明，沒甚後患，誰料宮中已造謠構釁，嘖有煩言。想就是郝隨等人捏造出來。未幾，有后養母聽宣夫人燕氏及女尼法端，供奉官王堅，為后禱祠。郝隨等方捕風捉影，專伺后隙，一聞此信，即密奏哲宗，只說是中宮厭魅，防有內變。哲宗也不察真偽，即命內押班梁從政與皇城司蘇珪，捕逮宦官、宮妾三十人，徹底究治。梁、蘇兩人，內受郝隨囑託，外由章惇指使，竟濫用非刑，把被逮一干人犯，盡情搒掠，甚至斷肢折體。孟后待下本寬，宦妾等多半感德，哪肯無端妄扳？偏梁從政等脅使誣供，定要歸獄孟后。有幾個義憤填胸，未免反唇相譏，罵個爽快。梁、蘇大怒，竟令割舌，結果是未得供詞，全由梁、蘇兩人，憑空架造，捏成冤獄，入奏哲宗。有詔令侍御史董敦逸復錄罪囚。敦逸奉旨提鞫，但見罪人登庭，都是氣息奄奄，莫能發聲，此時觸目生悲，倒也秉筆難下。惻隱之心，人皆有之。敦逸雖是奸宄，究竟也有天良。郝隨防他翻案，即往見敦逸，虛詞恫嚇。敦逸畏禍及身，不得已按著原讞，復奏上去。一念縈私，便入阿鼻地獄。哲宗竟下詔廢后，令出居瑤華宮，號華陽教主玉清靜妙仙師，法名衝真。是時為紹聖三年孟冬，天忽轉暑，陰翳四塞，雷雹交下。董敦逸自覺情虛，復上書諫阻，略云：

中宮之廢，事有所因，情有可察。詔下之日，天為之陰翳，是天不欲廢后也。人為之流涕，是人不欲廢后也。臣嘗奉詔錄囚，倉猝復奏，恐未免致誤，將得罪天下後世，還願陛下暫收成命，更命良吏複核真偽，然後定讞。如有冤情，寧譴臣以明枉，毋汙后而貽譏，謹待罪上聞！

哲宗覽畢，自語道：「敦逸反覆無常，朕實不解。」次日臨朝，諭輔臣道：「敦逸無狀，不可更在言路。」曾布已聞悉情由，便奏對道：「陛下本因宮禁重案，由近習推治，恐難憑信，特命敦逸錄問，今乃貶錄問官，如何取信中外？」此奏非庇護敦逸，乃是主張成案。哲宗乃止。旋亦自悔道：「章惇壞我名節。」照此說看來，是廢后之舉，章惇必有密奏。嗣是中宮虛位，一時不聞繼立。劉婕妤推倒孟后，眼巴巴的望著冊使，偏待久無音，只博得一階，晉封賢妃。

　　賊臣章惇，一不做，二不休，既構成孟后冤獄，還想追廢宣仁，因急切無從下手，乃再從元祐諸臣身上，層加罪案，謀達最後的問題。二省長官，統是章惇黨羽，惇便教他追劾司馬光等，說是：「詆毀先帝，變易法度，罪惡至深，雖或告老或已死，亦應量加懲罰，為後來戒！」那時昏頭磕腦的哲宗皇帝，竟批准奏牘，追貶司馬光為清遠軍節度使，呂公著為建武軍節度副使，王巖叟為雷州別駕，奪趙瞻、傅堯俞贈諡，追還韓維、孫固、范百祿、胡宗愈等恩詔。尋又追貶光為朱匡軍司戶，公著為昌化軍司戶。各邪黨興高采烈，越覺猖狂，適知渭州呂大忠，係大防兄，自涇原入朝，哲宗與語道：「卿弟大防，素性樸直，為人所賣，執政欲謫徙嶺南，朕獨令處安陸，卿可為朕寄聲問好，二、三年後，當再相見！」大忠叩謝而退。章惇正在閣中，聞大忠退朝，即出與相見，並問有無要諭。大忠心直口快，竟將哲宗所囑，一一告知，章惇佯作驚喜道：「我正待令弟入京，好與他共議國是，難得上意從同，我可得一好幫手了。」至大忠去後，即密唆侍御史來之邵，及三省長官，奏稱：「司馬光叛道逆理，典刑未及，為鬼所誅，獨呂大防、劉摯等，罪與光同，尚存人世。朝廷雖嘗懲責，尚屬罰不稱愆，生死異置，恐無以示後世。」乃復貶大防為舒州團練副使，安置循州，劉摯為鼎州團練副使，安置新州，蘇轍為化州別駕，安置雷

第四十六回　寵妾廢妻皇綱倒置　崇邪黜正黨獄迭興

州，梁燾為雷州別駕，安置化州，范純仁為武安軍節度副使，安置永州，劉奉世為光祿少卿，安置柳州，韓維落職致仕，再貶均州安置，王覿謫通州，韓川謫隨州，孫升謫峽州，呂陶謫衡州，范純禮謫蔡州，趙君錫謫亳州，馬默謫單州，顧臨謫饒州，范純粹謫均州，孔武仲謫池州，王欽臣謫信州，呂希哲謫和州，呂希純謫金州，呂希績謫光州，姚緬謫衢州，胡安詩謫連州，秦觀謫橫州，王汾落職致仕，孔平仲落職知衡州，張耒、晁補之、賈易並貶為監當官，朱光庭、孫覺、趙卨、李之純、李周均追奪官秩，嗣復追貶孔文仲、李周為別駕。這道詔命，係是中書舍人葉濤主稿，文極醜詆，中外切齒。那章惇、蔡京等，才把元祐諸臣，一網打盡，無論洛黨、蜀黨、朔黨，貶竄得一個不留，大宋朝上，只剩得一班魑魅魍魎了。君子尚能容小人，小人斷不能容君子，於此可見。

先是左司諫張商英，曾有一篇激怒君相的奏牘，內言：「陛下無忘元祐時，章惇無忘汝州時，安燾無忘許州時，李清臣、曾布無忘河陽時。」為這數語，遂令哲宗決黜舊臣，章惇等誓復舊怨，遂興起這番大獄。韓維子上書陳訴，略言：「父維執政時，嘗與司馬光未合，懇請恩赦！」得旨免行。純仁子亦欲援例，擬追述前時役法，父言與光議不同，可舉此乞免。純仁搖首道：「我緣君實薦引，得致宰相，從前同朝論事，宗旨不合，乃是為公不為私，今復再行提及，且變做為私不為公。與其有愧而生，寧可無愧而死？」隨命整裝就道，怡然啟行。僚友或說他好名，純仁道：「我年將七十，兩目失明，難道甘心遠竄麼？不過愛君本心，有懷未盡，若欲避好名的微嫌，反恐背叛朝廷，轉增罪戾呢。」忠臣信友，可謂完人。諸子因純仁年老，多願隨侍，途次冒犯風霜，輒怨詈章惇，純仁必喝令住口。一日，舟行江中，遇風被覆，幸灘水尚淺，不致溺死。純仁衣履盡溼，旁顧諸子道：「這難道是章惇所使麼？君子素患難，行乎患難，何必怨天尤人。」

純仁可與言道。既至永州，仍夷然自若，無戚戚容，以此尚得保全。呂大防病歿途中。梁燾至化州，劉摯至新州，均因憂勞成疾，相繼謝世。

張商英又劾文彥博背國負恩，朋附司馬光，因降為太子少保。及詔命到家，彥博亦已得病，旋即身逝，年九十二歲。彥博居洛，嘗與司馬光、富弼等十三人，仿白居易九老會故事，置酒賦詩，築堂繪像，號為洛陽耆英會，迄今留為佳話。徽宗初追復太師，賜諡「忠烈」。

會哲宗授曾布知樞密院事，林希同知院事，許將為中書侍郎，蔡卞、黃履為尚書左右丞，卞與惇同肆羅織，尚欲舉漢、唐故事，請戮元祐黨人。凶險之至。哲宗詢及許將，將對道：「漢、唐二代，原有此事，但本朝列祖列宗，從未妄戮大臣，所以治道昭彰，遠過漢、唐哩。」許將亦奸黨之一，但尚有良心。哲宗點首道：「朕意原亦如此。」將即趨退。章惇更議遣呂升卿、董必等察訪嶺南，將盡殺流人。哲宗召惇入朝，面諭道：「朕遵祖宗遺志，未嘗殺戮大臣，卿毋為已甚！」惇雖唯唯應命，心中很是不快，暗中致書邢恕，令他設法誣陷。恕在中山，得書後，設席置酒，招高遵裕子士京入飲，酒過數巡，乃私問道：「君知元祐年間，獨不與先公推恩否？」士京答言未知。恕又問道：「我記得君有兄弟，目今尚在否？」士京答稱有兄士充，現已去世。恕又道：「可惜！可惜！」士京驚問何事？恕便道：「今上初立時，王珪為相，他本意欲立徐王，曾遣令兄士充，來問先公。先公叱退士充，珪計不行，所以得立今上。」一派鬼話。士京又答言未知。恕復道：「令兄已歿，只有君可作證，我有事需君，君肯相從，轉眼間可得高官厚祿，但事前切勿告人！」士京莫名其妙，但聞高官厚祿四字，不禁眉飛色舞，當即答稱如命。飲畢，歡謝而別。恕即覆書章惇，謂已安排妥當。惇即召恕入京，三遷至御史中丞。恕遂誣奏司馬光、范祖禹等，曾指斥乘輿，又令王珪為高士京作奏，述先臣遵裕臨死，曾密

第四十六回　寵妾廢妻皇綱倒置　崇邪黜正黨獄迭興

囑諸子，有叱退士充，乃立今上等事。再嗾使給事中葉祖洽，上言冊立陛下時，王珪嘗有異言。三面夾攻，不由哲宗不信，遂追貶王珪為萬安軍司戶，贈遵裕秦國軍節度使。

自是天怒人怨，交迫而至。太原地震，壞廬舍數千戶，太白星晝見數次，火星入輿鬼，太史奏稱賊在君側。哲宗召太史入問，賊主何人？太史答道：「讒慝奸邪，皆足為賊，願陛下親近正人，修德格天！」此語頗為善諫，可惜未表姓名。哲宗乃避殿減膳，下詔修省。何不黜逐奸黨？紹聖五年元日，免朝賀禮。章惇、蔡京恐哲宗另行變計，又想出一條奇謀，蠱惑君心。小人入朝，無非蠱君。看官道是何事？乃是咸陽縣民段義，忽得了一方玉印，鐫有「受命於天，既壽永昌」八字，呈報地方長官。官吏稱是秦璽，遣使齎京，詔令蔡京等驗辨。看官聽著！這璽來歷，明明是蔡京等授意秦吏，現造出來，此時教他考驗，如何說是不真？且附上一篇賀表，稱作天人相應，古寶呈祥。哲宗大喜，命定此璽名稱，號為天授傳國受命寶。擇日御大慶殿受璽，行朝會禮。彷彿兒戲。並召段義入京，賜絹二百匹，授右班殿直，驟然升官發財，未知段義交什麼運？一面頒詔改元，以紹聖五年為元符元年，特赦罪犯，唯元祐黨人不赦，且反逮文彥博子及甫下獄，錮劉摯、梁燾子孫於嶺南，勒停王巖叟諸子官職，當時稱為同文館獄。原來文彥博有八子，皆歷要官，第六子名及甫，嘗入值史館。因與邢恕友善，為劉摯所劾，出調外任。時呂大防、韓忠彥等尚秉國政，及甫遷怨輔臣，曾致書邢恕，有「司馬昭之心，路人皆知，又濟以粉昆，可為寒心」等語。司馬昭隱指大防，粉昆隱指忠彥，忠彥弟嘉彥，曾尚淑壽公主（英宗第三女），俗號駙馬為粉侯，因稱忠彥為粉昆。恕曾將及甫書，示確弟碩，至是恕令確子渭上書，訟摯等陷害父確，陰謀不軌，謀危宗社，引及甫書為證。乃置獄同文館，逮問及甫，令蔡京訊問，佐以諫議大夫安

惇。安惇本迎合章、蔡，因得此位，遂潛告及甫，令誣供劉摯、王巖叟、梁燾等人。及甫如言對簿，詭稱：「乃父在日，嘗稱摯為司馬昭，王巖叟面白，乃稱為粉，梁燾字況之，況字右旁從兄，乃稱為昆。」京、惇因據供上陳，遂言：「摯等大逆不道，死有餘辜，不治無以治天下。」哲宗問道：「元祐諸臣，果如是麼？」京、惇齊聲道：「誠有是心，不過反形未著。」含血噴人。乃詔錮摯、燾子孫，削巖叟諸子官。及甫繫獄數日，竟得釋放，進安惇為御史中丞，蔡京只調任翰林學士承旨。京與卞係是兄弟，卞已任尚書左丞，由曾布密白哲宗，兄弟不應同升，因止轉官階，不得輔政。嗣被京探悉，引為深恨，遂與布有隙，格外諂附章惇。惇怨范祖禹、劉安世尤深，特囑京上章申劾，竟將祖禹再竄化州，安世再竄梅州。嗣惇又擢王豪為轉運判官使，令暗殺安世。豪立即就道，距梅州約三十里，嘔血而死，安世乃得免。祖禹竟病歿貶所。惇又與蔡卞、邢恕定謀，擬將元祐變政，歸罪到宣仁太后身上，竟欲做出滅倫害理的大事來。小子有詩嘆道：

賊臣當國敢無天，信口誣人禍眾賢。
不信奸邪如此惡，且連聖母上彈箋。

欲知章惇等如何畫策，俟至下回敘明。

章惇乃第一國賊，蔡卞等特其爪牙耳。惇不入相，則奸黨何由而進？冤獄何由而興？人謂劉婕妤意圖奪嫡，乃有孟后之廢，吾謂婕妤何能廢后？廢后者非他，賊惇是也。人謂紹述之議，創自楊畏、李清臣，由紹述而罪元祐諸臣，乃有鈎黨之禍，吾謂楊畏、李清臣，何能盡逐元祐諸臣？逐元祐諸臣者非他，賊惇是也。廢后不足，盡黜諸賢，妨賢不足，且欲上誣宣仁，是可忍，孰不可忍乎？嗚呼章惇，陰賊險狠，較莽、操為尤甚，欲窮其罪，蓋幾罄竹難書矣。故讀此回而不髮指者，吾謂其亦無人心。

第四十六回　寵妾廢妻皇綱倒置　崇邪黜正黨獄迭興

第四十七回

拓邊防謀定制勝　竊后位喜極生悲

第四十七回　拓邊防謀定制勝　竊后位喜極生悲

　　卻說章惇、蔡卞等，欲誣宣仁太后，遂與邢恕、郝隨等定謀，只說司馬光、劉摯、梁燾、劉大防等，曾勾通崇慶宮內侍陳衍，密謀廢立。崇慶宮係宣仁太后所居，陳衍為宮中幹役，時已得罪，發配朱崖。尚有內侍張士良，從前亦與衍同職，外調郴州。章惇遣使召還，令蔡京、安惇審問。京、惇高坐堂上，旁置鼎鑊刀鋸，非常嚴厲，方召士良入訊，大聲語道：「你肯說一有字，即還舊職，若諱有為無，國法具在，請你一試！」全是脅迫。士良仰天大哭道：「太皇太后不可誣，天地神祇不可欺，士良情願受刑，不敢妄供！」京等脅逼再三，士良抵死不認。好士良。京與惇無供可錄，只奏衍疏隔兩宮，斥逐隨龍內侍劉瑗等人，翦除人主心腹羽翼，謀為大逆，例應處死！哲宗神志顛倒，居然批准下來，章惇、蔡卞遂擅擬草詔，呈入御覽，議廢宣仁為庶人。哲宗在燈下展覽，正在遲疑未決，忽有內侍宣太后旨，傳帝入見。哲宗即往謁太后，太后道：「我曾日侍崇慶宮，天日在上，哪有廢立的遺言？我刻已就寢，猝聞此事，令我心悸不休。試想宣仁太后，待帝甚厚，尚有不測的變動，他日還有我麼？」言下帶著慘容。哲宗連稱不敢，既而退還御寢，即將惇、卞擬詔，就燈下毀去。郝隨在旁窺見，即往告惇、卞。次日，惇、卞再行具狀，堅請施行，哲宗不待閱畢，已勃然怒道：「汝等不欲朕入英宗廟麼？」撕奏擲地，事乃得寢。既知惇、卞虛誣，奈何尚不加罪？這且慢表。

　　且說哲宗元符元年，夏主秉常病殂，子乾順嗣立，遣使至汴都告哀。哲宗仍冊封乾順為夏王，乾順申謝封冊，並歸永樂俘虜。當時曾給還四寨（見四十五回），令彼此畫界自守，夏人得步進步，屢思侵軼界外，所以畫界問題，始終未定。不過元祐年間，宋廷稱治，夏人尚不敢深擾，至紹聖改元，屢求塞門二寨，願以蘭州邊境為易，廷議不許。紹聖三年，乾順奉母梁氏（秉常母姓梁，乾順母亦姓梁），率眾五十萬，大入鄜延，西自順

寧招安寨，東自黑水、安定，中自塞門、龍安、金明以南，二百里間，烽煙不絕。乾順子母，親督桴鼓，縱騎四掠，前隊攻金明，後隊駐龍安，宋將調集邊兵，掩擊夏人，反為所敗，金明被陷，守兵二千五百人，盡行陷沒，只五人得脫。城中糧五萬石，草十萬束，統被掠去，將官張輿戰死。時呂惠卿調任鄜延經略使，正擬請諸路出兵，往援金明，忽由夏人放還俘卒，頸上置有一書，兩手尚被縛著。當經惠卿左右，替他解縛，並取來書呈上。惠卿當然展閱，但見書中略云：

夏國昨與朝廷議疆場事，唯小有不同，方行理究，不意朝廷改悔，卻於坐團鋪處立界。本國以恭順之故，亦黽勉聽從，亦於境內立數堡以護耕。而鄜延出兵，悉行平蕩，又數數入界殺掠，國人共憤，欲取延州。終以恭順，止取金明一寨，以示兵鋒，終不失臣子之節也。調侃語。

惠卿覽畢，問明還卒，方知夏人已經退去，乃將來書齎送樞密院，院吏匿不上聞。越年，知渭州章惇，獻平夏策，請築城葫蘆河川，扼據形勝，嚴拒夏人。惇與章惇同宗，接得此書，稱為奇計。當即請命哲宗，依議施行。與宰相同宗，自有好處。惇遂檄令熙河、秦鳳、環慶、鄜延四路人馬，繕理他寨數十所，佯示怯弱，自率兵備齊板築，竟出葫蘆河川，造起兩座城牆；一座在石門峽江口，一座在好水河北面。端的是據山為城，因河為池。夏人聞章惇築寨，即來襲擊，被章惇設伏掩殺，驅退夏人。二旬又二日，築城告竣，取名平夏城靈平寨，當下拜表上聞。章惇遂請絕夏人歲賜，命沿邊諸路，擇視要隘，次第築城，共五十餘所。總不免勞民傷財。於是鄜延經略使呂惠卿，乘勢圖功，疏請諸路合兵，出討夏罪。哲宗立即批准，並飭河東、環慶各軍，盡聽惠卿節制。惠卿遣將官王愍，攻奪宥州，嗣復奏築威戎、威羌二城。詔進惠卿銀紫光祿大夫，其餘築城諸將士，爵賞有差。到了元符元年冬季，夏人復寇平夏城，章楶仍用埋伏計，

第四十七回　拓邊防謀定制勝　竊后位喜極生悲

就城外十里間，三覆以待，命偏將折可適帶領前軍，向前誘敵，只准敗，不准勝。夏將嵬名阿理（一譯作威明阿密），素有勇名，仗著一身膂力，超躍而來。折可適率軍攔截，不到數合，便即奔回。嵬名阿理不知是計，急麾軍追趕，後隊的夏監軍，名叫妹勒都逋（一譯作穆爾圖卜），聞先鋒得勝，也鼓勇隨來。章楶在山岡遙望，見夏兵被折可適誘入，已到第二層伏兵境內，當即燃炮為號，一聲爆響，伏兵齊起，把夏兵衝作數段。嵬名阿理尚不知死活，只管舞動大刀，東挑西撥，宋軍奮力兜拿，一時恰不能近身。章楶命弓弩手一齊注射，箭如飛蝗，饒你夏先鋒力大無窮，熬不住數支箭鏃，頓時中矢落馬，被宋軍活捉住了。妹勒都逋也被第三層伏兵圍住，捨命衝突，竟不能脫，只好束手受擒。夏兵大敗，死亡過半。章楶好算能軍。這次戰勝夏人，所有夏國精銳，多半陷沒，夏人為之氣奪。

　　章楶飛書奏捷，哲宗御紫宸殿受賀。章惇請乘勝平夏，令章楶便宜行事。楶乃創設西安州，並添築蕩羌、天都、臨羌、橫嶺諸寨，及通會、寧韋、定戎諸堡，著著進逼。夏主乾順不禁畏懼，復值國母梁氏身亡，越覺乏人主張，遂遣使向遼乞援。遼遣簽書樞密院事蕭德崇至宋，代為議和，詔令郭知章持書復遼，略言：「夏人若果出至誠，悔過謝罪，應當予以自新，再修前好。」於是夏主遣使告哀，上表謝過，朝議許夏通好，令再進誓表，仍給歲賜，西陲少安。

　　未幾，又有吐蕃戰事。自王韶倡復河湟，縶歸木征，因功封樞密副使後（應三十九回），旋與王安石有隙，出知洪州，未幾遂死。韶將死時，生一背疽，終日閉目奄臥，嘗延醫就診，醫請開眼鑑色，韶謂一經開眼，即有許多斬頭截腳等人，立在眼前，所以眼中無病，也不敢開。醫生知為果報，勉強用藥，敷衍數日，疽潰而亡。為好殺者戒，故特補敘。時人聞韶暴死，相戒開邊。唯元祐二年，岷州將种誼復洮州，執吐蕃部族鬼章

等（鬼章一譯作果莊），檻送京師。鬼章本熙河首領，王韶定熙河，嘗請封鬼章為刺史，鬼章總算投誠。會保順軍節度使董氈病卒，養子阿里骨嗣位（阿里骨一譯作額爾古），阿里骨誘使鬼章，入據洮河。至鬼章被擒，哲宗加恩赦宥，遣居秦州，令招子結齦，及部屬自贖。阿里骨頗也知懼，上表謝罪，詔令照常納貢，不再加兵。阿里骨旋死，傳子瞎征（一譯作轄戩），瞎征暴虐，部曲攜貳，大酋沁牟欽氈（一譯作星摩沁占）等，陰蓄異謀，慮瞎征叔父蘇南黨征，雄武過人，不為所制，遂日進讒言，鬨動瞎征加罪叔父。瞎征昏憒異常，竟將叔父殺死，且翦滅餘黨，獨篯羅結（一譯作沁魯克節）投奔溪巴溫（一譯作希卜溫）。溪巴溫係董氈疏族，曾居隴逋部，役屬土人，篯羅結奔至，為溪巴溫設法略地，與他長子杓枒，攻入瞎征屬境，奪據溪哥城。瞎征出兵掩討，攻殺杓枒，篯羅結轉奔河州。洮西安撫使兼知河州王贍，收為臂助，密議攻取青唐，獻策朝廷。章惇正貪功黷武，力言此議可行，於是王贍遂引軍趨邈川。邈川為青唐要口，瞎征雖設兵防守，猝聞王贍軍至，不及預防，嚇得倉皇失措。王贍督兵攻城，並射書招降。守兵知不可支，情願投順，遂開城迎納贍軍。瞎征在青唐聞報，慌忙調兵抵敵，哪知號令不靈，無人聽命，他窮急無法，不得已單身潛出，竟至邈川乞降。贍收納瞎征，露布奏捷，詔命胡宗回統領熙河，節制諸部。王贍以功由己立，不蒙特賞，反來一胡宗回，權出己上，心中很是不平，乃逗兵不進。沁牟欽氈等竟迎溪巴溫入青唐，立木征子隴拶（一譯作隆咱爾）為主，勢焰復熾。宗回督贍進攻，贍尚未肯受命，尋由朝旨催促，贍乃進薄青唐。隴拶及沁牟欽氈，因急切無從固守，勉強出降（為後文伏筆）。贍遂入據青唐城，馳書奏聞，詔改青唐為鄯州，命王贍知州事。邈川為湟州，命王厚知州事。當時中外智士，已料二酋乞降，非出本心，將來必有變動，不但青唐不能久據，就是邈川亦恐不可守。王贍等但

第四十七回　拓邊防謀定制勝　竊后位喜極生悲

顧目前，未遑後計，哪裡防到後文這一著哩？這且待後再詳。

且說哲宗廢去孟后，未免自悔，蹉跎三年，未聞繼立中宮。劉賢妃日夕覬望，格外獻媚，終不得冊立消息，再囑內侍郝隨、劉友端，並首相章惇，內外請求，亦不見允，累得這位劉美人，徬徨憂慮，悵斷秋波，就中只有一線希望，乃是後宮嬪御，未育一男，哲宗年早逾冠，尚乏儲嗣，若得誕生麟兒，這中宮虛懸的位置，不屬劉妃，將屬何人？天下事無巧不成話，那劉妃果然懷妊，東禱西祀，期得一子，至十月滿足，臨盆分娩，竟產下一位郎君，這番喜事，非同小可，劉妃原是心歡，哲宗亦甚快慰。於是宮廷章奏，一日數上，迭請立劉妃為后。哲宗乃命禮官備儀，冊立劉氏為皇后，右正言鄒浩，抗疏諫阻道：

立后以配天子，安得不審？今為天下擇母，而所立乃賢妃，一時公議，莫不疑惑，誠以國家自有仁宗故事，不可不遵用之爾。蓋郭后與尚美人爭寵，仁宗既廢后，並斥美人，所以示公也。及立后則不選於妃嬪，而卜於貴族，所以遠嫌，所以為天下後世法也。陛下之廢孟氏，與郭后無以異，果與賢妃爭寵而致罪乎？抑亦不然也？二者必居一於此矣。孟氏垂廢之初，天下孰不疑立賢妃為后，及請詔書，有「別選賢族」之語，又聞陛下臨朝慨嘆，以為國家不幸。至於宗景立妾，怒而罪之，於是天下始釋然不疑，今竟立之，豈不上累聖德？臣觀白麻所言，不過稱其有子，及引永平、祥符事以為證，臣請論其所以然：若曰有子可以為后，則永平貴人，未嘗有子也，所以立者，以德冠後宮故也。祥符德妃，亦未嘗有子，所以立者，以鍾英甲族故也。又況貴人實馬援之女，德妃無廢后之嫌，迥與今日事體不同，頃年冬，妃從享景靈宮，是日雷變甚異，今宣制之後，霖雨飛電，自奏告天地宗廟以來，陰霾不止。上天之意，豈不昭然？考之人事既如彼，求之天意又如此，望不以一時致命為難，而以萬世公議為可畏。追停冊禮，如初詔行之。

哲宗覽奏至此，即召鄒浩入問道：「這也是祖宗故事，並非朕所獨創哩。」浩對道：「祖宗大德，可法甚多，陛下未嘗遵行，乃獨取及小疵，恐後世難免遺議呢。」哲宗聞言變色，至鄒浩退朝，再閱浩疏，躊躇數四，若有所思，因將原疏發交中書，飭令複議。看官！試想廢后立后，多半是章惇構成，此次幸已成功，偏來了一個鄒浩，還想從旁撓阻，哪得不令惇忿恨？當下極端痛詆，力斥鄒浩狂妄，請加嚴懲！哲宗本是個沒主意的傀儡，看到疏，又覺鄒浩多言，確是有罪，遂將他削職除名，羈管新州。尚書右丞黃履入諫道：「浩感陛下知遇，犯顏納忠，陛下反欲置諸死地，此後盈廷臣子，將視為大戒，怎敢與陛下再論得失呢？願陛下改賜善地，毋負孤忠！」強盜也發善心麼？哲宗不從，反出履知亳州。

先是陽翟人田畫，為前樞密使田況從子，議論慷慨，與鄒浩友善，互相砥礪。元符中，畫入監京城門，往語浩道：「君為何官？此時尚作寒蟬仗馬麼？」浩答道：「待得當進言，勉報君友。」至劉后將立，畫語僚輩道：「志完再若不言，我當與他絕交了。」及浩以力諫得罪，畫已病歸許邸，聞浩出京，力疾往迎。浩對他流涕，畫正色道：「志完太沒氣節了。假使你隱默不言，苟全祿位，一旦遇著寒疾，五日不出汗，便當死去，豈必嶺海外能死人麼？古人有言：『烈士徇名，』君勿自悔前事，恐完名全節的事情，尚不止此哩。」浩乃爽然謝教。浩有母張氏，當浩除諫官時，曾面囑道：「諫官責在規君，你果能竭忠報國，無愧公論，我亦喜慰，你不必別生顧慮呢。」宗正寺簿王回，聞浩母言，很是感嘆。及浩南遷，人莫敢顧，回獨集友醵資，替浩治裝，往來經理，且慰安浩母。邏卒以聞，被逮繫獄。回從容對簿，御史問回曾否通謀？回慨然道：「回實與聞，怎敢相欺！」遂誦浩所上章疏，先後約二千言，獄上除名。回即徒步出都，坦然自去。浩有賢母，並有賢友，亦足自慰。

第四十七回　拓邊防謀定制勝　竊后位喜極生悲

　　哲宗因冊后詔下，擇日御文德殿，親授劉后冊寶。禮成，宮廷慶賀，歡宴數日。蛾眉不肯讓人，狐媚竟能惑主，數年怨忿，一旦銷除，正是吐氣揚眉，說不盡的快活。哪知福兮禍伏，樂極悲生，劉后生子名茂，才經二月有餘，忽生了一種奇疾，終日啼哭，飲食不進，太醫都不能療治，竟爾夭逝。劉后悲不自勝，徒喚奈何。人力尚可強為，天命如何挽救？偏偏福無雙至，禍不單行，皇子茂殤逝後，哲宗也生起病來，好容易延過元符二年，到了三年元日，臥床不起，免朝賀禮。御醫等日夕診視，參苓雜進，龜鹿齊投，用遍延齡妙藥，終不能挽回壽數。正月八日，哲宗駕崩，享年只二十有五。總計哲宗在位，改元二次，閱一十五年。小子有詩嘆道：

　　治亂都緣主德分，不孫不子不成君。
　　宮闈更乏刑於化，宋室從茲益泯棼。

　　哲宗已崩，尚無儲貳，不得不請出向太后，定議立君。究竟何人嗣位，待至下回說明。

　　夏主乾順，沖年嗣立，即奉母梁氏，率兵五十萬寇邊，其藐宋也實甚。縱還俘卒，貽書惠卿，語多調侃，彼心目中豈尚有上國耶？章惇定計築寨，連破夏眾，擒悍寇，弱夏卒，雖不免勞師費財，而夏人奪氣，悔罪投誠，西陲得無事者數年，惇之功固有足多者。若夫王贍之議取青唐，情形與西夏不同，夏敢寇邊，其曲在夏，青唐雖自相殘害，於宋無關得失，貿貿然興兵出塞，據邈川，入青唐，僥倖取勝，曾亦思取之甚易，守之實難乎？然則章惇、王贍同一用兵，而功過之辨，固自判然，正不待下文之得而復失，始知其未克有成也。劉妃專寵，竟得冊立，鄒浩力諫不從，為劉氏計，樂何如之？然子茂遽夭，哲宗旋逝，天下事以陰謀竊取，僥倖成

功者，終未能長享幸福，人亦何不援以自鑑耶？吉凶禍福，憑之於理，世有循理而乏善報者，未有蔑理而成善果者也。

第四十七回　拓邊防謀定制勝　竊后位喜極生悲

第四十八回
承兄祚初政清明　信閹言再用奸慝

第四十八回　承兄祚初政清明　信閹言再用奸慝

卻說哲宗駕崩，向太后召入輔臣，商議嗣君。因泣對群臣道：「國家不幸，大行皇帝無嗣，亟應擇賢繼立，慰安中外。」章惇抗聲道：「依禮律論，當立母弟簡王似。」向太后道：「老身無子，諸王皆神宗庶子，不能這般分別。」惇復道：「若欲立長，應屬申王佖。」太后道：「申王有目疾，不便為君，還是端王佶罷。」惇又大言道：「端王輕佻，不可君天下。」輕佻二字，恰是徽宗定評，不得以語出章惇，謂為誣妄。曾布在旁叱惇道：「章惇未嘗與臣等商議，如皇太后聖諭，臣很贊同。」蔡卞、許將亦齊聲道：「合依聖旨。」太后道：「先帝嘗謂端王有福壽，且頗仁孝，若立為嗣主，諒無他虞。」哲宗原是不哲，向太后亦失人了。章惇勢處孤立，料難爭執，只好緘口不言。乃由太后宣旨，召端王佶入宮，即位柩前，是為徽宗皇帝。曾布等請太后權同處分軍國重事，太后謂嗣君年長，不必垂簾。徽宗泣懇太后訓政，移時乃許。

徽宗係神宗第十一子，係陳美人所生，神宗崩，陳氏嘗守陵殿，哀毀致亡。徽宗既立，追尊為皇太妃，並尊先帝后劉氏為元符皇后，授皇兄申王佖為太傅，進封陳王，皇弟莘王俁為衛王，簡王似為蔡王，睦王偲為定王，特進章惇為申國公，召韓忠彥為門下侍郎，黃履為尚書左丞，立夫人王氏為皇后，后係德州刺史王藻女，元符二年歸端邸，曾封順國夫人。於是徽宗御紫宸殿，受百官朝覲。韓忠彥首陳四事：一、宜廣仁恩，二、宜開言路，三、宜去疑似，四、宜戒用兵。太后覽疏，很是嘉許。適值吐蕃復叛，青唐、邈川相繼失守，太后感忠彥言，不願窮兵，遂決計棄地，貶黜邊臣。

原來王瞻留守青唐，縱兵四掠，羌眾都有怨言。沁牟欽氈糾眾謀叛，被瞻擊破，盡戮城中諸羌，積屍如山。籛羅結因此生貳，詭言歸撫本部，瞻信以為真，聽他自去，他遂招集千餘人，圍攻邈川，一面向夏乞援。夏

人即發兵助攻，邈川危甚，青唐亦受影響。瞻恐被叛羌隔斷，遽棄了青唐，率兵東歸。王厚亦守不住邈川，飛章告警。那朝旨接連頒下，先謫王瞻至昌化軍，繼謫王厚至賀州，連胡宗回亦奪職知蘄州，仍將鄯州（即青唐）給還木征子隴拶，授河西軍節度使，賜姓名曰趙懷德。隴拶弟賜名懷義，為廓州團練使，同知湟州。即邈川。加瞎征校尉太傅，兼懷遠軍節度使。王瞻以前功盡棄，且遭貶竄，免不得悔憤交迫，悃悃然行到穰縣，自覺程途辛苦，越想越惱，竟投繯自盡了。死由自取，夫復誰尤？

未幾，已是暮春時候，司天監步算天文，謂四月朔當日食，詔求直言。筠州推官崔鶠上書言事，略云：

比聞國家以日食之異，詢求直言，伏讀詔書，至所謂「言之失中，朕不加罪。」蓋陛下披至情，廓聖度，以求天下之言如此，而私祕所聞，不敢一吐，是臣子負陛下也。方今政令煩苛，民不堪擾，風俗險薄，法不能勝，未暇一一陳之，而特以判左右之忠邪為本。臣生於草萊，不識朝廷之士，但聞左右有指元祐諸臣為奸黨者，必邪人也，使漢之黨錮，唐之牛、李之禍，將復見於今日，可駭也。夫譭譽者朝廷之公議，故責授朱崖軍司戶司馬光，左右以為奸，而天下皆曰忠；今宰相章惇，左右以為忠，而天下皆曰奸。此何理也？夫乘時抵巇以盜富貴，探微揣端以固權寵，謂之奸可也。苞苴滿門，私謁踵路，陰交不軌，密結禁廷，謂之奸可也。以奇技淫巧蕩上心，以倡優女色敗君德，獨操刑賞，自報恩怨，謂之奸可也。蔽遮主聽，排斥正人，微言者坐以刺譏，直諫者陷以指斥，以杜天下之言，掩滔天之罪，謂之奸可也。凡此數者，光有之乎？惇有之乎？夫以佞為忠，必以忠為佞，於是乎有謬賞亂罰，賞謬罰濫，佞人徜徉，如此而國不亂，未之有也。光忠信直諒，聞於華夷，雖古名臣未能過，而謂之奸，是欺天下也。至如惇狙詐凶險，天下士大夫呼曰惇賊，貴極宰相，人所具瞻，以

第四十八回　承兄祚初政清明　信閹言再用奸慝

名呼之，又指為賊，豈非以其孤負主恩，玩竊國柄，忠臣痛憤，義士不服，故賊而名之耶？京師語曰：「大惇小惇，殃及子孫，」謂惇與御史中丞安惇也。小人譬之蝮蠍，其凶忍害人，根乎天性，隨遇必發，天下無事，不過賊陷忠良，破碎善類，至緩急危疑之際，必有反覆賣國，跋扈不臣之心。比年以來，諫官不論得失，御史不劾奸邪，門下不駁詔令，共持暗默以為得計。昔李林甫竊相位，十有九年，海內怨痛，而人主不知，頃鄒浩以言事得罪，大臣拱手觀之，同列無一語者，又從而擠之。夫以股肱耳目，治亂安危所繫，而一切若此，陛下雖有堯舜之聰明，將誰使言之？誰使行之？夫日陽也，食之者陰也，四月正陽之月，陽極盛，陰極衰之時，而陰乾陽，故其變為大。唯陛下畏天威，聽民命，大運乾綱，大明邪正，毋違經義，毋鬱民心，則天意解矣。若夫伐鼓用幣，素服徹樂，而無修德善政之實，非所以應天也。臣越俎進言，罔知忌諱，陛下憐其愚誠而俯採之，則幸甚！

徽宗覽畢，顧左右道：「鷗一微官，乃能直言無隱，倒也不可多得呢。」（備錄鷗疏，亦見此意。）遂下詔嘉獎，擢鷗為相州教授，復進龔夬為殿中侍御史，召陳瓘、鄒浩為左右正言。安惇入奏道：「鄒浩復用，如何對得住先帝？」徽宗勃然道：「立后大事，中丞不言，獨浩敢言，為什麼不可復用呢？」初志卻是清明。惇失色而退。陳瓘遂劾惇誑惑主聽，妄騁私見，若明示好惡，當自惇始，乃出安惇知潭州。復哲宗廢后孟氏為元祐皇后，自瑤華宮還居禁中。升任韓忠彥為尚書右僕射，兼中書侍郎，李清臣為門下侍郎，蔣之奇同知樞密院事。

忠彥請召還元祐諸臣，詔遣中使至永州，賜范純仁茶藥，傳問目疾，並令徙居鄧州。純仁自永州北行，途次復接詔命，授觀文殿大學士。制詞中有四語云：「豈唯尊德尚齒，昭示寵優，庶幾鯁論嘉謀，日聞忠告。」純

仁泣謝道：「上果欲用我呢，死有餘責。」至純仁已到鄧州，又有詔促使入朝。純仁乞歸養疾，乃詔范純禮為尚書右丞。蘇軾亦自昌化軍移徙廉州，再徙永州，更經三赦，復提舉玉局觀，徙居常州。未幾，軾即病歿。軾為文如行雲流水，雖嬉笑怒罵，盡成文章，當時號為奇才。唯始終為小人所忌，不得久居朝列，士林中嘗嘆息不置。徽宗又詔許劉摯、梁燾歸葬，錄用子孫，並追復文彥博、司馬光、呂公著、呂大防、劉摯、王珪等三十三人官階。用臺諫等言，貶蔡卞為祕書少監，分司池州，安置邢恕於舒州。向太后見徽宗初政，任賢黜邪，內外無事，遂決意還政，令徽宗自行主持，乃於七月中撤簾。總計訓政期間，不過六月，好算一不貪權勢、甘心恬退的賢后了。應加褒美。

宋室成制，每遇皇帝駕崩，必任首相為山陵使，章惇例得此差，八月間哲宗葬永泰陵，靈轜陷泥淖中，越宿乃行。臺諫豐稷、陳次升、龔夬、陳瓘等，劾惇不恭，乃罷知越州。惇既出都，陳瓘申劾：「惇陷害忠良，備極慘毒，中書舍人蹇序辰，及出知潭州安惇，甘作鷹犬，肆行搏噬，應並正典刑。」詔除蹇序辰、安惇名，放歸田里，貶章惇為武昌節度副使，安置潭州。蔡京亦被劾奪職，黜居杭州。林希也連坐削官，徙知揚州。韓忠彥調任首相，命曾布繼忠彥任，布初附章惇，繼與惇異趣，力排紹聖時人，因此得為宰輔。時議以元祐、紹聖，均有所失，須折衷至正，消釋朋黨，乃擬定年號為建中，復因建中為唐德宗年號，不應重襲，特於建中二字下，添入靖國二字；遂頒詔改元，以次年為建中靖國元年。到了正月朔日，徽宗臨朝受賀，百官蹌蹌濟濟，齊立朝班，正在行禮的時候，忽有一道赤氣，照入殿廡，自東北延至西南，彷彿與電光相似，赤色中復帶著一股白光，繚繞不已，大家統是驚訝。至禮畢退朝，各仰望天空，赤白氣已是將散，只旁有黑祲，還是未退，於是群相推測，議論紛紛。獨右正言任

第四十八回　承兄祚初政清明　信閹言再用奸慝

伯雨，謂年當改元，時方孟春，乃有赤白氣起自空中，旁列黑祲，恐非吉兆。遂黃夜繕疏，極陳陰陽消息的理由，大旨謂：「日為陽，夜為陰，東南為陽，西北為陰，赤為陽，黑與白為陰，朝廷為陽，宮禁為陰，中國為陽，夷狄為陰，君子為陽，小人為陰，今天象告變，恐有宮禁陰謀，以下犯上；且赤散為白，白色主兵，或不免夷狄竊發等事。望陛下進忠良，黜邪佞，正名分，擊奸惡，務使上下同心，中外一體，庶幾感格天心，災異可變為休祥了。」暗為後文寫照。次日拜本進去，沒有什麼批答出來。那宮禁中卻很是忙碌，探問內侍，係是向太后遇疾，已近彌留，伯雨乃不復申奏。過了數日，向太后竟爾歸天，壽五十有六。太后素抑置母族，所有子弟，不使入選，徽宗追懷母澤，推恩兩舅，一名宗良，一名宗回，均加位開府儀同三司，晉封郡王，連太后父向敏中以上三世，亦追授王爵，這也是非常恩數呢。太后既崩，尊諡欽聖憲肅，葬永裕陵，復追尊生母陳太妃為皇太后，亦上尊諡曰欽慈。唯哲宗生母尚存，徽宗奉事唯謹，再越一年方卒，諡曰欽成皇后，與陳太后同至永裕陵陪葬，這卻不必敘煩。

且說向太后升遐時，范純仁亦病歿家中，由諸子呈入遺表，尚是純仁親口屬草，勸徽宗清心寡慾，約己便民，杜朋黨，察邪正，毋輕議邊事，毋好逐言官，並辨明宣仁誣謗，共計八事。徽宗覽表嘆息，詔賻白金三十兩，贈開府儀同三司，賜諡忠宣。范仲淹四子中，純仁德望素著，卒年七十五（褒美賢臣，備詳生卒）。先是徽宗召見輔臣，嘗問純仁安否，以不得進用為憾。至純仁已逝，任伯雨追論純仁被黜，禍由章惇，應亟寘重典，內有最緊要數語云：

章惇久竊朝柄，迷國罔上，毒流搢紳，乘先帝變故倉卒，輒逞異志，向使其計得行，將置陛下與皇太后於何地？若貸而不誅，則天下大義不明，大法不立矣。臣聞北使言，去年遼主方食，聞中國黜惇，放箸而起，

稱善者再。謂南朝錯用此人,北使又問何為只若是行遣?以此觀之,不獨孟子所謂國人皆曰可殺,雖蠻貊之邦,莫不以為可殺也。

　　這疏上去,總道徽宗即加罪章惇,不意靜待數日,尚不見報。伯雨接連申奏,章至八上,仍無消息,徽宗已易初志。乃與陳瓘、陳次升等商議,令他聯銜具奏,申論惇罪。兩陳即具疏再進,乃貶惇為雷州司戶參軍。從前蘇轍謫徙雷州,不許占居官舍,沒奈何賃居民屋,惇又誣他強奪民居,下州究治,幸賃券所載甚明,無從鍛鍊,因得免議。至惇謫雷州,也欲向民僦居,州民無一應允。惇詰問原因,州民道:「前蘇公來此,為章丞相故,幾破我家,所以不敢再允。」惇慚沮而退。自作自受,便叫做現世報。方惇入相時,妻張氏病危,語惇道:「君作相,幸勿報怨。」七字可作座右銘。有善必錄,是書中本旨)。惇不能從。及張氏已歿,惇屢加悲悼,且語陳瓘道:「悼亡不堪,奈何?」瓘答道:「徒悲無益,聞尊夫人留有遺言,如何不念?」惇不能答,至是已追悔無及。旋改徙睦州,病發即死。

　　曾布本主張紹述,不過與惇有嫌,坐視貶死,噤不一言。既得專政,當然故態復萌,仍以紹述為是。任伯雨司諫半年,連上一百零八篇奏疏,布恨他多言,調伯雨權給事中,並遣人密勸伯雨,少從緘默,當令久任。伯雨不聽,抗論益力,且欲上疏劾布。布預得消息,即徙伯雨為度支員外郎。尚書右丞范純禮,沈毅剛直,為布所憚,乃潛語駙馬都尉王詵道:「上意欲用君為承旨,范右丞從旁諫阻,因此罷議。」詵遂啣恨胸中。會遼使來聘,詵為館待員,純禮主宴,及遼使已去,詵遂藉端進讒,誣純禮屢斥御名,見笑遼使,失人臣禮。徽宗也不問真假,竟出純禮知潁昌府。嗣又罷左司諫江公望,及權給事中陳瓘,連李清臣也為布所嫌,罷門下侍郎,朝政復變,紹述風行,又引出一位大奸巨蠹,入紊皇綱,看官道是何人?

第四十八回　承兄祚初政清明　信閹言再用奸慝

就是前翰林學士承旨蔡京。京被徙至杭州，正苦無事，日望朝廷復用，適來了一個供奉官，姓童名貫，為杭州金明局主管，奉詔南下。京遂與他結納，聯為密友，朝征暮逐，狼狽相依。徽宗性好書畫，及玩巧諸物，貫承密旨採辦，京能書工繪，遂刻意加工，畫就屏障扇帶，託貫進呈，並代購名人書畫，加入題跋，或竟冒己名。一面賄貫若干財帛，乞他代為周旋。貫遂密表揄揚，謂京實具大才，不應放置閒地。至返都後，復聯絡太常博士范致虛，及左階道錄徐知常，代京說項。知常嘗挾符水術，出入元符皇后宮中，因得謁侍徽宗，屢言京有相才。貫又替京遍賂宦官宮妾，大家得些好處，自然交口譽京，不由徽宗不信，乃起京知定州，改任大名府。繼而曾布與韓忠彥有嫌，至欲引京自助，乃薦京仍為翰林學士承旨。京入都就職，私望很奢，意欲將韓、曾二相一律排斥，自己方好專政。會鄧綰子洵武入為起居郎，與京有父執誼，因串同一氣，日夕往來。可巧徽宗召對，洵武遂乘間進言道：「陛下乃神宗子，今相忠彥，乃韓琦子，神宗變法利民，琦嘗以為非，今忠彥改神宗法度，是忠彥做了人臣，尚能紹述父志，陛下身為天子，反不能紹述先帝麼？」牽強已極。徽宗不覺動容。洵武復接口道：「陛下誠繼志述事，非用蔡京不可。」徽宗道：「朕知道了。」洵武趨退後，復作一愛莫能助之圖以獻。圖中分左右兩表，左表列元豐舊臣，蔡京為首，下列不過五、六人。右表列元祐舊臣，如滿朝輔相公卿百執事，盡行載入，差不多有五、六十人。徽宗以元祐黨多，元豐黨少，遂疑及元祐諸臣，朋比為奸，竟欲出自特知，舉蔡京為宰輔了。正是：

宿霧漸消天欲霽，層陰復冱日重霾。

徽宗欲重用蔡京，當然有一番黜陟，待至下回表明。

牝雞司晨，唯家之索，而宋獨反是。有宣仁太后臨朝，而始得哲宗之

初政。有欽聖太后臨朝,而始得徽宗之初政。是他史以母后臨朝為憂,而《宋史》獨以母后不久臨朝為憾,是亦一奇事也。徽宗親政,雖黜逐首惡,而曾布尚存,惡未盡去。且欲調和元祐、紹聖諸臣,以致賢奸雜進,曾亦思薰蕕異器,涇渭殊流,天下無賢奸並立之理,賢者或能容奸,而奸人斷不能容賢乎?蔡京結納童貫,賄託宮廷,內外俱為揄揚,尚不過遷調北鎮,至布嫉忠彥,欲引京自助,乃入為翰林學士承旨,人謂進蔡京者童貫,吾謂進蔡京者實曾布也。導狼入室,必為狼噬,布亦可以已乎!

第四十八回　承兄祚初政清明　信閹言再用奸慝

第四十九回
端禮門立碑誣正士　河湟路遣將復西蕃

第四十九回　端禮門立碑誣正士　河湟路遣將復西蕃

卻說徽宗既信鄧洵武言，欲重用蔡京，且因京入都陳言，力請紹述，遂再詔改元，定為崇寧二字，隱示尊崇熙寧的意思。擢洵武為中書舍人給事中，兼職侍講，復蔡卞、邢恕、呂嘉問、安惇、蹇序辰官，罷禮部尚書豐稷，出知蘇州，再罷尚書左僕射韓忠彥，出知大名府，追貶司馬光、文彥博等四十四人官階，籍元祐、元符黨人，不得再與差遣。又詔司馬光等子弟，毋得官京師。進許將為門下侍郎，許益為中書侍郎，蔡京為尚書左丞，趙挺之為尚書右丞。自韓忠彥去位，唯曾布當國，力主紹述，因此熙豐邪黨，陸續進用。蔡京亦由布引入，但京本與布有隙，反日夜圖布，陰作以牛易羊的思想，布亦稍稍覺著，怎奈京已深得主眷，一時無從攆逐，只好虛與委蛇。京得任尚書左丞，居然在輔政地位，所有一切政事，布欲如何，京必反抗，所以常有齟齬。會布擬進陳佑甫為戶部侍郎，佑甫係布婿父，與布為兒女親家，京遂乘隙入奏道：「爵祿乃是公器，奈何使宰相私給親家？」語甚中聽。布忿然道：「京與卞係是兄弟，如何亦得同朝？佑甫雖係布親家，但才足勝任，何妨薦舉。」京冷笑道：「恐未必有才呢。」布益怒道：「京以小人心，度君子腹，怎見得佑甫無才呢？」同一小人，何分彼此？說至此，聲色俱厲。溫益從旁叱布道：「布在上前，怎得無禮？」布尚欲還叱溫益，但見徽宗已面帶慍色，拂袖退朝，乃悻悻趨出。殿中侍御史錢俶，即於次日呈入彈文，略言：「曾布援元祐奸黨，擠紹聖忠賢。」當有詔罷布為觀文殿大學士，出知潤州。布初由王安石薦引，阿附安石，脅制廷臣，至哲宗親政，始助章惇，繼排章惇；徽宗嗣立，章惇被逐，布為右揆，欲並行元祐、紹聖諸政，乃逐蔡京。嗣與韓忠彥有隙，又引京自助，至是終為京所排，落職出外。時人謂楊三變後，無過曾布。看官道楊三變為何人？就是前文所敘的楊畏。畏在元豐間，附安石等，元祐間，附呂大防等，紹聖間，附章惇等，后被諫官孫諤所劾，號他為楊三變，出

知虢州（插入楊畏，補上文所未逮）。布始終奸邪，機變益多，且曾居宰輔，比楊三變尤為厲害，《宋史》編入奸臣傳，與二惇、二蔡並列，也算是名不虛傳呢。力斥奸邪。

布既被斥，蔡京當然入相，即受命為尚書左僕射，兼中書侍郎。京入謝，徽宗賜坐延和殿，並面諭道：「神宗創法立制，先帝繼志述事，中遇兩變，國是未定，朕欲上述父兄遺志，卿將何以教朕？」教你亡國何如？京避座頓首道：「敢不盡死。」京既得志，遂禁用元祐法，復紹聖役法，仿熙寧條例司故事，就在都省置講議司，自為提舉講議，引用私黨吳居厚、王漢之等十餘人為僚屬，調趙挺之為尚書左丞，張商英為尚書右丞，凡一切端人正士，及與京異志，概目為元祐黨人，盡行貶斥。就是元符末年疏駁紹述等人，亦均稱為奸黨，一律鐫名刻石，立碑端禮門，這碑叫做「黨人碑」，內列一百二十人，乃是蔡京請徽宗御書，照刊石上。姓名列下：

司馬光　文彥博　呂公著　呂公亮　呂大防　劉摯　范純仁　韓忠彥　王珪　梁燾　王巖叟　王存　鄭雍　傅堯俞　趙瞻　韓維　孫固　范百祿　胡宗愈　李清臣　蘇轍　劉奉世　范純禮　安燾　陸佃（上列為曾任宰執以下等官）

蘇軾　范祖禹　王欽臣　姚勔　顧臨　趙君錫　馬默　王蚡　孔文仲　孔武仲　朱光庭　孫覺　吳安持　錢勰　李之純　趙彥若　趙卨　孫升　李用　劉安世　韓川　呂希純　曾肇　王覿　范純粹　王畏　呂陶　王古　陳次升　豐稷　謝文瓘　鮮于侁　賈易　鄒浩　張舜民（上列為待制以上等官）

程頤　謝良佐　呂希哲　呂希績　晁補之　黃庭堅　畢仲遊　常安民　孔平仲　司馬康　吳詩安　張來　歐陽棐　陳瓘　鄭俠　秦觀　徐常　湯

第四十九回　端禮門立碑誣正士　河湟路遣將復西蕃

箴　杜純　宋保國　劉唐老　黃隱　王鞏　張保源　汪衍　余爽　常立　唐義問　余卞　李格非　商倚　張庭堅　李祉　陳祐　任伯雨　朱光裔　陳郛　蘇嘉　龔夬　歐陽中立　吳儔　呂仲甫　劉當時　馬琮　陳彥　劉昱　魯君貺　韓跂（上列為雜官）

張士良　魯燾　趙約　譚裔　王偁　陳詢　張琳　裘彥臣（上列為內官）

王獻可　張巽　李備胡（上列為武官）

還有元符末，日食求言，當時應詔上書，不下數百本，由蔡京及私黨檢閱，定為正上、正中、正下三等，邪上、邪中、邪下三等。於是鍾世美以下四十一人為正等，盡加旌擢，范柔中以下五百餘人為邪等，降責有差，且降責人不得同州居住。比章惇執政時，還要厲害。從此小人道長，君子道消。昌州判官馮澥，窺伺朝旨，竟越俎上書，謂元祐皇后，不當復位，這一書正中蔡京心懷，他本由童貫賄賂宮中，密結劉后心腹，互為稱揚，因得進用，孟后復位，劉后很是不快，內侍郝隨等更滋疑懼，此次乘蔡京執政，重複哲宗舊規，遂暗託京再廢孟后。京以事關重大，一時也不便發言，只好待機而動，湊巧馮澥呈上此議，即面請徽宗，乞交輔臣臺官復奏。看官！試想這時候的輔臣臺官，多半是蔡京爪牙，哪個不順從京意？當下由御史中丞錢遹，殿中侍御史石豫、左膚等奏稱：「韓忠彥等，復瑤華廢后，掠流俗虛美，物議本已沸騰，今至疏遠小臣，亦效忠上書，天下公議，可想而知，望詢考大臣，斷以大義，勿為俗議所牽，致累聖朝」等語。說不出孟后壞處，乃反謂有累聖朝，試問為何事致累耶？蔡京遂邀集許將、溫益、趙挺之、張商英數人，聯銜上疏，大旨如錢遹等言。徽宗本不欲再廢孟后，因被蔡京等脅迫，沒奈何依議施行，撤銷元祐皇后名號，再遣孟氏出居瑤華宮，且降韓忠彥、曾布官，追貶李清臣為雷州司

戶參軍，黃履為祁州團練副使，安置翰林學士曾肇，御史中丞豐稷，諫官陳瓘、龔夬等十七人於遠州，因他同議復后，所以連坐，擢馮澥為鴻臚寺主簿。

劉皇后私恨鄒浩，復囑郝隨密語蔡京，令罪鄒浩。浩自徽宗初召還，詔令入對，徽宗問諫立后事，獎嘆再三，嗣復詢諫草何在？浩答言：「已經焚去。」及浩退朝，轉告陳瓘。瓘驚語道：「君奈何答稱焚去，倘他時查問有司，奸人從中舞弊，偽造一緘，那時無從辨冤，恐君反因此得禍了。」瓘有先見之明。浩至此亦自悔失言，但已不及挽回，只好聽天由命。蔡京受劉后密囑，即令私黨捏造浩疏，內有「劉后奪卓氏子，殺母取兒，人可欺，天不可欺」等語，因入呈徽宗，斥他誣衊劉后，並及先帝。徽宗即視作真本，暴鄒浩罪，立竄昭州。追冊劉后子茂為太子，予諡獻愍，並尊元符皇后劉氏為皇太后，奉居崇恩宮。

蔡京弟卞，以資政殿學士，擢知樞密院事。二蔡同握大權，黜陟予奪，任所欲為，復追論任伯雨等罪狀，安置伯雨於昌化軍，陳瓘徙連州，龔夬徙化州，陳次升徙循州，陳師錫徙郴州，陳瓘徙澧州，李深徙復州，江公望徙安南軍，常安民徙溫州，張舜民徙商州，馬涓徙吉州，豐稷徙臺州，張庭堅亦編管象州，趙挺之升中書侍郎，張商英、吳居厚為尚書左右丞，安惇復入副樞密院。既而商英與京議不合，為京所嫉，罷知亳州，排入元祐黨籍。商英得入元祐黨，恐英以為辱，我以為榮。京又自書黨人姓名，分布郡縣。統令刻石。有長安石工安民，充刻字役，辭不承差。府官問他情由。安民道：「小民甚愚，本識立碑的命意，但如司馬相公，海內統稱為正直，今乃指為首奸，令小民無從索解，所以不忍鐫刻呢。」是乃所謂天下公議。府官怒叱道：「你曉得什麼？朝廷有命，我等且不敢違，你既為石工，應該充役，難道敢違反朝廷麼？」說至此，即旁顧皂役，命

第四十九回　端禮門立碑誣正士　河湟路遣將復西蕃

取大杖過來。安民泣稟道：「被役不敢辭，但小民的姓名，乞免鐫石末。」府官又叱道：「你的姓名，有什麼用處？哪個要你鐫入？」安民乃勉強遵刻，工竣，痛哭而去。天下之良工也。

京乃更鹽鈔法，鑄當十大錢，令天下坑冶金銀，悉輸內藏，創置京都大軍器所，聚斂以示富，耀兵以誇武，遂又薦王厚、高永年為邊帥，謀復湟、鄯、廓三州。自隴拶兄弟，沐賜姓名，分轄青唐、邈川等地，尚稱恭順（應前回），唯溪巴溫子溪賒羅撒（一譯作希卜薩羅桑），席權怙勢，誘結羌眾，脅逼隴拶。隴拶奔避河南。瞎征也不自安，表求內徙，有詔令入居鄧州。羌人多羅巴（一譯作都爾本），遂擁溪賒羅撒為主，號令諸部，蟠踞西番。蔡京正欲假功張威，即上言：「王厚本有將才，前因韓忠彥等甘棄湟州，冤誣王厚，因致落職，今宜還他原秩，令復故地。還有河東蕃官高永年，足為副將，請一併錄用，定卜成功。」徽宗准奏，當命王厚安撫洮西，合兵十萬，指日西征。京又保舉內客省使童貫，說他嘗使陝右，熟悉五路事宜，及諸將能否，乞仿前朝用李憲故事，飭令監軍。徽宗亦即照允，詔令童貫出監洮西軍務。貫拜命就道，耀武揚威的到了湟州。王厚、高永年已調集邊兵，待童貫出發，貫與王厚等會晤，遂定期出師。適禁中太乙宮失火，徽宗恐天象告警，不應用兵，即下手札止貫，飛驛遞去。貫接閱後，遽納靴中，王厚在旁問故。貫微笑道：「沒甚要事，不過促使成功呢。」此即宦官擅權之漸。厚乃率軍西行，途次聞多羅巴大集眾羌，據險固守，遂與高永年定議，佯命駐兵中途，自偕永年帶著輕騎，從間道馳入。適遇多羅巴三子，各踞要害，被王厚、高永年兩路殺進，猝不及防，三子中死了二人，唯少子阿蒙，帶箭而逃，還虧多羅巴來援，隨與俱遁。厚遂進拔湟州，馳報捷音。

徽宗大喜，進蔡京官三等，蔡卞以下二等恩賞，追論前時棄湟州罪，

貶韓忠彥為磁州團練副使，安燾為祁州團練副使，曾布為賀州別駕，范純禮為靜江軍節度副使，奪蔣之奇三秩，凡曾經預議等人，俱貶黜有差。一面令熙河、蘭會諸路，宣布德音，再飭王厚督大軍西進。厚分軍為三，命高永年將左軍，別將張誠將右軍，自將中軍，三路併發，約會宗噶爾川，群羌列陣拒戰，背臨宗水，面倚北山，氣勢頗盛。溪賒羅撒登高指揮，居然張黃屋，建大旆，威風凜凜，單望著中軍旗鼓，麾眾衝來。厚號令軍中，不得妄動，只準用強弓迭射，拒住羌人。羌人三進三退，銳氣漸衰，厚乃潛率輕騎，從山北殺上，攻擊溪賒羅撒背後。溪賒羅撒見部眾不能取勝，正在心焦，擬驅馬下山親攻宋營，不防宋軍從山後殺到，大呼羌酋速來受死，谷聲震應，聚成一片。溪賒羅撒不知有若干人馬，驚得手足無措，慌忙逃竄。羌眾見主子駭奔，也即一鬨而走，渡水逃生。張誠也帶領右軍，越川奮擊，可巧天起大風，飛沙走石，宋軍順風追趕，羌眾欲回頭迎敵，撲面都是沙泥，連兩目都被迷住，不能開眼，只好四散奔逃。厚與永年，驅兵芟，斬首四千三百餘級，俘三千餘人，溪賒羅撒單騎竄去，厚擬乘夜窮追，童貫以為不能及，乃收軍紮營。次日進薄鄯州，溪賒羅撒知不可守，復孑身遠逸。其母龜慈公主，帶著諸酋，開城迎降。厚再率大兵趨廓州，羌酋落施軍令結（一譯作喇什鈞稜節），亦率眾投誠，於是鄯、湟、廓三州，一併克復。

　　捷書迭達都中，蔡京率百官入賀，當由徽宗下詔賞功，授蔡京為司空，晉封嘉國公，童貫為景福殿使，兼襄州觀察使，王厚為武勝軍節度觀察留後，高永年、張誠等，亦進秩有差，送隴柗至京師，封安化郡王。京自恃有功，越覺趾高氣揚，罷講議司，令天下有事，直達尚書省。舊有講議官屬，依制置三司條例司舊例，盡行遷官。自張康國以下，得官幾四十人。可以專斷，無煩講議。毀景靈宮內司馬光等繪像，禁行三蘇及范

第四十九回　端禮門立碑誣正士　河湟路遣將復西蕃

祖禹、黃庭堅、秦觀等文集,另圖熙寧、元豐功臣於顯謨閣。且就都城南大築學宮,列屋千八百七十二楹,賜名辟雍,廣儲學士,研究王氏《經義字說》。辟雍中供俸孔孟諸影像,以王安石配享孔子,位次孟軻下。重籍邪黨姓名,得三百有九人,刻石朝堂。許將稍有異議,即由京囑使中丞朱諤,劾將首鼠兩端,罷知河南府。擢趙挺之、吳居厚為門下中書侍郎,張康國、鄧洵武為尚書左右丞,召胡師文為戶部侍郎,調陶節夫經制陝西、河東五路。師文係蔡京姻家,最工掊克,陶節夫係蔡京私黨,本為鄜延總管,屢在無關緊要的地方,增築堡寨,虛報經費,所有中飽,悉賂蔡京,因得入任樞密直學士;至是又出任五路經略,統是蔡京一手提拔。節夫遂誘致土蕃,賄令納土,得邦、疊、潘三州,只報稱遠人懷德,奉土歸誠,奏中極力譽京,益堅徽宗信任。京又欲用童貫為熙河、蘭湟、秦鳳路制置使,令圖西夏,盈庭都是京黨,當然不敢異詞。偏乃弟蔡卞,謂用宦官守疆,必誤邊計,京竟詆卞懷私,卞即求去,遂出知河南府。兄弟間猶相衝突,況在他人?卞娶王安石女為婦,號為七夫人,頗知書能詩。卞入朝議政,必先受教閫中,因此僚屬,嘗互相嘲謔道:「今日奉行各事,想就是床笫餘談呢。」既已知之,何乃無恥?及入知樞密院事,家中設宴張樂,伶人竟揚言道:「右丞今日大拜,都是夫人裙帶。」卞明有所聞,不敢詰責伶人。平居出入兄門,歸家時或述兄功德,七夫人冷笑道:「你兄比你晚達。今位出你上,你反向他巴結,可羞不可羞呢?」為這一語,遂令卞與兄有嫌,所以二府政議,常有不合,至此終為兄所排,出調外任。小子有詩嘆道:

　　甘將骨肉作仇讎,構禍都因與婦謀。
　　天怒人愁多不畏,入閨只畏一嬌羞。

　　卞既外調,童貫遂出任經略,又要與西夏開釁了。欲知後事,試看後文。

王安石之後有章惇，章惇之後有蔡京，所謂一蟹不如一蟹，宋室元氣，能經幾回斲喪耶？黨人碑之立，如石工安民，猶不忍刻君實名，京猶人耳，胡必排斥舊臣，作一網打盡之計？彼以為專擅大權，無人掣肘，可以任所欲為，不知人之云亡，邦國殄瘁，國已亡矣，京能獨存乎？或謂鄯、湟、廓三州之克復，實自京造成之，夫取其人不足以為民，得其地不足以為利，徒自勞師，已屬無謂，況以六軍之血戰，為權倖之榮身，京得封公拜爵，而孤人子，寡人妻，布奠傾觴，哭望天涯者，已不知凡幾矣。且自河湟幸勝，狃於用兵，卒釀成異日遼、夏之禍，所得者一，所失者十，小人之不可與議國是也，固如此哉！

第四十九回　端禮門立碑誣正士　河湟路遣將復西蕃

第五十回

應供奉朱勔承差　得奧援蔡京復相

第五十回　應供奉朱勔承差　得奧援蔡京復相

卻說童貫由蔡京保薦，任熙河、蘭湟、秦鳳路經略安撫制置使，陰圖西夏。京復囑令王厚，招誘夏卓羅右廂監軍仁多保忠，令他內附。厚奉命招致，頗已說動保忠，奈保忠部下，無人肯從，只好遷延過去。京再四促厚，厚據實報聞，哪知京反責厚延宕，定要限期成功。厚不得已遣弟齎書，往勸保忠，途次被夏人捉去，機謀遂洩。夏主因召還保忠，厚復報明情形，且言：「保忠即不遇害，亦必不能再領軍政，就使脫身來降，不過得一匹夫，何益國事？」這數語是知難而退，得休便休。偏蔡京貪功性急，硬要王厚招致保忠，如若違命，當加重罪。正是強詞奪理。一面飭令邊吏，能招致夏人，不論首從，賞同斬級。於是夏國君臣，怒宋無理，遂號召兵民，入寇宋邊。適遼遣成安公主，嫁與夏主乾順，乾順恃與遼和親，聲言向遼乞援，並貽書宋使，爭論曲直。童貫擱置不答，陶節夫且討好蔡京，大加招誘，不惜金帛。徒以金帛動人，就使為所招誘，亦豈足恃？夏復上表婉請，並函詰節夫。節夫拒絕來使，反將夏國牧卒，殺死多名。夏人憤怒已極，遂簡率萬騎，入鎮戎軍，掠去數萬口，一面與羌酋溪賒羅撒合兵，逼宣威城。時高永年正知鄯州，發兵馳援，行三十里，未見敵騎，天色將昏，乃擇地紮營，安食而寢。到了夜半時候，驚聞胡哨齊鳴，羌兵大至，高永年驚起帳中，正擬勒兵抵敵，不防羌眾前後殺入，頓將營寨攻破，宋軍大潰。永年手下親兵，亦不顧主將，紛紛亂竄，那時永年驚惶失措，突被一槊刺來，不及閃避，竟刺中左脅，暈倒地上，羌眾將他擒去。至永年醒來，已身在虜帳中，但見一酋高坐上面，語左右道：「這人殺我子，奪中國，令我宗族失散，居無定所，老天有眼，俾我擒住，我將吃他心肝，借消前恨。」說至此，即起身下座，拔出佩刀，對著永年胸膛，猛力戳入，再將刀上下一劃，鮮血直噴，橫屍倒地。那羌酋即挽取心肝，和血而食。看官道這酋為誰？就是羌人多羅巴。多羅巴既殺死高永

年，遂擁眾盡毀大通河橋，湟、鄯大震。徽宗聞報，不覺大怒，是蔡京叫了他來，何必動怒？親書五路將帥劉仲武等十八人姓名，敕御史侯蒙，往秦州逮治。蒙至秦州，劉仲武等囚服聽命，蒙與語道：「君等統是侯伯，無庸辱身獄吏，但據實陳明，蒙當為君等設法挽回。」仲武等乃一一實告，蒙即奏乞敕罪，內有數語，最足動人。略云：

漢武帝殺王恢，不如秦穆公赦孟明，子玉縊而晉侯喜，孔明亡而蜀國輕，今殺吾一都護，而使十八將由之以死，是自戕其肢體也，欲身不病得乎？

徽宗覽這數語，也覺有所感悟，遂釋罪不治。唯王厚坐罪逗留，貶為郢州防禦使。未幾，夏人復入寇，為鄜延將劉延慶所敗，才行退軍。自是邊境連兵，數年不息，蔡京反得進尚書左僕射，兼門下侍郎，用趙挺之為尚書右僕射，兼中書侍郎。挺之與京比肩，遂欲與京爭權，屢次入白，陳京奸惡。京方得徽宗寵任，怎肯信及挺之？挺之上章求去，因即罷免。京仍得獨相，居然欲效法周公，制禮作樂，粉飾承平，置禮制局，命給事中劉昺為總領，編成五禮新儀，訂新樂章，命方士魏漢津為總司，定黃鐘律，作大晟樂，又創制九鼎，奉安九成宮。蔡京為定鼎禮儀使，導徽宗親至鼎旁，行酌獻禮，鼎各一殿，四周環築垣牆，安設中央曰帝鼎，北曰寶鼎，東曰牡鼎，東北曰蒼鼎，東南曰岡鼎，南曰彤鼎，西南曰阜鼎，西曰晶鼎，西北曰魁鼎。徽宗一一酌獻，挨次至北方寶鼎，酌酒方畢，忽聽得一聲爆響，不由的嚇了一跳。此時幸無炸彈，否則必疑為鼎中藏彈了。及仔細審視，鼎竟破裂，所酌的酒醴，竟汩汩的流溢位來，大家都驚異不置。徽宗也掃興而歸。時人多半推測，謂為北方將亂的預兆，這也似隱關定數呢。蔡京一意導諛，反說是北鼎破碎，係主遼邦分裂，與宋無關，且藉此可收復北方，亦未可知，引得徽宗皇帝，轉驚為喜，親御大慶殿，

第五十回　應供奉朱勔承差　得奧援蔡京復相

受百官朝賀。賜魏漢津號虛和衝顯寶應先生。未幾，漢津病死，追封嘉成侯，詔就鑄鼎地方，作寶成宮，置殿祀黃帝、夏禹、周成王、周公旦、召公奭，置堂祀唐李良及魏漢津。

　　自九鼎告成，徽宗心漸侈汰，由逸生驕。某日，召輔臣入宴，令內侍出玉琖玉卮，指示群臣道：「朕欲用此物，恐言路又要喧譁，說朕太奢。」蔡京起奏道：「臣前時奉使北朝，遼主嘗持玉盤玉卮，向臣誇示，謂此係石晉時物，恐南朝未必有此，臣想番廷尚挾此居奇，難道我堂堂中國，反不及他麼？但因陛下素懷儉德，不敢率陳，今既得此佳制，正好奉觴上壽，哪個敢說是不宜用呢？」徽宗道：「先帝作一小臺，言官已連章奏阻，朕早制就此器，正恐人言復興，所以不便輕示。」徽宗尚知顧忌。京又答道：「事苟當理，何畏人言？古人說得好：『唯闢作福，唯闢作威，唯闢玉食。』陛下富有四海，正當玉食萬方，區區酒器，何足介懷？」逢君之惡，其罪大。徽宗聞言，不禁喜逐顏開，心滿意足，至興酣宴罷，群臣皆散，獨留京商議多時，京始退出。

　　越宿即傳出中旨，命朱勔領蘇、杭應奉局，及花石綱於蘇州。先是蔡京過蘇，擬修建僧寺，務求壯觀，預估材料，價約鉅萬。京不慮乏財，但慮無人督造，適寺僧保薦一人，姓朱名衝，乃是本郡人氏，京即令僧召至，與衝面商。衝一力擔承，才閱數日，即請京詣寺度地。京偕衝到寺，但見兩廡堆積大木，差不多有數千章。京已覺驚異，及經營裁度，所言統如京意。京極口獎許，即命監造。衝有子名勔，幹練不亞乃父，父子一同督理，匝月即成。京往寺遊覽，果然規模閎麗，金碧輝煌，乃復溫言褒賞，令朱衝父子，隨同入都。當下替他設法，將他父子姓名，列入童貫軍籍中，只說是積有軍功，應給官階。這是官場通弊。自是朱衝父子，居然紫袍金帶，做起官來。好運氣。徽宗性好珍玩，尤喜花石，京令衝採取

蘇、杭珍異，隨時進獻。第一次覓得黃楊三本，高可八九尺，確是罕見奇品，獻入後大得睿賞。嗣後逐件獻入，無物不奇，徽宗更覺心歡。至是蔡京遂密保朱勔，令在蘇州設一應奉局，專辦花石，號為「花石綱」。勔既得此美差，內帑由他使用，每一領取，輒數十百萬，於是搜巖剔藪，索隱窮幽，凡尋常士庶家，間有一木一石，稍堪玩賞，即令健卒入內，用黃封表識，指為貢品，令該家小心護視，靜待搬運，稍一不謹，便加以大不敬罪。到了發運的時候，必撤屋毀牆，闢一康莊大道，恭舁而出。士庶偶有異言，鞭笞交下，慘無天日。因此民家得一異物，共指為不祥，相率毀去。不幸漏洩風聲，為所偵悉，往往中家破產，窮民至賣兒鬻女，供給所需，或既經毀去，被他察覺，又硬指他藏寶不獻，勒令交出，可憐蘇、杭人民，無端罹此督責，真是冤無從訴，苦不勝言。而且叱工驅役，掘山輦石，就使窮崖削壁，亦指使搬取，不得推諉，或在絕壑深淵，也百計採取，必得乃止。及運物載舟，無論商船市舶，一經指定，不得有違，篙工柁師，倚勢貪橫，凌轢州縣，道路側目。朱勔假勢作威，更了不得凶橫。會從太湖取一巨石，高廣俱約數丈，用大舟裝運，水陸牽挽，鑿城斷橋，毀堤坼閘，歷數月方達汴京。役夫勞敝，民田損害，幾乎說不勝說。勔奏報中，反謂不勞民，不傷財，如此巨石，安抵都下，乃是川瀆效靈，得此神捷，因此宮廷指為神運石。後來萬歲山成，即將此石運豎山上，作為奇峰，下文再表。

且說趙挺之辭右相後，心恨蔡京不置，每與僚友往來，必談蔡京過惡。戶部尚書劉逵，與挺之最稱莫逆，嘗言有日得志，必奏黜蔡京。崇寧五年，春正月，彗星出現西方，光長竟天。徽宗因星象告警，避殿損膳，挺之與吳居厚請下詔求言，當即降旨准奏，且擢居厚為門下侍郎，逵為中書侍郎，逵遂乞碎元祐黨人碑，寬上書邪籍禁令。徽宗亦俯如所請，夜半

第五十回　應供奉朱勔承差　得奧援蔡京復相

遣黃門至朝堂，毀去碑石。次日蔡京入朝，見黨碑被毀，即入問徽宗。徽宗道：「朕意宜從寬大，所以毀去此碑。」京厲聲道：「碑可毀，名不可滅呢！」這一語聲徹朝堂，朝臣都覺驚異，連徽宗亦向京一瞧，微露怒容。敢怒不敢言，亦覺可憐。既而退朝，不到半日，即呈入劉逵奏牘，極陳：「蔡京專橫，目無君父，黨同伐異，陷害忠良，興役擾民，損耗國帑，應亟加罷黜，安國定民」等語。徽宗覽奏未決，嗣司天監奏稱太白晝見，應加修省，乃赦一切黨人，盡還所徙，暫罷崇寧諸法，及諸州歲貢方物，並免蔡京為太乙宮使，留居京師。復用趙挺之為尚書右僕射，兼中書侍郎。挺之入對，徽宗道：「朕見蔡京所為，一如卿言，卿其盡心輔朕！」既知蔡京罪惡，何不罷黜他方？挺之頓首應命。自是與劉逵同心夾輔，凡蔡京所行悖理虐民的事情，稍稍改正，且勸徽宗罷兵息民。

一日，徽宗臨朝諭大臣道：「朝廷不應與四夷生隙，釁端一開，兵連禍結，生民肝腦塗地，這豈是人主愛民至意？卿等如有所見，不妨直陳！」挺之接奏道：「西夏交兵，已歷數年，現在尚未告靖，不如許夏和戎，得抒邊釁。」徽宗點首道：「卿且去妥議方法，待朕施行。」挺之退語同列道：「皇上志在息兵，我輩應當將順。」同列應聲稱是，不過數人，餘多從旁冷笑。看官不必細猜，便可知是蔡京舊黨，尚遍列朝班呢。挺之歸，屬劉逵補登奏疏，大旨是罷五路經制司，黜退陶節夫，開誠曉諭夏人等事。奏入後，大旨照准，徙陶節夫知洪州，遣使勸諭夏主，夏主也應允罷兵，仍修歲貢如初。

唯蔡京為劉逵所排，憤怨已極，必欲將逵除去，聊快私忿。當下與同黨密商，御史余深、石公弼等道：「上意方向用趙、劉，一時恐扳他不倒，須另行設法為是。」京便道：「我意也是如此，現已設有一法，勞諸君為後勁，何如？」余深問是何計？京作鸒鶒笑道：「由鄭入手，由公等

收場，趙、劉其如予何？」王莽學過此調，蔡公亦欲摹仿耶！餘、石等已知京意，齊聲贊成。揖別後，即分頭安排，專待好音。看官聽著！這由鄭入手一語，乃是隱指宮中的鄭貴妃，及中書舍人兼直學士院的鄭居中。鄭貴妃係開封人，父名紳，曾為外官，紳女少入掖庭，侍欽聖向太后，秀外慧中，得列為押班。徽宗時為端王，每日問太后起居，必由押班代為傳報。鄭女善為周旋，能得人意，況兼她一貌如花，哪得不引動徽宗？雖無苟且情事，免不得目逗眉挑。至徽宗即位，向太后早窺破前蹤。即將鄭女賜給，尚有押班王氏，也一同賜與徽宗。徽宗得償初願，便封鄭女為賢妃，王女為才人。鄭氏知書識字，喜閱文史，章奏亦能自制，徽宗更愛她多才，格外嬖嬖。王皇后素性謙退，因此鄭氏得專房寵，晉封貴妃（《宋史・鄭皇后傳》有端謹名，故本書亦無甚貶詞）。居中係鄭貴妃疏族，自稱為從兄弟，貴妃以母族平庸，亦欲倚居中為重，所以居中恃有內援，頗得徽宗信用。蔡京運動內侍，令進言貴妃，請為關說，一面託鄭居中乘間陳請。居中先使京黨密為建白，大致為：「蔡京改法，統稟上意，未嘗擅自私行，今一切罷去，恐非紹述私意。」徽宗雖未曾批答，但由鄭貴妃從旁窺視，已覺三分許可。貴妃復替京疏通，淡淡數語，又挽回了五六分。於是居中從容入奏道：「陛下即位以來，一切建樹，統是學校禮樂，居養安濟等法，上足利國，下足裕民，有什麼逆天背人，反要更張，且加威譴呢？」徽宗霽顏道：「卿言亦是。」居中乃退，出語禮部侍郎劉正夫。正夫也即請對，語與居中適合。徽宗遂疑及趙、劉，復欲用京。最後便是余、石兩御史，聯銜劾達，說他：「專恣反覆，陵蔑同列，引用邪黨。」一道催命符，竟將劉逵驅逐，出知亳州。趙挺之亦罷為觀文殿大學士祐神觀使。再授蔡京尚書左僕射，兼門下侍郎。京請下詔改元，再行紹述。乃以崇寧六年，改為大觀元年，所有崇寧諸法，繼續施行。吳居厚與趙、劉同事，

第五十回　應供奉朱勔承差　得奧援蔡京復相

不能救正，亦連坐罷職。用何執中為中書侍郎，鄧洵武、梁子美為尚書左右丞，三人俱係京黨，自不消說。

鄭居中因蔡京復相，多出己力，遂望京報德。京也替他打算，得任同知樞密院事。偏內侍黃經臣，與居中有嫌，密告鄭貴妃，謂：「本朝外戚，從未預政，應以親嫌為辭，借彰美德。」黃經臣想未得賂，故有此語。鄭貴妃時已貴重，不必倚賴居中，且想藉此一請，更增主眷，也是良法。遂依經臣言諫阻。徽宗竟收回成命，改任居中為太乙宮使。居中再託京斡旋，京為上言：「樞府掌兵，非三省執政，不必避親。」政權不應畀外戚，兵權反可輕畀麼？疏入不報。居中反疑京援己不力，遂有怨言。京也無可如何，只好裝著不聞。徽宗恐不從京言，致忤京意，乃將京所愛寵的私人，擢為龍圖閣學士，兼官侍讀。

正是：

權奸計博君王寵，子弟同儕清要班。

究竟何人得邀擢用，且看下回便知。

人主之大患，曰喜諛，曰好佞，曰漁色，徽宗兼而有之。因喜諛而相蔡京，因好佞而用朱勔，因漁色而寵鄭貴妃。蔡京大憝也，朱勔小丑也，鄭貴妃雖有端謹之稱，然觀其援引蔡京，倚庇鄭居中，親信黃經臣，均無非為固寵起見，女子與小人為難養也，宣聖豈欺我哉？趙挺之、劉逵未嘗不與邪黨為緣，第爭權奪利，致與京成嫌隙，崇寧諸法之暫罷，豈其本心，不過藉此以傾京耳。然京之邪尤甚於趙、劉，倏伏倏起，一進一退，爵祿為若輩播弄之具，國事能不大壞耶？而原其禍始，徽宗實屍之。徽宗若果賢明，寧有此事？讀此回竊不禁為之三嘆曰：「為君難！」

宋史演義──從王曾劾奸至蔡京復相

作　　者：蔡東藩	國家圖書館出版品預行編目資料
發 行 人：黃振庭	
出 版 者：複刻文化事業有限公司	宋史演義──從王曾劾奸至蔡京復相 / 蔡東藩 著 . -- 第一版 . -- 臺北市：複刻文化事業有限公司 , 2024.10
發 行 者：複刻文化事業有限公司	
E-mail：sonbookservice@gmail.com	面；　公分
粉 絲 頁：https://www.facebook.com/sonbookss	POD 版
網　　址：https://sonbook.net/	ISBN 978-626-7514-99-3(平裝)
	857.4551　　　　113014514

地　　址：台北市中正區重慶南路一段 61 號 8 樓

8F., No.61, Sec. 1, Chongqing S. Rd., Zhongzheng Dist., Taipei City 100, Taiwan

電　　話：(02)2370-3310
傳　　真：(02)2388-1990
印　　刷：京峯數位服務有限公司
律師顧問：廣華律師事務所 張珮琦律師

定　　價：330 元
發行日期：2024 年 10 月第一版
◎本書以 POD 印製

電子書購買

爽讀 APP　　臉書